원더보이

원더보이

김연수
장편소설

문학동네

열세 살, 열무에게

차례

1984년, 우주의 모든 별들이 운행을 멈췄던 순간을 기억하며

열다섯 살이 되던 해, 나는 시간이 멈출 수도 있다는 사실을 알았다. 시간이 멈춘다는 게 무슨 뜻인지 말했다면 사람들은 내가 미쳤다고 생각했을 것이다. 현명하게도 나는 그 일에 대해서는 한 마디도 하지 않았다. 멈췄던 시간이 다시 흐르고 마침내 눈을 떴을 때, 나는 "숟가락이 부러졌어요"라고 말했다고 한다. 중환자실 담당 간호사가 병실 밖에서 진 치고 기다리던 기자들에게 전한 그 말은 다음날 각 신문의 사회면에 그대로 실렸다. 한 기사에는 내가 "혼수상태에 빠진 지 일주일 만에 의학적으로 사망 판정"을 받았으나, "대통령 각하 내외분을 비롯한 각계각층 모든 국민들의 간절한 기원에 힘입어 십 분 만에 소생하는 기적을 연출했다"고 쓰여 있었다. 숟가락 이야기는 기사의 말미에 나왔다. 기사는 "소생 후 첫마디는 '숟가락이 부러졌어요'였다"며 "무의식중에 나온 이 말을 통해 고故 김기식씨가 얼마나 대단한 애국심으로 용의차량에 돌진했는지 짐작할 수 있다"고 분석했다.

그런 말을 정말로 했는지는 기억나지 않지만, 내가 왜 그런 말을 했는지는 알 것 같았다. 1984년, 그해는 백남준의 비디오아트인 〈굿모닝 미스터 오웰〉로 시작됐다. 백남준은 1월 1일 뉴욕과 파리와 서울의 방송국을 위성으로 연결하는 쇼를 통해 지구가 콩알처럼 작아질 수도 있다는 걸 전 세계 2천5백만 명의 시청자들에게 보여줬다. 가을에는 이스라엘의 초능력자 유리 겔러가 한국을 방문했다. KBS는 많은 방청객들이 지켜보는 가운데 그가 숟가락을 구부리고 고장난 시계를 고치는 쇼를 방송했다. 전파와 염력으로 두 사람은 우리가 사는 세상이 얼마나 놀라운 곳인지 보여줬다. 그다음은 내 차례였다. 나는 모든 사람들이 마음을 모아 간절하게 원한다면, 그 어떤 기적이라도 일으킬 수 있다는 사실을 보여줬다. 그 기사에 거짓된 부분은 한 군데도 없었다. 정말 각계각층 모든 국민들이 한마음 한뜻으로 내가 되살아나기만을 기원했다. 기사의 제목은 "원더보이, 희망의 눈을 뜨다"였다. 그때부터 사람들은 나를 원더보이라고 부르기 시작했다.

나를 원더보이로 만든 사람은 권대령이었다. 다들 보는 앞에서는 '대령님'이라고 했지만 돌아서면 '두더지'라는 별명으로 부르던, 보통의 군인과 달리 장발에 늘 사복 차림으로 밤에도 선글라스를 끼고 다니던 사십대 중반의 풍채 좋은 아저씨, 혹은 한국 사회를 이끄는 소수 엘리트들 중의 한 사람으로 주름잡힌 두 개의 턱처럼 얼굴도 늘 두 개를 준비하고 다니던 이중인격자. 혼수상태에서 깨어나 처음으로 본 얼굴이 그딴 식이었으니 내 새로운 삶이라는 게 어떤 꼴로 전개될지 능히 짐작할 수 있었다. 권대령은 내 이마를 만지며 자상한 척 나를 위로했지만, 그 음성은 낮게 깔리며 내 가장 나약한 마음의 뿌리로 파고들었다.

"군君은 이제 국민 모두에게 희망의 마스코트가 됐다. 그러니 뚝 그쳐라. 눈물이 나오면 동물원의 원숭이를 생각해라. 그 원숭이 앞으로는 많은 사람들이 지나간다. 원숭이는 나뭇가지에 매달려 사람들이 지나가는 걸 그저 바라볼 뿐이다. 군은 그 원숭이다. 지금 군에게 일어나는 일들도 그렇게 지나가는 사람들이라고 생각해라. 모든 건 지나갈 뿐이다. 군이 울든 웃든, 지나가는 사람들과는 아무런 상관이 없다. 이런 세상에서 눈물이라는 건, 눈에 들어온 티끌을 씻어내는 체액에 불과하다."

그때, 나는 막 깨어나서 모든 게 의아하기만 했다. 지금 여기가 어딘지, 이 사람은 누구인지, 나는 살았는지 죽었는지, 원숭이는 왜 나뭇가지에 매달려 있으며, 사람들은 어디로 가는 것인지, 무엇보다도 내 눈에서는 왜 눈물이 그치지 않는지.

"희망의 마스코트가 됐다는 게 무슨 말인가요?"

머리에는 붕대를 감고 코에는 튜브를 꽂은 채 퉁퉁 부어오른 눈으로는 계속 눈물을 흘리며 내가 물었다.

"말하자면, 호돌이 같은 것이다. 팔팔 서울올림픽 마스코트. 늘 상모를 돌리며 웃고 있지 않은가? 군도 이제 마스코트가 됐으니

호돌이를 본받아 눈물 따위는 보이지 말고 늘 웃어야 할 것이다. 그래야만 사람들은 군에게서 희망을 떠올린다. 힘이 있다면 누가 희망 따위를 바라겠는가. 이 세상에 이토록 많은 희망이 필요한 이유는 힘없는 자들이 너무 많기 때문이다. 그 힘없는 자들이 하는 짓들이 어떤 건지 아는가? 지금까지 군의 소생을 기원하며 모금된 국민 성금액이 자그마치 2억원이 넘었다. 군이 대학을 졸업할 때까지 학비를 지원하겠다는 보일러회사도 나왔다. 그렇다면 자신들은 학비뿐만 아니라 대학을 졸업한 뒤 취직자리까지 보장하겠다고 나선 다른 보일러회사도 있었다. 군에게 거는 국민들의 희망이 얼마나 대단한지 이제는 알 것이다."

왜 보일러회사들이었을까? 하지만 그때는 관심도 없었다. 대신 나는 이렇게 물었다.

"왜 저를 그냥 죽게 내버려두지 않았나요?"

"여기가 자유 대한 나의 조국이긴 하지만, 죽고 싶다고 마음대로 죽을 자유까지 보장하는 건 아니다. 감사의 카드를 보내고 싶다면, 청와대로 보내라. 대통령 각하님께서는 유달리 군의 생사에 관심이 많으셨으니까. 매일 저녁 아홉시 뉴스에도 군과 관련된 소식이 제일 먼저 보도됐다. 각하님께서는 그 자리마저도 군에게 양보하신 것이다. 군이 다시 소생했다는 소식에 조국이 군을 크게 쓰려고 기적을 일으킨 것이라고 말씀하셨다. 나는 그 말씀을 마음 깊이 새겼다."

"이런 것도 기적일까요? 조국은 어디에 있다가 이제 와서 이 꼴이 된 저를, 도대체 어디에 쓴다는 말인가요? 세상이 살기 좋은가 보군요. 아홉시 뉴스에서 보도할 게 그렇게 없는 걸 보니……"

약에 취해 정신이 덜 돌아온 나는 횡설수설 떠들었다.

"군은 우리 국민들이 마음을 모으면 그 어떤 난관이라도 헤쳐나갈 수 있다는 사실을 몸소 보여준 사람이다. 군의 몸은 기적의 증거다. 이 나라가 군을 보호할 것이다."

"교통사고를 당해서 겨우 살아난 것도, 그것도 아빠 없이 혼자 살아난 것도 기적의 증거인가요?"

내가 항변했다. 권대령이 나를 빤히 쳐다봤다.

"군의 말은 이상하다."

눈빛이 보이지 않는, 그 검정색 선글라스가 무서워 나는 또 눈물을 주르르 흘렸다.

"아직까지 누구도 군에게 군 혼자 살아났다고는 말하지 않았을 텐데, 어떻게 알았는가?"

"누가 말해주든 아니든 아빠에게 어떤 일이 일어났는지 나는 다 알 수 있어요. 내게 가족이라고는 아빠뿐이니까요.'

"내게도 아들이 있다……마는, 걘 내가 죽어도 아무것도 모르는 채 공이나 차고 있겠지. 군의 처지가 좀 서글프다는 건 인정한다. 하지만 그렇다고 해서 이런 대접을 해주는 건 아니다. 그건 군의 부친이 안중근 의사만큼이나 훌륭한 일을 했기 때문이다. 군은 애국자의 장한 아들이다. 죽음을 이기고 다시 태어난 희망의 마스코트다."

그렇다면 상모라도 돌려야 할 텐데, 목에는 깁스. 권대령이 아빠 얘기를 하자, 내 가슴에 불이 붙는 것 같았다.

"앞으로 군의 인생은 많이 바뀔 것이다. 어떻게 바뀌든, 주정뱅이 아버지와 살 때보다는 훨씬 좋아지리라는 건 확실하다. 전에는 상상조차 못 했던 일들도 다 할 수 있을 것이다. 군에게는 그럴 자격이 충분하다. 대신에 나를 아버지처럼 믿고 따라야만 한다. 내 말이 무슨 뜻인지 알겠느냐? 나는 이제부터 군을 내 아들로 생각하겠다."

권대령의 말이 끝나기도 전에 나는 엉엉 소리내어 울기 시작했다. 이번에는 그냥 울기만 한 게 아니라, 시트를 걷어차면서 팔다리를 버둥거렸다. 콧구멍에 끼운 산소튜브를 잡아빼고, 팔에 꽂힌 링거 바늘의 반창고를 뜯어냈다. 권대령은 내 가슴을 한 팔로 눌렀다. 머리맡의 인터폰에서 "무슨 일인가요?" 묻는 목소리가 들렸다. 거기에다 대고 권대령이 뭐라고 말했지만, 그 목소리는 내 절규에 묻혔다. 나는 고래고래 고함쳤다.

"몰라요. 난 아무것도 몰라요. 우리 아빠 어딨어요? 이제부터도 믿고 따를 테니까 우리 아빠 데려와요. 빨리 우리 아빠 데려와요. 왜 날 살린 거야! 빨리……"

거기까지 말했을 때, 권대령이 오른손 엄지로 내 명치를 세게 눌렀다. 숨이 턱 막히며 내 몸에서 힘이 빠졌다. 열심히 북을 치던 토끼인형의 등에서 갑자기 배터리를 잡아뺀 것처럼. 이제 죽는 것인가는 생각이 들었지만, 여전히 흘러내리는 눈물이 그렇지 않다는 걸 알려줬다. 솔직히 말하자면, 권대령이 병실로 들어오는 순간 이미 나는 아빠가 어떻게 죽었는지 알아버렸다. 두 차가 정면충돌하면서 운전대가 아빠의 가슴을 눌렀고, 갈비뼈는 수수깡처럼 부러졌다. 그 파편들 하나하나는 날카로운 바늘이 되어 아빠의 심장이며 폐며 위장 따위를 찢어버렸다. 펑, 펑, 펑, 불꽃들이 터지는 밤, 인파로 가득한 대공원에서 혼자 환자복을 입고 개장 기념 불꽃놀이를 올려다보는 듯한 기분이 들었다. 그치지 않고 흐르는 그 눈물은 외로움의 찌꺼기들이었다.

*

내가 눈물이 많은 것은 아빠의 아들이기 때문이다. 권대령의 말마따나 주정뱅이였던 아빠는 취하기만 하면 눈물을 흘렸다. 자신의 약한 모습을 내게 들키기 싫어 마시기 시작한 술이라는 걸 생각하면 우스워서 죽을 지경이다. 처음에는 아빠도 세상에서 제일 멋진 남자로 보였다. 그러니까 소주 한 병 정도만 마셨을 때까지는. 한껏 기분이 좋아지면 아빠는 자기가 꿈꾸는 일들에 대해 말하곤했다. 그럼 질세라 나도 내 소원을 말했고, 언제부터인가 번갈아가며 소원 말하기는 우리가 즐겨 하는 놀이가 됐다. 1억원짜리 올림 픽복권에 당첨되기, 오비 베어스에 투수로 입단하기, 대우 르망을 타고 아시아를 가로질러 파리까지 여행하기, 나이키 운동화를 신 고 1천 미터를 2분 30초 안에 주파하기 등등. 이 놀이의 핵심은 절 대로 이뤄질 수 없을 것 같은 일들만 말한다는 점이었다. 아무리 불가능해 보이는 일들도 자꾸 말하다보면 조금씩 이뤄질 가능성이 높아진다는 게 아빠의 주장이었다. 그 말도 일리가 있어서 시간이 조금 흐르자 우리는 소원을 말하는 게 아니라 그 소원은 이미 다 이룬 사람처럼 1억원으로 무엇을 살 것인가, 어떻게 사인하면 프 로선수의 사인처럼 보일까 같은 일들을 고민하곤 했다. 남들 눈에 는 우리가 김칫국을 마시는 부자처럼 보였겠지만, 사실은 마음만 은 부자인 부자였달까. 내 소원 중에는 그해 5월에 개장한 서울대 공원에 가서 돌고래쇼를 보는 것도 있었지만, 아빠가 "그건 반칙이 야. 어려울 게 하나도 없으니까 소원으로 칠 수 없어"라고 말할까 봐 입밖으로 꺼내지는 않았다. 아무렴, 내가 그냥 돌고래쇼를 보는 걸 소원이라고 생각했겠는가. 그때에는 엄마와 아빠가 내 양옆에 앉아 있어야만 했다. 그 정도는 되어야지 소원이지.

엄마 얘기를 꺼내면 아빠는 그런 사람은 까맣게 잊어버렸다는 듯한 표정으로 나를 바라봤다. "내가 왜 술을 마시기 시작했는지 알아?"라고 아빠는 물었다. 내가 아빠의 그 심오한 속마음을 어떻 게 알겠는가. "왜요?" 그 이유를 물으면, 아빠는 이내 "분명히 이유를 알고 있었는데 까먹었네"라고 대답했다. 한번은 그 이유가 생각났다고 한 적도 있었다. 내가 엄마는 어떤 사람이냐고 물었을 때였다. "그러고 보니 어떤 얼굴을 잊으려고 술을 마시기 시작한 거야." 아빠는 말했다. 그 얼굴이 누구의 얼굴일지는 짐작이 갔다. 소주 한 병이면 아들에게 장차 그 어떤 일이라도 다 해줄 수 있는 멋진 남자가 되기에 충분했던 아빠가 새 소주병의 뚜껑을 따는 건 아무리 잊으려고 해도 그 얼굴이 다시 떠올랐기 때문이리라. 아빠에게 물어보진 않았지만, 이제 생각하니 그랬던 것 같다. 술에 더 취하면 아빠는 세상에서 가장 나약한 남자가 되었다. 좀더 어렸을 때, 그러니까 내가 국민학교 3학년 때까지는 술에 취한 아빠가 나를 껴안으면 나도 덩달아 아빠에게 매달려 울음을 터뜨렸다. 슬퍼서 울었다기보다는 울다보니 슬퍼졌다는 게 옳았다. 엄마는 처음부터 내게 없는 사람이었다. 나를 낳은 뒤, 죽었다고 했으니까. 사진 한 장 남아 있지 않았다. 그나마 엄마의 얼굴을 기억하는 유일한 사람이 아빠였는데, 아빠는 그 얼굴을 잊으려고 매일 소주를 마시고 있었다. 친척들의 증언에 따르면, 아빠는 완전히 넋이 나간 폐인 꼴로 애 하나만 데리고 고향에 나타났다고 한다. 나는 동네 아줌마들의 젖을 얻어먹으면서 자랐다. 그러니 평소에도 엄마가 보고 싶다는 생각 같은 건 들지 않았다. 하지만 술에 취한 아빠 때문에 속상할 때면 어김없이 엄마 생각이 났다. 내게 엄마 생각은 속상한 마음 같은 것이었나보다. 엄마가 있었다면 나 대신에 아빠를 안고 달랬겠지. 하긴 엄마가 있었다면, 아빠가 그 얼굴을 잊으려고 그렇게 술을 마시지도 않았으리라.

아빠가 화장실에 간 틈에 내가 병에 남은 소주를 모두 입안에 부어버리고 방바닥에 픽 쓰러져 지구가 얼마나 빨리 자전하는지 경험하기 전까지 계절마다 한 번 정도씩 아빠는 세 병째 소주 뚜껑을 땄다. 세 병째의 소주는 지킬 박사가 만든 신비한 약과 같아서, 이윽고 아빠는 하이드 씨처럼 변했다. 술에 취해 난폭해진 아빠는 자신은 이제 지쳤고 더이상 살아갈 힘이 없다며, 자기가 지금 당장 죽어버리는 게 내 인생에는 더 도움이 될 것이라고 소리치곤 했다. 그러다가 더 흥분하면 장롱에서 약병을 꺼냈다. 아빠의 엄지손가락만한 그 병에는 독약이 들어 있다고 했다. 그때는 왜 그런 끔찍한 물건을 간직하고 살아야만 하는지 알 수 없었지만, 지금 돌이켜보면 어쩌면 그 약병 덕분에 아빠가 살아갈 수 있었던 건 아닐까는 얄궂은 생각도 든다. 그 약을 삼키면 바로 죽을 테니까, 역설적으로 삶의 고통을 견딜 수 있을 때까지는 견뎌보자고 생각했을 수도.

그러다가 정신을 잃을 정도로 술에 취하면 아빠는 한없이 나약해져 그때가 바로 결단의 순간이라는 확신이 드는 모양이었다. 그게 얼마나 멍청한 생각인지 따져물을 겨를도 없이 나는 아빠가 손을 움직이지 못하도록 두 팔을 끌어안으며 "아빠, 죽지 마" 소리치기도 하고, 약병을 손에 든 아빠 앞에 무릎을 꿇고 앉아서 두 손을 모아 싹싹 빌기도 했다. 우리 방이 소란스러워지면 주인집 아저씨가 방문을 열어젖히고 "시끄러워 죽겠으니까 빨리 쥐약 처먹고 뒈 져라!" 하고 저주를 퍼부었다. 아빠가 그렇게까지 술에 취하면 그 건 내 아빠가 아니라 골목에 기어다니는 비루먹은 개새끼니까 가 까이 갈 생각도 하지 말라고 충고한 사람도, 국민학교 6학년이던 내게 아빠의 고약한 술버릇을 단칼에 끊어버릴 묘안이 있다고 귀 뜸한 사람도 그 아저씨였다. 그 아저씨의 얼빠진 조언에 따라, 술 에 취한 내가 입속으로 쏟아부은 소주와 저녁에 먹은 부실한 음식 을 천장을 향해 토하는 걸 보고서야 아빠는 정신을 차렸다. 그다음 부터 아빠는 당장 죽어버리겠다고 위협할 정도는 아니고, 세상에 서 우리 부자가 제일 외롭고 서럽고 측은하다고 한탄할 정도까지 만 술을 마셨다.

종잇장처럼 구겨졌다는 그 파란색 일톤 트럭은 아빠의 가게였 다. 그 가게에서 아빠는 사시사철 각종 과일과 열매 들을 팔았다. 하루 종일 길에서 장사하다가 만취한 취객들만 남는 밤 열시쯤이 면 아빠는 노점을 정리하기 시작했다. 권대령이 말한 그날 밤, 나 는 그 시간에 맞춰 아빠에게 가 팔지 못한 사과며 배 따위를 다시 상자에 담는 일을 도왔다. 함부로 다루다간 멍이 들기 십상이라 나 도 모르게 한숨을 내쉬면서 과일을 옮겨담는데, 과일에도 귀가 있 어서 다 듣는다며 아빠는 한숨도 못 쉬게 했다. 조심스레 옮기느라 시간이 많이 걸려 이십 분쯤 지나서야 겨우 정리를 다 마쳤다.

"연필을 들어도 시원찮을 학생 손에 지금 뭘 든 거냐?"

기어를 넣으며 아빠가 물었다. 영문을 몰라 아빠를 쳐다보다가 나는 손에 들려 있는 숟가락을 봤다.

"아, 이거요? 오늘 텔레비전에 유리 겔라라는 초능력자가 나왔거든요. 그 사람이 '휘어져라 휘어져라' 말하면서 손가락으로 문지르니까 숟가락이 확 휘어지더라구요. 생각만으로 굽힐 수 있는데, 그런 걸 염력이라고 부른대요."

"텔레비전은 죄다 거짓말만 늘어놓지. 뭘 보여주든 절대로 믿지 마라. 다 속임수니까."

"한두 명도 아니고, 온 국민이 다 지켜보는데 어떻게 속여요? 그게 아니라, 정신을 집중하면 이 손끝에서 에너지가 나온대요. 그리고 이렇게 손으로 억지로 구부리려고 해도 이게 잘 안 구부러져요."

그렇게 말하며 손에 힘을 줬더니 숟가락이 조금 휘었다. 힘을 더 주면 유리 겔러가 한 것처럼 숟가락을 구부릴 수 있을 것 같았다.

"내 초능력 좀 빌려줄까? 그냥 확 부러뜨리게."

아빠가 말했다.

"중요한 건 손으로는 살살 문질렀을 뿐, 생각만으로 구부렸다는 점이에요. 생각! 그 사람은 생각만 했어요. 고장난 시계도 염력으로 고치더라구요. 수련만 하면 누구나 할 수 있다던데, 그게 사실일까요?"

"수련 같은 거 안 해도 돈만 있으면 뭐든 다 할 수 있어. 초능력이 있다면 올림픽복권 당첨번호나 맞힐 일이지. 멀쩡한 숟가락 구부러뜨려 어쩌자는 걸까?"

아빠는 시장통을 빠져나와 큰길로 합류했다. 밤의 도로는 한산했다.

"돈으로 뭐든 다 할 수 있다는 말도 틀려요. 아무리 돈 많은 부자라도 과거로 갈 수 있는 건 아니잖아요. 난 과거로 가고 싶은데."

왼손으로 숟가락 손잡이 쪽을 잡고 오른손 엄지와 검지로 목 부분을 살살 문지르면서 내가 말했다. 숟가락이 웃음을 터뜨리진 않겠지?

"이제 겨우 열다섯 살인 주제에 무슨 사연 많은 남자처럼 과거타령이냐?"

"내가 태어나기 직전의 세상. 아빠는 궁금하지 않아요? 난 너무 궁금해요. 도대체 그때 아빠는 어디서 누구와 뭘 하고 있었던 거죠?"

사레들린 것처럼 아빠가 헛기침을 몇 번 했다. 나는 짐짓 모르는 척 숟가락에 정신을 집중했다. 휘어져라, 휘어져라.

"뭐, 다른 게 있었겠냐? 그때도 소주랑 놀고 있었겠지. 이따 집에 가서 한잔할 테냐?"

"저는 술 끊었답니다."

"제대로 마신 적이 있어야지 끊었다고 말할 수 있는 거지. 그때 마신 건 무효야. 토하지 않고 계속 마시는 방법을 내가 가르쳐줄 테니까 한잔하자."

"됐네요. 뭐 배우는 거라면 딱 질색이에요."

"술은 배워두면 평생 요긴한 친구가 될 텐데⋯⋯"

아빠가 껄껄대고 웃었다. 나는 고개를 들어 눈을 부라리며 아빠의 얼굴을 쳐다봤다. 아빠의 웃는 얼굴 뒤로 지나가는 밤의 거리는 가로등이 많지 않아 어두웠다. 하지만 스쳐가는 검은 건물들 멀리 펼쳐진 산동네에서는 집집마다 흘러나온 불빛들이 은하수처럼 반짝이고 있었다. 한 점 한 점, 동시에 한데 모여. 그 풍경에 비춰보니 아빠는 꼭 은하수를 가로지르는 우주비행사 같았다. 온 우주가 들썩이도록 웃어대는 우주비행사.

"그런데, 아까 읽어주신 그 기사 말이에요."

다시 고개를 숙이고 숟가락에 집중하면서 내가 아빠에게 물었다. 내가 갔을 때, 아빠는 카바이드 불빛에 공책을 비춰보고 있었다. 그건 그날그날 일어나는 여러 가지 일들을 기록하거나 신문, 잡지 등에서 오린 기사를 붙여두는 교과서만한 크기의 공책이었다. 한 권을 다 쓰고 새 노트를 사면 아빠는 공책 표지에 한자로 '備忘錄비망록'이라고 적었다. 무슨 뜻이냐고 물었더니 아빠는 세월이 아무리 흐른다고 해도 잊어서는 안 되는 일들을 적어두는 글이라고 설명했다. 그날 아빠는 비망록에서 "서울대공원 '동물의 유배지' 11개월간 펭귄 등 237마리 죽어"라는 제목의 기사를 내게 읽어줬다.

서울대공원의 각종 동물 중 237마리가 나쁜 환경과 관리 소홀 등으로 인해 폐사한 것으로 15일 밝혀졌다. 이들 동물은 서울대공원이 외국에서 동물을 수입해오기 시작한 지난해 9월 이후 지금까지 11개월 동안에 죽은 것들이다.

　　대표적인 폐사동물은 남극산 '젠투펭귄'. 희귀종인 이 펭귄은 지난해 11월 5마리가 수입됐었는데, 지난 5월 1일에 대공원 개원 전에 이미 3마리가 죽은 데 이어 남은 2마리도 무더운 날씨를 견디지 못해 폐사해버렸다. 어린이들의 사랑을 받던 오랑우탄 1마리는 지난달 20일 다른 오랑우탄들과 싸움을 벌이다 방사장 주변에 파놓은 도랑물에 빠져 죽기도 했다.

　　"그 기사는 뭘 잊지 않으려고 스크랩한 건가요?"

　　"옛날에 내게 '오랑'은 말레이어로 사람이란 뜻이고 '우탄'은 숲이란 뜻이라는 걸, 그래서 오랑우탄이란 숲속의 사람이라는 뜻이라는 걸 말해준 사람이 있었거든. 그 사람을 잊지 않으려고."

　　아빠가 대답했다.

　　"그럼 오랑우탄 때문에 스크랩한 건 아니네요. 숲속의 사람들이 서운하겠네. 고마운 사람이었나봐요, 그 사람."

　　"어떻게 알았지?"

　　"보통 이 고마움 죽어도 잊지 않겠습니다, 뭐 그렇게 말하잖아요. 꽤 고마운 사람이니까 아빠가 안 잊으려고 하겠죠. 그리고 또 거기에 뭐가 적혀 있나요, 아빠의 그 비망록에는?"

"천국에서 일어날 법한 일들도 적었지."

"예를 들면요?"

"예를 들면, 음, 뭐가 있을까? 젊은 아가씨랑 연애 한번 찐하게 하고 죽기?"

"천국에서는 죽는다는 게 있을 수 없잖아요!"

"사람이 죽고 싶을 때 죽지도 못하면 그게 무슨 천국이냐?"

"근데 뭐예요? 지금 저랑 소원 대결을 하시자는 건가요?"

숟가락을 계속 문지르면서 내가 말했다.

"좋다, 소원을 말해봐라."

"그럼 나도 젊은 아가씨랑 찐하게 연애하기."

아빠가 콧방귀를 뀌었다.

"아가씨라면 아무리 젊어도 너한테는 연상이야. 너만 손해야. 국민학생이 어때?"

"무슨 상관이에요. 아빠나 나나 어차피 이뤄지지도 않을 일을 말하는 건데."

"왜 그렇게 생각해? 나는 홀몸이야. 얼마든지 이뤄질 수 있어. 그럼 좋아. 아까 그 아가씨랑 요트 타고 태평양 건너가기."

거기까지 말하고 아빠는 노래를 불렀다.

"화창한 봄날에 코끼리 아저씨가 가랑잎 타고 태평양 건너갈 적에……"

자꾸 아가씨 타령만 하는 아빠가 얄미웠다.

"일요일에 서울대공원 가서 돌고래쇼 보기!"

"고래 아가씨 코끼리 아저씨 보고 첫눈에 반해……"

"엄마하고 아빠하고 다 같이 손잡고."

아빠가 노래를 멈췄다. 나는 내뱉자마자 그 말을 후회했다. 말하지 말걸 그랬다는 생각이 들었지만, 이미 엎질러진 물이었다. 민망한 마음에 나는 숟가락만 열심히 문질렀다. 손끝이 닳도록 열심히.

"그건 정말 이뤄질 수 없는 소원일까……"

아빠가 중얼거렸다. 그때였다. 검지 끝에서 이상한 열기 같은 게 느껴지기 시작했다. 숟가락의 목 부분이 천천히 휘기 시작했다. 내 눈이 휘둥그레졌다. 거기에 정신이 팔려 나는 아빠가 그다음에 무슨 이야기를 했는지 모른다. "네 엄마는 말이다……"라는 말을 한 것도 같고, "어, 저 사람 왜……"라는 말을 한 것도 같다. 암튼 내가 정확하게 기억하는 것은, 정말 기적처럼 숟가락이 휘기 시작했다는 것이었다. 막상 그런 순간이 찾아오자, 마침내 염력으로 숟가락을 휘게 만들었다는 감격보다 온몸에 소름이 쫙 끼쳤다.

"아, 아, 아빠, 이거…… 아빠! 아빠!"

목 부분이 내 눈앞에서 뚝 끊어지는 걸 보면서 나는 아빠를 불렀다. 하지만 그때는 이미 모든 게 늦어버린 뒤였다. 딱 한 번. 태어나서 딱 한 번, 나는 아빠에게 죽어서는 안 된다고 말할 기회를 놓쳤다. 내가 본 아빠의 마지막 얼굴은 우주비행사처럼 밤거리의 불빛들을 향해 나아가던 그 옆모습이었다.

*

　며칠이 흐르고 나는 아빠와 내가 번갈아가면서 말했던 그 소원들이 이제 영영 이뤄질 수 없다는 사실을 인정하게 됐다. 그 며칠 동안, 나는 멍청하게도 아빠가 죽는 그 순간에 염력 따위나 믿고 있었던 내가 한심해서 견딜 수가 없었다. 염력은 아무런 소용도 없었다. 나는 이제 고아였다. 권대령이 트럭에서 찾았다며 부러진 숟가락의 머리 부분을 갖다줬을 때, 나는 그걸 창밖으로 멀리 던져버리고 싶었다. 하지만 도저히 그럴 수가 없었다. 그건 아빠와의 마지막 추억이 담긴 물건이었으니까. 아빠와 내가 탄 파란색 트럭과 정면충돌한 차에는 무장간첩이 타고 있었다고 권대령은 말했다. 서울 변두리에서 보일러공으로 생활하던 그 이상하고도 멍청한 간첩은 소음消音권총을 들고 동네 식당에 들어가 식당 주인을 사살한 뒤, 다시 근처에 있는 미용실에 침입해 종업원에게 세 발을 쏘아 그 아가씨를 중태에 빠뜨렸다. 미용실 종업원의 비명을 듣고 근처 제화점 주인이 달려오자, 간첩은 권총으로 그를 위협한 뒤 목을 졸라 죽이려다가 제화점 주인이 다리를 걸어차는 바람에 뒤로 넘어졌다. 곧바로 일어난 간첩은 지나가던 봉고를 가로막아 세운 뒤, 운전자를 끌어내고 차를 빼앗아 시내 방향으로 도주했다.

여기까지 말하고 나서 내 표정을 살핀 권대령은 선글라스를 위로 추어올리며 어려워서 이해하지 못하는 부분이 있으면 기탄없이 질문하라고 말했다.

"다 이해가 안 돼요."

나는 기탄없이 말했다.

"그렇다. 군이 이해하지 못하는 일이 세상에는 수없이 일어난다."

권대령이 말했다.

"간첩이라면서 왜 고작 동네 식당 주인과 종업원에게 총을 쏜 거죠?"

"합동수사본부의 조사에 따르면, 그 식당 주인을 살해하는 임무를 띠고 남파된 것으로 보인다. 평범한 국민도 테러의 대상으로 삼는다는 것 자체가 북괴가 얼마나 잔악한 놈들인지 잘 보여준다."

권대령은 내 질문이 마음에 안 드는 모양이었다.

"식당 주인을 죽이려고 남파했다면 그 사람을 죽인 뒤에는 얼른 도망갈 것이지, 왜 근처 미용실에는 들어가서 종업원에게 또 총을 쏜 건가요?"

"군의 담임선생은 그런 것도 가르치지 않았단 말인가! 원래 간첩들은 흉악하고 잔혹해 사람 목숨을 파리 목숨보다도 더 하찮게 여기는 놈들이다. 우리도 그놈들을 박멸해야만 한다."

"그런데 제화점 주인은 왜 총으로 쏴 죽이지 않고 목을 조른 거죠?"

기탄없이, 내가 말했다.

"사람을 꼭 총으로 죽일 필요는 없다. 간첩들은 살인기계라 온몸이 흉기다. 비닐봉지 하나만 가지고도 쥐도 새도 모르게 사람을 죽일 수 있는 자들이다."

"그럼 목까지 졸랐다면서 왜 제화점 주인은 죽이지도 못하고 도리어 다리를 걷어차인 건가요?"

짜증이 나는지 권대령이 목소리를 높였다.

"사람을 죽이는 데 논리 같은 건 필요없다. 그건 논리를 초월하는 행위다. 사람 죽이는 일이라면 누구보다 내가 잘 안다. 내 얘기를 잘 들어라. 군은 이제 고아가 됐다. 고아라는 게 어떤 것인지 아는가? 웃으면 이제 세상이 군과 함께 웃겠지만, 울면 군 혼자 울 것이다. 군은 둘 중 하나를 선택해야만 한다. 이 세상과 더불어 웃든지, 아니면 혼자 울든지. 자, 한 번만 더 말하고 더이상 말하지 않겠다. 그 간첩이 미용실로 들어가 종업원을 살해하고 제화점 주인의 목을 조르다가 다리를 걷어차였을 때, 마침 트럭을 몰고 근처를 지나가던 군의 아버지가 그 끔찍한 장면을 목격했다. 그래서 군의 아버지는 애국애족의 마음으로……"

아빠가 뭘 사랑했다면 오랑우탄이나 사랑했을까. 국가와 민족이라니, 맙소사. 그제야 나는 아빠가 트럭으로 간첩을 때려잡는 바람에 내가 원더보이가 됐다는 사실을 깨달았다.

"잠깐만요."

나는 권대령의 말을 가로막았다.

"우리는 그런 거 본 적 없어요. 그냥 집으로 돌아가고 있었을 뿐이에요."

"그때 군은 고개를 숙이고 있었다고 말했다. 군은 어떤 일이 벌어지고 있었는지 알 수 없었다. 군이 보지 못했다고 군의 아버지도 그 장면을 못 봤다고는 말할 수 없다. 조사 결과, 군의 아버지는 군복무 시절에 관측병으로 근무했기 때문에 남들보다 시야가 넓었을 것으로 파악된다. 게다가 제화점 주인을 비롯해 모든 목격자들이 군의 아버지가 운전하던 트럭이 마주 오던 봉고차를 향해 정면으로 돌격했다고 벌써 증언했다. 잘 생각해봐라. 군이 봤는가? 군의 아버지가 세상을 떠나는 장면을 목격했는가?"

나는 권대령을 쳐다봤다. 기억을 다시 되살려보려 했지만, 그때는 그게 다였다. 젊은 아가씨랑 연애 한번 찐하게 하기. 마음만 먹으면 얼마든지 할 수 있는 그 소원을 절대로 이뤄질 수 없는 소원이라고 말하던 아빠. 아빠가 너무 보고 싶었다. 이 세상을 떠나는 아빠에게 인사를 건네기는커녕 나는 아빠를 보지도 않고 있었다. 빌어먹을 숟가락.

"잘 생각나지 않아요. 그냥 어두운 거리를 달려가고 있었어요."

"시간은 많으니까 천천히 생각해도 좋다. 군의 아버지는 분명 뭔가를 봤다. 군이 선택할 수 있는 건 하나뿐이라는 사실만 확실하게 머릿속에 각인하면 된다. 다 함께 웃든지, 아니면 혼자서 울든지. 좋다, 오늘은 여기까지 하겠다. 푹 쉬면서 내가 한 말을 곰곰이 생각해보도록. 군은 이제 고아라는 사실을 잊지 말도록."

그래, 나는 고아가 됐다. 이제 내 운명은 스스로 결정해야만 했다.

"부탁이 하나 있어요."

돌아서는 권대령에게 내가 말했다.

"뭐냐?"

"제가 태어날 때부터 빈혈이 있었거든요. 늘 먹던 빈혈약이 집에 있는데, 그 약을 좀 갖다주시겠어요?"

"지뢰밭에서 목매달 나무 찾는 격이다. 여기가 병원인데, 무슨 약을 집에서 찾느냐?"

"꼭 그 약만 먹어야 되거든요."

권대령은 뭔가 미심쩍다는 듯이 나를 바라봤다. 지뢰밭 운운하는 말에 나도 많이 놀라기는 했다.

"교과서하고 공책도 필요해요. 맞아요, 아마도 거기 뒤져보면 6월에 반공 글짓기 한 것도 있을 거예요. 그 글짓기가 요긴하게 쓰일수도 있겠다는 생각이 퍼뜩 드네요."

"일리가 있는 말이다. 군이 쓴 반공 글짓기를 기자들에게 보여주는 것도 군의 아버지가 해낸 쾌거를 설명하는 좋은 자료가 될 수있을 것이다. 알겠다. 약은 어디 있느냐?"

나는 장롱 속 독약이 든 상자의 위치를 설명했다. 내 설명을 수첩에 받아적은 뒤, 권대령은 이제 가봐야겠다며 문 쪽으로 걸어갔다. 조금 걷던 권대령이 갑자기 걸음을 멈추고 나를 돌아봤다.

"그런데 그거 말이다."

권대령은 나를 쏘아봤다. 나는 가슴이 조마조마했다.

"반공 글짓기. 그거 정말 좋은 생각이다."

이제부터 저의 행동을 논리적으로 설명할 테니, 잘 들어보세요

먼저 다음 페이지의 사진을 보고 정답을 맞혀보세요.

이 우주에는 얼마나 많은 별들이 있을까요?

정답은 다음과 같습니다. 천문학자들은, 우주에는 우리가 속한 은하와 비슷한 크기의 은하가 1천억 개가 있다고들 말합니다. 이걸 숫자로 나타내려면 1을 쓴 뒤, 그 뒤로 11개의 0을 적으면 됩니다. 각 은하에는 또 1천억 개의 별들이 있다고 해요. 마찬가지의 숫자예요. 1, 그리고 11개의 0. 그래서 이 두 개의 숫자를 서로 곱하면 이 우주에 존재하는 별들의 개수가 나옵니다. 그러니까 이 우주에는 1, 그 뒤로 22개의 0이 따라붙은 개수의 별들이 있는 셈입니다.

1천억 개의 별들이 있는 1천억 개의 은하가
우리 머리 위에 떠 있는 광경을 상상해보세요.

이제 그 별들을 하나하나 헤아려봅시다.
아마 인내심이 약간 필요할 거예요.

1초에 하나씩 그 별들을 헤아린다고 해도
317조979억1983만7646년이 걸릴 테니까.

그나마 이건 태양만큼 큰 별들만 놓고 추정한 숫자일 뿐이라네요. 태양계로 치자면 수성 금성 지구 화성 목성 토성 천왕성 해왕성 등 8개의 행성과 240개에 달하는 위성은 제외했다는 거예요. 이런 별들까지 포함한다면 그 숫자가 얼마가 될지는 아무도 모릅니다. 그러니 누구도 우주에 존재하는 별들을 하나하나 헤아려본 사람은 없을 겁니다. 갈릴레이도, 뉴턴도, 아인슈타인도. 사람의 일생을 70년이라고 치면, 큰 별들만 헤아린다고 하도 우리는 4조 5299억7028만3395번 다시 태어나야만 할 테니까요. 당연히 누구도 그렇게 다시 태어나지는 못합니다. 4조5299억7028만3395번은 커녕, 우리는 단 한 번도 다시 태어나지 못합니다.

하지만 그건 산술적으로 계산하면 그렇다는 이야기입니다. 누구에게나 한 번은 그 모든 별들의 개수를 헤아릴 수 있는 기회가 찾아오니까요. 딱 한 번 이 우주에 존재하는 모든 별들이 움직임을 멈추는 순간이 찾아오니까요. 그때 별들은 움직임을 멈추고 물끄러미 우리를 내려다봅니다.

상상해보세요.

그렇게 많은 별들이 우리를 내려다보는 모습을.

10000000000000000000000개의 별들이.

10000000000000000000000개보다 더 많은 별들이.

하나도 빠짐없이 모두 다.

그건 정말 멋진 일일 거예요. 별들이 그렇게 가만히 멈춰서 우리를 향해 환하게 빛을 내뿜는다면 말이에요. 이 우주의 한 귀퉁이에 있는 지구라는 희미한 푸른 점을 향해. 그 작은 뜰에서 길어봐야 겨우 1백 년 정도를 살았을 뿐인 한 인간을 향해. 그러니 42년만 살았을 뿐이라면, 그건 해도 해도 너무한 일이었겠지요.

아빠가 이 지구상에서 인간으로 존재했던 시간은 고작 42년.

그나마 나의 아빠로 존재했던 기간은 14년.

그건

해도 해도,

너무한 일이에요.

해도 해도.

달도 달도.

별도 별도.

아빠가 살았던 42년은 너무나 짧은 시간이죠. 별들의 숫자에 비하면 그건 없는 것이나 마찬가지예요. 하지만 상상해보세요. 그 빛들을 나눠서 쪼일 수 있었다면 아빠는 평생 매초당 7조5499억5047만2325개의 별빛을 받으면서 살았던 것이에요. 그렇다면 그건 정말 대단한 1초였을 거예요. 그렇게 대단한 1초라는 걸 알았더라면 아빠는 울지도 않았을 텐데요. 소주를 마시지도 않았을 거고, 약병을 들고 죽겠다고 아들에게 소리치지도 않았을 테죠. 아빠 인생의 1초가 그렇게 많은 빛으로 가득했다는 걸 알았더라면 말이죠.

하지만 우주의 모든 별들이 움직임을 멈추고 우리를 향해 일제히 빛을 내뿜는 순간은 단 한 번뿐이에요.

태어나서 단 한 번.

우리가 죽을 때.

그렇게.

우리는 아이로 태어나 빛으로 죽는 것이죠.

영원히 빛으로 죽는 것이죠.

그렇다면 그건 정말 멋진 일일 거예요.

그렇지 않나요, 아빠?

깊은 밤, 내 곁엔 늘 아빠의 빛이

아빠의 약병에 든 독약은 달콤해도 너무 달콤했다. 그런 사탕을 넣어둔 약병을 흔들면서 겨우 열 살이던 아들에게 당장 죽어버리 겠노라고 협박했다니. 약병에 남은 알약을 모두 삼킨 후 실컷 자고 개운한 몸으로 일어나니 배신감이 뭉게뭉게 피어올랐다. 그러나 배신감으로 치자면 나보다 권대령이 더 심하게 느낀 것 같았다. 내가 약병 안에 든 알약을 죄다 삼켰다는 사실을 안 권대령은 동숭동의 대학병원에 있던 나를 국군병원 VIP병동 일인실로 이송한 뒤 24시간 감시할 수 있도록 간호병까지 붙여놓았다. 그 간호병은 시간을 빨리 보내는 방법을 연구하는 사람이었다. 제가가 그의 인생에서 최대 목표였으니까. 무려 일 년 동안 연구한 뒤에 그는 아무런 생각을 하지 않고 살면 된다는 걸 알게 됐다. 그래서 그와 함께 있을 때는 조용하게 지낼 수 있었고, 덕분에 사람들의 잡생각이라는 소음에서 멀찌감치 떨어져 안정을 되찾을 수 있었다.

그러는 사이에 병실 창밖으로 보이는 경복궁의 키 높은 나뭇잎들은 미미한 바람에도 하나둘 떨어졌고, 곧 11월이 무표정한 얼굴을 하고 찾아올 것이었으며, 나는 힘들긴 해도 혼자서 걸어다닐 수 있을 정도로 상태가 좋아졌다. 하지만 권대령은 내가 일어나서 다시 걸음마를 연습할라치면 보여줄 사람이 따로 있으니까! 아직은 안 되니까 휠체어에 앉아 있으라고 소리쳤다. 하지만 가만히 앉아 있노라면 좀이 쑤셔 견딜 수가 없었으므로, 권대령이 가고 나면 간호병의 부축을 받으며 방안을 조금씩 걸어다녔다. 그럴 때면 간호병은 정말 아무런 생각 없이 말한다는 느낌이 들 정도로 시시껄렁한 이야기를 내게 들려줬다. 1 더하기 1은? 창문. 그런 허접한 수수께끼 같은 것들. 처녀가 애를 배도 할 말이 있다더니 〈전원일기〉에 나오는 그 여자 탤런트 정말 말이 많더라 같은, 말도 안 되는 속담 인용. 신병훈련소에 들어가기 전부터 시간을 빨리 보내는 방법만 연구했다더니 그 간호병의 이야기를 듣고 있으면 시간이 허망할 정도로 쏜살같이 지나갔다.

어느 날, 권대령은 나를 데리고 시내 백화점에 갔다. 성큼성큼 앞서가는 권대령을 뒤쫓아 허겁지겁 매장 사이 통로로 휠체어를 밀고 가면서 간호병은 다음날 내가 청와대에 들어가게 될 거라고 귀띔했다.

"시간은 금이니까, 거기 가면 분명히 시계를 받을 거야, 니미럴. 좋겠다. 시계. 봉황 그려진 손목시계. 피엑스에 가져가면 황도통조림이랑 맞바꿀 수 있을 텐데."

"혹시 시계 받으면 형 줄게요."

내가 말했다.

"아니다. 사사오입으로 하자. 혹시 두 개 받으면 나 하나 줘라."

"사사오입은 무슨 뜻이에요?"

아차, 애 앞에서 오입한다는 말 같은 건 하면 안 되는데.

"그거 나쁜 말인가요?"

"암튼 남들 앞에서는 쓰지 마라."

그 간호병과 나는 이런 식으로 대화하는 데 익숙해졌다. 사고 이후로 다른 사람의 생각을 읽을 수 있게 됐다고 털어놓았을 때, 간호병은 "그래봐야 청산은 유구한데 인걸은 간데없는 법이지. 작년에는 공중부양할 줄 안다던 놈도 들어온 적이 있었다. 화천에서 헬기로 후송됐는데, 그렇다면 제 힘으로 공중부양해서 오면 될 것이지, 왜 헬기는 타고 오느냔 말이다. 그런데 여기 있는 새끼들은 죄다 머리에 똥만 들었는데, 변소 X레이 찍는 것도 아니고 그 대가리 속을 들여다봐서 어디다가 써먹겠냐?"며 아무렇지도 않다는 듯한 반응을 보였다. 하긴 간호병의 말이 틀리지도 않았다. 병사들이 평소에 혼자서 생각하는 건 시시하기 짝이 없는 것들, 그렇지 않으면 욕설뿐이었다. 해영이 이년은 왜 며칠째 답장이 없는 거지? 고무신 돌려 신기만 하면 당장 메스 들고 탈영이다라거나 취사장 밥통에다가 쥐약 뿌려놓을 테니까 이 씨발놈들아, 다 죽어라, 다 죽어 같은 것들. 휴우, 그럴 때는 내 머리에 전원장치라도 달렸으면 좋겠다는 생각이 들었다.

　다음날, 나는 검은색 승용차를 타고 청와대로 들어갔다. 대통령이 사는 곳이라고 해서 꽤 멀리, 산속 깊은 요새에 틀어박혀 있을 줄 알았는데, 자동차로 십 분도 채 걸리지 않았다. 모처럼 새 옷에 새 신발을 신었는데, 그냥 휠체어에 앉아 있으려니까 좀이 쑤셨다. 차에서 내려 건물 입구까지는 내 발로 걸어갔다. 거기에서 간호병이 끌고 온 휠체어에 앉았다. 권대령은 간호병더러 대기하라고 명령한 뒤, 손수 내 휠체어를 밀었다. 건물 안으로 들어가니 너른 홀이 나왔다. 천장 가운데에 엄청나게 큰 샹들리에가, 그 양옆으로 다시 그보다는 작지만 역시 크다고 말할 수밖에 없는 샹들리에가 두 개 매달려 있었다. 입구 맞은편 커다란 갈색 봉황 문양이 돋을새김으로 새겨진 벽 앞에는 연단이 있었고, 단하에서 입구까지는 하얀색 테이블보를 깔아놓은 원탁들이 질서정연하게 배치되어 있었다. 양쪽 기둥 옆에서는 TV카메라가 입도 벙긋하지 못하고 원탁 앞에 앉은 학생들과 인솔교사들을 촬영하고 있었다. 나는 단상의 뒤쪽 위에 늘어진 플래카드를 보고서야 거기서 학생의 날 기념행사가 열린다는 사실을 알게 됐다. 권대령은 진행요원들이 안내하는 대로 우리 이름이 놓인 자리까지 휠체어를 밀고 갔다.

　"군은 오늘 모범학생으로 표창을 받게 된다. 대통령 각하님께서 직접 군에게 표창장을 수여하실 것이다. 정신차리고 똑바로 말해야만 한다. 나한테 하듯이 실없는 소리 하면 절대로 안 된다. 조금 있으면 경호실에서 대역이 나와 예행연습을 할 텐데, 그때는 휠체어에 앉아서 표창장을 받으면 된다. 하지만 대통령 각하님께서 직접 표창장을 수여할 때는 휠체어에서 일어난다. 알겠는가?"

권대령이 내 쪽으로 몸을 숙여 낮은 목소리로 얘기했다. 나는 고개를 끄덕였다.

"좋았어. 이제 마음을 풀고 느긋하게 기다리자."

권대령은 앞에 놓인 물을 단숨에 마셔버렸다. 권대령이 말한 대로 이십 분 뒤, 예행연습이 시작됐다. 나와 함께 모범학생 표창을 받을 학생들은 모두 일곱 명이었다. 그중에는 나처럼 휠체어를 타고 온 학생도 있었다. 우리는 대통령 각하님이 자신을 바라본다고 해서 절대로 시선을 피하거나 고개를 숙여서는 안 되며, 그럴 일은 없겠지만 만약 질문을 던지면 또박또박 자기 생각을 조리있게 말해야 한다고 주의를 받았다. 예행연습을 진행한 선글라스의 사내는 "또박또박 말한다"고 한번 더 말하더니 우리더러 따라서 외치라고 명령했다. 우리는 "또박또박 말한다"라고 소리쳤다. 예행연습만으로 학생들은 완전히 얼어붙었다. 예행연습이 끝나고 다시자리로 돌아간 뒤에는 이따금 경호원들의 무전기 소리만 들려올 뿐, 바늘 하나만 떨어져도 소리가 날 만큼 실내가 조용했다. 물론밖에서 듣기에 그랬다는 뜻이고, 내 머릿속으로는 수많은 중얼거림이 들려왔다. 목이 간지러워. 벌서는 것도 아니고. 마름모에 등변원기둥을 세우면 그 맞꼭지각이…… 살인마! 수월찮은 일이겠구만. 살인마! 나는 고개를 돌려 뒤쪽 학생들을 쳐다봤다. 누구의 목소리인지 알 수 없었다. 권대령이 나를 툭 똑바로 앉아! 쳤다.

마침내 "대통령 각하님께서 입장하십니다"라는 소리와 함께 스피커에서 〈대통령 찬가〉가 장중하게 흘러나왔다. 아아아, 대한 대한 우리 대통령. 길이길이 빛나리라 길이길이 빛나리라. 휠체어에 앉은 학생들만 빼놓고 다들 자리에서 일어나 손뼉이 터지도록 박수를 쳤다. 그렇게 박수를 치면서 이삼 분이 더 흐른 뒤에야 눈매가 매서운 대통령이 나타나 왼팔을 흔들며 자리로 가서 앉았다. 막상 단상에 오른 대통령의 이마를 보니 빛나도 너무 빛났다고나 할까. 단상 옆에 붙여놓은 식순에 따라 행사가 진행됐다. 대학생들이 무척 싫어하는 그 대통령은 십일 년 만에 다시 찾은 학생의 날이 지닌 의의에 대해 두서없이 말을 늘어놓았다. 지루한 식순이 이어지는 내내, 나는 도대체 '살인마'라는 생각을 계속 하는 사람이 누구인지 궁금해서 견딜 수가 없었다. 하지만, 바로 앞에 선 선글라스의 사내 때문에 고개를 돌릴 수는 없었다.

한참 만에 표창장 시상의 순서가 돌아와 나를 포함한 일곱 명의 학생들이 열을 맞춰 단상으로 올라갔다. 나는 고개를 들고 대통령의 얼굴을 똑바로 쳐다봤다. 살인마! 다시 그 말이 들렸다. 그리고 어떤 마음이 느껴졌다. 그 마음의 소유자는 곤봉에 머리가 깨어지고 총알에 복부가 파열되고 대검에 겨드랑이가 찢겨나간 시체들 사이에 어떤 남자가 미동도 없이 누워 있던 장면을 떠올리고 있었다. 그 순간, 압도적인 슬픔이 나를 삼켜버렸다. 나는 아빠를 생각했다. 이제는 더이상 아빠의 목소리를 들을 수 없다는 사실을 생각했다. 내 눈에서 한 줄기 눈물이 주르르 흘러내렸다. 그런 줄도 모르고 내 차례가 되자, 대통령은 권대령에게 아는 척을 했다.

"어찌 지내나? 잘 지내나?"

"예, 그렇습니다. 각하."

권대령은 차렷 자세로 대답한 뒤, 다시 열중쉬어로 돌아갔다.

"야가 그 원더보이야?"

"예, 그렇습니다. 각하."

"그런데…… 야 와 우는 기가?"

"이 자식아! 각하를 만나니 왜 우는 거야? 웃어, 웃으라고! 감격스러운 모양입니다."

"그래? 아무리 감격해도 사내가 그래 눈물이 헤퍼서 되겠나? 그래, 몸은 좀 어떻나?"

대통령이 내 쪽을 돌아보며 말했다. 나는 슬픔 속에 머물고 있었다. 그때부터 어떤 음향이 홀 안에 울리기 시작했다. 다른 쇠막대의 소리에 공명하듯, 그 음향은 낮고도 굵게 이어졌다. 대통령과 권대령만 빼고 다들 인상을 찌푸렸다.

"예, 그렇습니다. 각하."

"뭐가 그래?"

권대령이 뭐라고 대답하기도 전에 대통령이 다시 물었다. 권대

령은 열중쉬어와 차렷 자세를 번갈아 하느라 혼자서 춤을 추는 것
처럼 보였다.

"예, 그렇습니다. 각하. 아직 다리를 못 쓰는 것만 빼고는 지금은
거의 회복된 상태입니다."

"잘됐네. 그래, 너는 앉아서 이거 받아라."

그때 점점 강해지던 그 음향을 견디지 못한 학생과 교사 들이 하
나둘 훌쩍이기 시작했다. 대통령이 다가오자, 권대령은 휠체어에
앉은 내 등을 지금이야, 주먹으로 일어나, 인마! 찔렀다. 그제야 나
는 정신을 차리고 휠체어에서 벌떡 일어섰다. 그러자 깜짝 놀란 대
통령과 그 옆에 서 있던 진행요원이 주춤거리며 뒤로 물러섰다.

"이거 어떻게 된 거야? 다리 못 쓴다면서?"

"예, 그렇습니다. 각하. 이게 무슨 일인지 저도 영문을 모르겠습
니다. 아까까지 걷지도 못하던 애가 이렇게 벌떡 일어서다니……
이것이야말로 옥체의 건강한 기운이 이 병든 아이를 일으켜세운
것이 아니겠습니까!"

권대령은 울먹이기 시작했다. 그게 신호라도 되는 양, 갑자기 내
옆에 서 있던 아이들도 눈물을 흘리기 시작했다. 경호원들도, 단하
의 원탁에 앉아 있던 학생과 교사 들도 더 크게 울기 시작했다. 카
메라맨들은 눈물을 쏟으면서도 이 예기치 못한 상황을 놓치지 않
고 촬영했다. 오직 한 사람, 대통령만이 어리둥절한 표정으로 엉거
주춤 일어난 나를 바라봤다. 대통령은 나더러 자기 쪽으로 걸어와

보라고 말했다. 물론 나는 앉은뱅이가 아니었으니까 걸어갈 수 있었다. 그때 원탁에 앉은 참석자들이 박수를 치기 시작했다. 뭔가 일이 이상하게 돌아가고 있었다. 대통령에게서 결코 시선을 떼지 말라는 주의사항을 들었으나 나는 그 모든 일이 어이가 없어서 고개를 돌려 예수님이 다섯 개의 빵과 두 마리의 물고기로 오천 명을 먹여살리는 모습이라도 본 유대 고리대금업자처럼 입을 쩍 벌리고 눈물을 흘리는 시늉을 하는 이 자식아. 다 됐어 권대령을 쏘아봤다. 어서 대통령 각하님을 봐. 평상시 권대령의 목소리는 낮고 굵은데, 내 뇌세포를 쪼아대는 그 딱따구리 같은 소리는 어디서 오는 것이었는지. 그런데 다른 놈들은 대체 왜 우는 거지?

행사가 다 끝난 뒤, 타고 온 휠체어를 밀고 나가며 나는 과연 '살인마'라는 생각을 누가 했는지 궁금해 학생들을 둘러봤지만, 당연히 누구인지는 알 수가 없었다. 휠체어에 앉은 권대령은 무척이나 기분이 좋아 보였다. 권대령의 꿈은 정보부장이 되는 것이었다. 학생의 날을 맞이해서 시내 곳곳에서 가두시위가 벌어졌던 그날, 청와대에서 일어난 원더보이의 또다른 기적은 그 꿈을 앞당기는 계기가 될 게 뻔했다. 나는 휠체어를 거칠 게 밀었다.

"어른들은 다 똑같아요. 거짓말만 하고, 사기만 치고."

내가 씩씩거렸다.

"말조심해라. 여긴 아직도 청와대다. 내 말을 언제나 기억해라. 군 혼자서 울고 싶진 않겠지? 우리 함께, 모두 함께 웃는 게 좋겠다."

"나처럼 멍청한 애가 또 있을까요? 거짓말을 밥 먹듯이 하는 어른들한테 속고 또 속고."

"그래, 나도 밥 먹고 싶구나. 여기서 나가면 사제 밥 사주겠다."

"아빠도 나를 속였단 말이에요."

내가 휠체어를 함부로 밀치면서 말했다.

"군의 아버지가 뭘 속였다는 말인가?"

휠체어에서 일어난 권대령이 말했다. 나는 대답하지 않았다.

"아, 그 빈혈약 말인가?"

권대령이 내 표정을 살폈다.

"그걸 삼켰다면 군은 그 자리에서 즉사했을 것이다. 그때 군이 살던 셋집 주인이 그 인간, 그러니까 군의 장한 아버님을 뜻하는 소리인데, 어쨌거나 그 인간도 뒈진 마당에 그 독약 가져가서 뭐할 거냐고 따지지 않았다면 부관이나 나나 깜빡 속아서 그걸 군에게 그대로 갖다바칠 뻔했다. 군의 집주인은 그간 내가 만난 집주인들 중에서도 가장 입이 더러운 집주인이었다. 어쨌든 그래서 군이 삼킨 건 설탕으로 만든 달달한, 가짜 약이었다. 말하자면 사탕이랄까. 맛은 어땠는가? 좋았길 바란다. 군이 죽게 내버려두지 않는 것, 그것도 내가 할 일이다. 아직 군에게는 국가의 은혜에 보답할 일이 많이 남아 있다는 걸 명심해야 한다."

그 약병 속에 원래 청산가리가 들어 있었다는 사실을 확인한 뒤, 나는 다시 아빠가 나오는 꿈을 꾸기 시작했다. 꿈은 늘 비슷했다.

아빠와 나는 과일 노점을 정리한 뒤 트럭을 타고 어두운 거리를 달려간다. 우리 앞으로는 별처럼 반짝이는 불빛들이 촘촘하게 박혀있다. 아빠는 마치 은하수를 가로질러 여행하는 우주비행사처럼 트럭을 운전한다. 그러다가 순가락이 뚝 부러지고, 그 빛들이 일제히 멈춰 밝은 빛을 우리에게 비춘다. 그 순간이 되면 모든 것이 정지한다. 이제 곧 트럭과 봉고차가 부딪친다는 사실을 알고 있는 나는 손을 뻗어 아빠를 끌어당기려고 하지만, 내 몸은 조금도 움직이지 않는다. 그때부터 나는 가위에 눌리기 시작했다. 아빠, 아빠, 아빠, 죽지 마. 아빠. 말하려고 해도 입밖으로 소리는 나오지 않았다. 손을 뻗으려고 해도 몸이 말을 듣지 않았다. 그러다가 번쩍 눈을 뜨게 되면 거기 어둠 속에 나 혼자 누워 있었다. 온몸은 땀으로 범벅이 되고 죽어버린 날벌레들처럼 끔찍한 죄책감이 내 주위에 내려앉아 있었다. 이제 내 소원은 단 하나, 한 번만이라도 좋으니 아빠의 손을 잡는 일이었다. 그리고 아빠에게 잘 가라고 말하는 일이었다.

1984년의 겨울은 유일하게 말벗이 되어주던 간호병이 내 곁을 떠나는 것으로 시작했다. 그는 12월 중순에 전역할 예정이었다. 말년 휴가를 떠나기 전, 내게 작별인사를 하러 찾아왔을 때 나는 간호병에게 매일 꾸는 꿈에 대해서 얘기했다. 간호병은 그 꿈이 아빠를 영영 떠나보내기 위한 마음의 절차라고 설명했다

"우리는 모두 한 번은 처음 만나고 또 한 번은 영영 헤어지는 것

이니까. 네가 자꾸 아빠 생각을 하면 아빠는 네 곁을 영영 떠나지 못하실 거야."

간호병은 예전과 달라 보였다.

"원래 하던 대로 말해요. 갑자기 진지하니까 이상해요."

내가 말했다.

"이제 사회에 적응하려면 나도 정신을 차려야 하지 않겠니? 예수천국 불신지옥이라는 말도 있잖니. 네 아빠가 간 곳은 이 세상보다는 훨씬 더 좋은 낙원일 거야. 우리가 제대하면 가는 곳과 비슷하겠지. 그런데 네가 자꾸 아빠 생각을 하면 네 아빠는 선뜻 좋은 세상으로 가지도 못하고, 거 뭐냐, 말년 병장 말뚝 박는 심정일 거야."

"에이, 또 말도 안 되는 소리. 형이야말로 말뚝 박아야겠네."

나는 장난스레 간호병의 가슴을 향해 주먹을 뻗었다. '쌀밥 보리밥'을 하듯이 간호병은 두 손으로 내 주먹을 잡았다. 간호병의 헛소리가 내 마음을 달랬다. 그래요, 알겠어요. 저 때문에 아빠가 이 세상에서 제대하지 않고 말뚝 박는 건 싫어요. 가고 싶다고 여러 번 말씀하셨잖아요, 거기. 그런 멍청한 생각들 끝에 마침표처럼 눈물이 떨어지려고 해, 얼른 권대령 이야기로 화제를 옮겼다. 권대령이 보안사령부에서 예편한 뒤에 정보부로 가게 됐다고 말하자, 간호병은 잠시 생각에 개똥도 약에 쓴다더니 정말 똥냄새 풍기는 일만 골라서 하는구나 빠지는가 싶더니 이렇게 말했다.

"남의 떡이 더 커 보인다더니, 권대령 똥은 정말 굵기도 하구나!"

"하지만 약에 쓸 데가 있지 않을까요?"

"약올리는 데 쓸 수 있으려나. 권대령과 나는 다시는 안 만나는 게 좋아. 우리가 이뤄질 수 없는 사랑을 한 것도 아닌데 왜 이런 생각이 드나 모르겠다. 어쨌든 다시 만나면 그때는 둘 다 꽤 괴로울 거야."

어느새 뒷머리를 조금 기른 간호병이 말했다.

"권대령. 정보부 들어가려고 너를 빨아먹을 대로 다 빨아먹었으니까 너도 이제 부뚜막에 제일 먼저 올라가는 못된 찬밥 신세일 거다. 여기에도 권대령 백으로 있었으니까 권대령이 군복 벗으면 너도 환자복 벗어야 할 거야. 혹시 여기서 나간 뒤에 갈 데 없으면 말이다, 나를 찾아와라. 나는 3월에 복학할 테니까 학교로 와서 세상에서 FB 제일 잘 던지는 형 찾으면 된다."

"FB가 뭔데요?"

"Fire Bottle. 화염병 말이다. 꼭 찾아와라."

나는 간호병이 대학을 다닌다는 게 도무지 믿기지 않았다. 그는 나를 가만히 서당개도 삼 년이면 풍월을 읊는다더니, 내가 복학하면 꼭 3학년이다 바라봤다.

"못 먹는 감 그냥 찔러보는 소리 아니야, 인마."

"알았어요. 정말 갈 데 없으면 찾아갈게요. 그리고 그거는 이럴 때 쓰는 속담이 아니지 않아요?"

"그러냐? 짬밥으로 배 채우는데 왜 머리에는 똥만 차는지 나도 모르겠다."

"잠깐만요."

나는 침대 옆 작은 철제책상 서랍을 열었다. 간호병이 의아한 눈빛으로 나를 쳐다봤다.

"이거 전역 선물이에요."

나는 간호병에게 봉황 무늬와 함께 대통령의 이름이 새겨진 청와대 방문 기념 손목시계를 건넸다.

"눈물난다."

간호병은 씁쓸하게 웃었다.

"신병 때 이런 시계 있었으면 피엑스에서 새우깡이랑 바꿔먹었을 텐데. 이런 거 군대에서나 차고 다니지, 사회에서 이런 거 지니고 다니다가는 짱돌 맞기 십상이다."

"안 차고 다녀도 상관없어요. 뭐라도 선물하고 싶은데, 줄 게 아무것도 없으니까."

"그래, 고맙다. 너도 잘 지내라. 나 없어도 이제 자살 같은 건 안 하겠지? 자살은 비겁한 겁쟁이들이나 하는 짓이야. 미운 강아지 우쭐거리면서 똥 싸는 꼴이지. 제 딴에는 멋있다고 생각할지 몰라도 사람들 눈에는 그게 얼마나 한심하게 보이는지 모른다. 네게 늘 따뜻한 햇살이 비치기를 기도할게. 우린 곧 다시 만나게 될 거야.

이제는 안녕, 진짜 안녕이다."

그가 내게 손을 내밀었다. 나는 그 손을 잡았다. 그런가? 이제는 안녕, 진짜 안녕인가? 우리가 손을 맞잡고 있는 사이, 그렇게 1984년, 열다섯번째의 겨울이 지나가고 있었다.

"송년특집 원더보이 대행진을 시작합니다!"

　리허설은 오후 세시부터 시작됐다. 제일 처음으로 나온 아이는 속독의 천재였다. 신입 아나운서가 마이크를 들고 리허설을 진행했다. 신입 아나운서는 대본에 적힌 아나운서 멘트를 읽은 뒤, 그 아이에게 "어른이라고 해도 최소한 사흘은 걸려야만 다 읽을 것 같은, 차라리 베개로 쓰면 더 좋을" 만큼 두꺼운 링컨 전기를 내밀었다. NG. 피디는 대역 주제에 대본에 없는 시답잖은 말은 하지 말라고 신입 아나운서에게 소리쳤다. 방송에서 대통령 전기를 베개로 쓰면 좋겠다고 말하는 놈이 어디 있느냐고. 신입 아나운서는 얼굴이 벌게졌고, 무대 위 분위기는 썰렁해졌다.

　"이 책은 오늘 처음 보는 책이 맞지요?"

　신입 아나운서가 물었다. 하지만 속독소년은 대답이 없었다. 피디와 전 스태프들이 모두 속독소년을 쳐다봤다. 몇십 초가 흐른 뒤에야 속독소년이 간신히 말했다.

　"이, 이, 이 책은 오늘 처음 보는 책이 맞습니다."

"세상에 있는 책을 모두 읽었다더니 막상 처음 보는 책이 나오자 무척 당황한 모양이군요. 처음 보는 책이라는 걸 인정하기 싫어서 대답이 느렸던 것입니까?"

"제, 제, 제가 원래 말을 조, 좀 더듬거립니다."

"그나마 눈알은 덜컹대지 않는 모양이니 하늘이 도왔군요."

"NG! 이 새끼야, 너 죽을래? 너, 방송 망칠 일 있냐? 자꾸 애드립하지 말라니까."

피디가 아나운서에게 다시 소리쳤다. 아나운서는 그런 피디에게 다시 뭐라고 항변하려다가 금방 표정을 바꾸고 미소를 지었다.

"그건 애드립이 아니라 이 학생의 긴장을 풀어주려는 배려심에서 나름대로 준비한 멘트였습니다만, 마음에 안 든다면 취소하겠습니다."

"NG가 이미 취소됐단 소리야. 긴장은 니가 더했다, 인마. 너 틱 있냐? 턱은 왜 떨어?"

"그거야 이 학생한테 빨리 말하라고 신호를 주는 것이죠. 마음에 안 든다면, 이 학생과 자리를 바꿔서 하겠습니다. 나중에 내가 반대용 아나운서처럼 오른쪽 얼굴은 신호 안 줍니다. 유명해지기만 하면 너들은 다 죽었어."

리허설은 다시 시작됐다.

"자, 그럼 시작해보도록 할까요? 준비됐습니다? 이크, 실수다."

아나운서가 말했다.

"주, 주, 준비됐습니까. 휴, 이, 이, 이번에는 잘했어."

속독소년이 대답했다. 이번에는 피디가 아예 'NG!'를 외치지도 않았다. 낄낄거리는 스태프들의 웃음소리 속에서 속독소년은 책을 휘리릭 넘겼다.

"컷! 대가리!"

피디가 소리쳤다.

"학생, 방송할 때는 지금보다 고개를 좀더 들도록 해요. 너무 숙였어."

"그, 그, 그러면 책이 안 보여요."

벌벌 떨면서 속독소년이 말했다.

"책은 어차피 다 대가리! 읽고 온 대가리! 거 아닌가?"

속독소년의 얼굴이 붉어졌다.

"아, 아, 아니에요. 제, 제, 제가 다 읽고 나왔다고 사람들이 의심할까봐 한 글자도 안 읽었어요. 바, 바, 방금도 혹시 글자가 눈에 들어올까봐 일부러 딴생각했어요. 지, 지, 진짜예요. 서, 서, 서점에서 리, 리, 링컨 전기 한 글자도 안 읽었어요. 자, 자, 잠깐 들춰보긴 했지만."

"알았어, 알았어. 넌 어째 속독 연습할 시간에 말더듬이나 고치는 게 더 좋을 것 같다는 생각이 들게 만드냐. 암튼 카메라 쪽으로 고개를 더 들란 말이야. 안 그러면 머리통밖에 안 나와. 시청자들이 대가리가 커서 여기 나온 줄 알면 어떻게 할 거야? 들어가고, 다음 사람 나와."

그건 1984년 12월 31일 저녁 여섯시부터 한 시간 동안 방송될 〈송년특집 원더보이 대행진〉이라는 프로그램을 위한 카메라 리허설이었다. 속독소년 다음은 암산소년이었고, 그다음은 차력소년이었다. 차력소년의 순서가 끝난 뒤에는 〈묘기대행진〉에 나와 시청자들에게 가장 큰 호응을 얻었던 자전거 아저씨가 우정 출연했다. 키가 땅딸막한 자전거 아저씨는 삼천리자전거에서 협찬한 새 자전거를 끌고 나왔다. 리허설이라 실제로 묘기를 보이지는 못하고 그냥 들어가야만 했는데, 무대에서 그는 연신 입맛을 다셨다.

그 아저씨의 사연을 모르는 사람은 아무도 없었다. 한국전쟁 때 부모를 잃어버리고 고아가 된 아저씨는 종로5가 광장시장의 한 포목점에 사환으로 들어가 갖은 구박을 다 견디며 청년이 될 때까지 열심히 일했다. 나중에 결혼할 때가 되면 시장에서 조그만 가게라도 차릴 수 있도록 도와주겠다는 주인의 말을 철석같이 믿었기 때문이었다. 그러다가 스물세 살이 되던 해 아저씨는 평화시장의 한 공장에 배달을 갔다가 '시다'로 일하는 아가씨를 만나게 됐다. 하루 종일 햇볕을 보지 못해서 실핏줄이 파랗게 드러난 그 창백한 얼굴이 아저씨 눈에는 천사의 얼굴로 보였다. 첫사랑의 몽상은 아저씨로 하여금 그 아가씨를 놓치면 평생 다시는 누구도 사랑할 수 없으리라는 절박감으로 이끌었다. 며칠 고민 끝에 아저씨는 주인에게 결혼할 생각이니 그때까지 일한 삯을 정산해달라고 부탁했다.

함경도에서 월남한 주인은 "이 종간나새끼래, 은혜를 모리는 즘생만도 못한, 오시러븐 소리를 지꺼림둥! 날래 나가라우!"라고 소리치면서 등을 떠다밀었다. 그렇게 해서 아저씨는 십오 년 동안 일해온 가게에서 하루아침에 쫓겨나는 신세가 됐다.

하늘이 있다면 천둥 벼락이 광장시장에 떨어질 일이었으나, 천성이 순했던 아저씨는 돈만 받으면 되는 일이라고 생각하고는 동대문운동장 한쪽 귀퉁이의 쪽방에서 숙식을 해결하면서 매일 아침 가게로 찾아가 제발 돈을 달라고 주인에게 싹싹 빌었다. 그런 일이 벌어질 때마다 벼락이 떨어졌다면 광장시장이 벌써 오래전에 불바다가 됐으리라는 사실을 아저씨는 짐작도 못 했던 것이다. 하지만 지성이면 감천이라더니 그렇게 며칠 아저씨가 눈물을 쏟으며 호소하자, 주인도 마음이 변했는지 알겠다며 이렇게 말했다. 사실 지금까지 재워주고 먹여준 것만 치더라도 그간 네게 지급해야 할 봉급이 다 빠지고도 모자란다. 네가 소나 돼지였다면 고기로 팔아서 그 이문이라도 남겨야 할 판국이다. 하지만 너도 이렇게 사정하고 또 내가 그렇게 나쁜 사람도 아니니 이렇게 하자. 내가 저 배달자전거를 너한테 주겠다. 저 자전거는 내가 너만할 때, 혈혈단신 월남해서 쌀 한 가마니와 바꾼 소중한 물건이다. 저 자전거만 있으면 너는 이 시장에서 배달일을 할 수 있을 것이다. 너도 알다시피 배달일은 무궁무진하다. 마음먹기에 따라서 너는 얼마든지 부자가 될 수 있다. 자고로 주린 자에게 물고기를 주기보다는 낚시를 가르치라고 성인들도 말씀하셨다. 이것도 싫다면 나로서는 더이상 너를 도와줄 방법이 없다.

얼떨결에 녹이 다 슬어버린 검은색 자전거를 끌고 가게를 나온 아저씨는 며칠 배달일을 찾아 가게와 공장 들을 전전하다가 시장의 폭력배들에게 죽도록 얻어터지고 나서야 상인연합회에 돈을 밀어넣지 않으면 시장에서 배달일도 할 수 없다는 사실을 온몸으로 깨달았다. 그날 밤, 열시에 공장에서 일을 마치고 나오던 시다 아가씨는 어둠 속에서 또 자신을 기다리고 있는 아저씨를 보고는 안 그래도 괴로운 사람 더 괴롭히지 말라고 따끔하게 얘기하려다가 왕방울처럼 부어오른 눈을 보게 됐다. 아저씨 옆에는 녹슨 자전거가 세워져 있었다. 사연을 모두 전해들은 아가씨는 한숨을 크게 내쉬고는 드라이브나 시켜달라고 말했다. 아저씨는 아가씨를 짐칸에 태우고 자동차와 버스로 가득하던 동대문을 지나 종로를 따라 달렸다. 자전거에서는 삐걱대는 소리가 들리고, 자동차들은 빵빵거리고, 경찰들이 호루라기를 부는데도 아저씨는 1차선을 따라 페달을 굴렸다. 연신 뒤를 돌아보면서. 잊을 만하면 거기 그대로 있지요? 물으면서. 이제 잠잘 방 한 칸 없는 주제에, 가진 것이라고는 고작 녹슨 자전거 한 대뿐이었던 주제에, 아저씨는 그때만큼은 이 세상을 다 가진 것 같은 기분이 들었다고 〈묘기대행진〉에서 말했다. 두 사람은 자전거를 타고 가면서 말했다.

"나 때문에 쫓겨났으니 이제는 뭐 먹고 살아요?"

"이 자전거만 있으면 나는 탱크도 배달할 수 있다니까요."

"돈 없으면 배달일도 못 한다면서요?"

"서울에 시장이 어디 광장시장뿐인가요?"

"고향에서는 동생들이 줄줄이 사탕처럼 내 월급에 목매달고 있어요."

"난 꿈만은 누구보다도 많답니다. 혜숙씨, 난 가진 꿈만으론 대한민국에서 제일 부자예요. 푸른 하늘을 바라보며, 으쌰, 사랑하는 이와 손을 잡고, 으싸으싸, 헤이, 헤이, 헤이, 잇챠 뷰리풀 데이. 따따라따따."

"내가 그렇게 좋아요?"

"그렇습니다."

"나는 누가 날 좋아할까봐 겁나요."

"왜 그렇죠?"

"사랑하면 일을 못 하니까. 일을 못 하면 돈을 못 버니까. 돈을 못 벌면 동생들이 밥을 먹지 못하니까."

다음날, 그 아가씨는 더이상 공장에 나오지 않았다. 어디 갔느냐고 물어도 공장 사람들은 모른다고만 했다. 아저씨는 짐자전거를 타고 아가씨를 찾아 서울 시내 구석구석을 돌아다녔다. 그동안에는 김추자의 〈즐거운 일요일〉 따위를 흥얼거리는 일은 없었다. 사랑하면 일을 못 하니까. 일을 못 하면 돈을 못 버니까. 자기도 모르게 그런 말만 중얼거렸다. 서울에는 정말 상상도 못 할 정도로 많은 여자들이 살고 있었지만, 그 아가씨는 보이지 않았다. 사랑도 못 하게 하는 게 밥이라면 우리가 왜 밥을 먹고 살아야만 하는가? 아저씨는 밥을 먹지 않았다. 사랑도 못 하게 하는 게 일이라면 우리가 왜 일을 해야만 하는가? 아저씨는 일하지 않았다. 그러다가 수색에 이르러 더이상 페달을 굴리지 못하고 쓰러졌다. 쓰러진 채로 아저씨는 생각했다. 하지만 살아야 한다. 이대로 죽어서는 안 된다. 사랑을 해도 밥을 먹을 수 있다는 걸 그 아가씨에게 보여줘야만 한다. 아저씨 옆에 쓰러진 채로 여전히 뒷바퀴가 돌아가고 있던 검은색 짐자전거를 노려보며.

*

"봤냐? 아까 저 아저씨 미친 자전거, 엉? 나갈 때는 벨이 달려 있었는데, 들어올 때보니까 그 미친 벨이 없어졌더라, 엉? 봤냐, 엉? 봤어?"

내 옆에 앉아서 순서를 기다리던 남자애가 불쑥 내게 말했다. 작은 키, 밤톨처럼 생긴 얼굴에 고동색 야구모자를 쓰고 있었다. 나보다 어리다고 생각했는데, 대뜸 반말이어서 기분이 안 좋았다.

"못 봤는데?"

"미친 아저씨 아니냐? 미친 아저씨, 엉? 아무리 먹을 게 없어도 그렇지, 엉?"

'엉? 엉?'이라고 말할 때마다 짙은 눈썹이 위로 올라갔다가 다시 내려왔다. 누이면 눈을 감는 아기인형 같았다. 두발자율화가 실시됐다지만, 목덜미를 덮을 정도로 뒷머리를 길게 기르는 중학생은 없었으니까 나는 당연히 국민학생이라고 생각했다.

"너, 몇살인데 나한테 자꾸 반말이야?"

어라, 이런 미친 새끼를 봤나. 엉?

"넌 몇살인데?"

"난 열다섯 살이야."

"난 미친 열여섯 살이니까, 내가 형이네, 엉? 미친 존댓말 부탁한다."

내가 몇살인지 미친 니가 알겠냐?

"진짜 몇살이야?"

"열네 살이다. 열여섯 살이라니까. 어쩔래, 이 미친 새끼야!"

"열네 살이면 아직 중학교 1학년이구나. 몇 년 전에 〈묘기대행진〉에 나와서 저 아저씨가 다 얘기했는데, 넌 그때 어려서 기억이 안 나는 모양이구나. 살고 싶어서 그랬단다."

"열여섯 살이라니까. 이 미친 새끼가 어쨌든 내 말이 그 말 아니냐. 어떻게 알았을까. 엉? 살고 싶으면 밥을 먹어야지, 미친 자전거를 먹으면 쓰냐, 엉? 진짜 이거 미친 새끼네. 저 아저씨 얼마 못 가서 미친 위장병으로 뒈지지 않겠냐, 엉? 타이어는 곱창 맛이고, 안장은 등심 맛이라고? 저 거지 같은 아저씨가 그런 고기를 먹어본 적이 있었어야지 그 맛을 알지 않겠냐, 엉?"

무대에서는 여전히 리허설이 진행 중이었다. 이번에는 축구소년이었다. 그 아이는 공을 차면서 나오더니 리허설 중에도 계속 공을 머리로, 무릎으로, 발등으로 차면서 한 번도 떨어뜨리지 않았다. 아나운서와 말을 할 때도 머리로 툭툭 공을 치면서 얘기했다. 피디는 아나운서와 닭싸움을 한번 해보라고 주문했다. 축구소년은 여전히 헤딩하면서 그건 아직 숙달되지 않았지만, 한번 해보겠다고 대답했다. 축구소년은 머리로 공을 툭툭 치면서 왼쪽 다리를 잡았다. 잠시 눈치를 보며 뜸을 들이던 아나운서가 내리찍기 공격을 하려고 하자, 축구소년은 중심을 잃고 뒤로 넘어졌다. 공이 통통통 굴러갔다. 피디는 깔깔거리고 웃음을 터뜨렸다. "안 되겠다. 원래대로 짜장면으로 가자." 피디가 말했다.

"넌 무슨 미친 재주가 있어서 나왔냐, 엉? 다, 뭐 한 가지씩 하잖아. 미친 속독, 미친 암산, 미친 차력, 이번에는 미친 축구 닭싸움. 니가 제일 마지막이던데, 엉? 왜 니가 제일 마지막에 나오는 거지? 원래 제일 마지막에 나오는 사람이 제일 좋은 거잖아. 미친 가수왕 뽑을 때도 조용필이 제일 마지막에 나오잖아, 엉? 너는 무슨 재주가 있냐?"

옆에 앉아 있던 애가 내 눈을 바라보며 말했다. 나는 어깨를 으쓱해 보였다.

"난 재주 같은 거 없어. 그냥 나오라고 해서 나왔어."

나를 보다가 졸라 멋진 척하네, 엉? 어이가 없다는 듯이 그애가 말했다.

"정말 아무것도 없냐, 엉? 이런 거. 이런 거, 없냐, 엉? 잘 봐."

그애는 주머니에서 숟가락을 하나 꺼내더니 눈을 감고 잠시 심호흡을 하고는 숟가락의 목 부분을 문지르기 시작했다. 얼마 문지르지도 않았는데 금방 숟가락은 구부러졌다. 유리 겔러보다 더 잘하는 것 같았다.

"우와, 너 정말 잘하는구나."

내가 말했다.

"이 정도는 식은 죽 먹기야. 조금 있다가 나의 미친 초능력을 보게 되면 더 놀라게 될 거야, 엉? 그런데 왜 내가 너보다 먼저 나가는 거지? 엉? 말해봐. 너는 뭘 할 줄 아는데?"

나는 고개를 흔들었다.

"나는 정말 할 줄 아는 거 없어. 나도 너처럼 숟가락을 구부린 적은 있지만, 그게 진짜 내가 구부려서 그렇게 된 건지 봉고차랑 부딪히면서 그렇게 된 건지 나도 잘 모르겠어. 그냥 교통사고로 죽었다가 살아난 것뿐이야."

그애는 내 얼굴을 물끄러미 바라보다가 아, 간첩 신고는 113! 오른손으로 자기 이마를 탁 쳤다.

"아하, 너, 알겠다. 너, 그 원더보이지, 엉? 미친 간첩 잡은 원더보이, 엉? 아하, 그래서…… 정말 미친 방송이네, 엉? 지겹지도 않나, 미친 원더보이 타령."

그때 피디가 "다음!"이라고 소리쳤고, 그애가 벌떡 일어서서 무대로 걸어나갔다. 그애가 떠난 자리에 숟가락이 있기에 집어서 가져가라고 말했더니 그애는 주머니에서 숟가락을 한 다발이나 꺼내 보이곤 다시 돌아섰다. 리허설에 불과했는데도 초능력소년은 숟가락을 세 개나 구부렸고, 중학생 의자(꼭 중학생 의자여야만 한다고 말했다)에 앉은 아나운서를 한 손으로 들어올렸다. 피디도 아나운서도 속독소년도 암산소년도 차력소년도 모두 입을 쩍 벌리고 그 모습을 바라봤다. 닭다리를 하고 있던 축구소년은 놀라면서도 머리로는 계속 공을 툭툭 치고 있었다. 피디가 초능력은 그 정도면 됐으니까 진짜는 방송에서 보여달라고 말하자, 초능력소년은 알겠다며 아나운서를 내려놓았다. "대신에 넌 '미친'하고 '엉?'이라는 말만 하지 마, 엉?" 피디가 주의를 주자 초능력소년은 무대에서 뛰어내려 피디 쪽으로 가더니 그의 왼쪽 손목을 툭 치면서 "아저씨는 그 미친 시계나 잘 보고 다니세요, 엉?" 하고 말했다. 피디가 시계를 들여다보고는 "엉, 벌써 여섯시야? 뭐야, 언제 시간이 이렇게 됐어?"라고 소리쳤다. 하지만 시계 침을 제멋대로 틀리는 것도 그 소년의 초능력 중 하나였다.

마침내 내가 올라가자 피디는 연신 고개를 이건 뭐야, 쟤는 왜 나왔어? 갸우뚱거렸다.

"자, 그럼 이야기라도 좀 드라마틱하게 해봐. 대가리! 실감나게,

69

차라리 부딪히는 장면 같은 거. 대가리가 더 낫겠네. 안 그러면 누워 있는 동안 본 것 없어? 혼수상태에 빠져 있는 동안?"

"큰 소리가 났어요."

내가 말했다.

"아하, 시청자들이 실감나게 나도 소리를 질러볼까나? 큰 소리가 났단 말입니까? 놀랍군요. 어떤 소리와 비슷한지 예를 들어볼 수 있을까요?"

아나운서가 말했다.

"아니요. 비교할 만한 소리는 없어요. 한 번도 들어보지 못한 소리였어요. 귀로 들리는 게 아니라 그냥 온몸으로 느껴지는 것 같은 그런 소리였어요."

"아하, 온몸으로! 실감나게! 드라마틱하게! 온몸으로! 온몸으로! 소리를 들었단 말이군요. 놀랍습니다."

아나운서가 말하고는 내 머리를 가리켰다.

"그러면서 긴 터널 같은 것이 쭉 펼쳐지는데……"

"그래서? 그래서 어떻게 됐습니까? 뭐가 나왔습니까? 혹시 고속도로?"

"NG! 이 자식아, 이게 무슨 〈청춘만만세〉냐? 아하, 온몸으로? 너 개그맨이나 해라."

피디가 소리쳤다. 피디는 "이걸로 리허설 끝!"이라고 말한 뒤, 스태프들을 소집했다. 나는 그들을 바라보며 내 자리로 돌아갔다.

그들은 심각한 표정으로 서로 얘기를 나눴다. 쟤는 왜 나온 거야? 위에서 출연시키라고 지시가 내려왔어요. 편성도 쟤 때문에 된 거예요. 사실. 빌어먹을. 저 닭다리 잡고 해딩하는 애 좀 봐라. 순가락 구부리는 애는 또 어떻고? 쟤는 원더보이라지만 너무 평범해서 오히려 놀라울 정도네. 하지만 이제 와서 어떻게 해요. 거기까지 들었을 때, 초능력소년이 내게 말했다.

"안됐다. 개쪽이다. 너한테도 미친 초능력 같은 게 있었다면, 나 같으면 쪽팔려서 못 살 거다. 엉? 나처럼 호강하면서 살지 않았겠냐. 엉?"

"무슨 호강?"

"나라에서 내가 초능력 있다고 평생 먹여주고 재워주고 한단다."

"나라에서?"

"며칠 전에 집으로 미친 쌍둥이 남매가 찾아왔다는 거 아니냐, 엉? 검은색 양복을 입은 쌍둥이 남매 말이다. 나 같은 초능력자는 국가와 민족을 위해서 해야 할 일이 따로 있으니까 지금부터 잘 보살펴야만 한다는 거 아니겠냐, 엉? 국립초능력학교가 있어서 공부도 따로 시키고, 미국에 유학도 보내주고, 용돈도 준다더라. 오늘 내가 여기서 하는 것 봐서 나를 장학생으로 선발한단다. 그 쌍둥이 남매는 서로 텔레파시가 통한다고 하더라. 그래서 이 쪽이 한 번 말하고, 다른 쪽이 한 번 말하고, 번갈아가면서 한 사람과 말해도 하나도 이상하지 않던데, 너는 그 점을 어떻게 생각하냐, 엉? 꿈같은 미친 소리라고 생각하겠지, 크크크."

"꿈같은 일이라고는 생각하지 않아."

내가 말했다.

"그러냐, 엉? 정말 그렇게 생각하냐?"

초능력소년은 숟가락은 잘 구부리는지 몰라도 정말 눈치 없는 녀석이었다.

*

여섯시 정각, "송년특집 완더보이 대행진을 시작합니다!"라고 변대웅 아나운서가 말하는 것으로 생방송은 시작됐다. 속독소년이 손가락에 침을 묻혀가면서 책장을 휘리릭 넘기고 나자, 변대웅 아나운서는 책을 건네받고는 아무 곳이나 펼쳐서 질문했다.

"링컨에게는 스티븐 더글러스라는 정적이 있었는데, 읽은 기억 납니까?"

"리, 리, 링컨에게는 스티븐 더글러스라는 정적이 있었습니다."

속독소년이 말했다.

"학생은 짧게 대답해주시면 되겠습니다. 이 책에 이런 구절이 나오네요. 1860년 대통령 선거에서 정적 더글러스에게 두 얼굴을 가진 이중인격자라는 비난을 받았을 때, 링컨이 한 대답이 여기 적혀 있습니다. 과연 뭐라고 대답했습니까?"

"리, 리, 링컨은 이렇게 대답했습니다. 더, 더, 더글러스가 저를 몰아세우고 있습니다. 그, 그, 그 말이 사실이라면, 오늘같이 중요한 날 왜 이렇게 못생긴 얼굴을 가지고 나왔겠습니까?"

"아, 여러분. 한 자도 안 틀리고 똑같습니다."

변대웅 아나운서는 카메라를 향해 책의 본문을 펼쳐 보였고, 방청객들은 박수를 쳤다. 사실 링컨은 말을 더듬지 않았을 테니까 한 자도 안 틀렸다는 건 틀린 말이었다.

생방송은 순조롭게 진행됐다. 암산소년은 주산왕보다도, 계산기보다도 더 빨리 사칙연산을 했으며 차력소년은 팔에 담요를 둘둘 말아 미리 준비해놓은 포니의 앞바퀴 밑에 밀어넣고는 육중한 차체의 무게를 오랫동안 잊히지 않을 만큼 끔찍한 기합, 혹은 비명소리의 힘으로 견뎠다. 안장을 뜯어먹으면서 무대로 나온 자전거 아저씨는 아침부터 아무것도 먹지 못해서 결례를 무릅쓰고 자전거를 조금 먹었다고 말한 뒤, 앞바퀴부터 시작해서 자전거를 먹어치우기 시작했다. 사소한 불상사가 일어난 건 축구소년이 나왔을 때였다. 자전거 아저씨가 먹다가 흘리고 간 자전거 부스러기를 밟는 바람에 축구소년이 공을 두 번 정도 헤딩하다가 뒤로 넘어진 것이었다. 무대 앞쪽에 선 피디가 빨리 일어서라며 손짓을 보냈지만 축구소년은 정신을 잃었던 사람처럼 어리둥절한 표정이었다. 다시 일어난 축구소년은 방청객들의 박수에 힘입어 다시 공을 머리로 툭

툭 치기 시작했다. 다행히 축구소년은 계획한 대로 축구공을 헤딩하면서 짜장면을 두 젓가락 정도 먹었다. 그 정도면 충분했다. 더 했다가는 얼굴이 짜장면 범벅이 될 뻔했으니까.

그다음은 초능력소년 차례였다. 초능력소년이 나가려고 하는데, 제작진이 그애를 가로막았다.

"순서가 바뀌었어. 너는 제일 마지막에 나가고, 일단 너 원더보이, 니가 먼저 나간다. 자, 준비해, 빨리."

"우후, 조용필은 나다. 미친 방송이 드디어 정신을 차린 거 아니겠냐, 엉?"

초능력소년이 말했다.

나는 천천히 계단을 밟고 무대 위로 올라갔다. 변대웅 아나운서가 천천히 나를 향해 왼팔을 뻗으며 "여러분, 김정훈군을 큰 박수로 맞아주시기 바랍니다!"라고 말했고, 방청객들이 박수를 쳤다. 나는 방청석 쪽을 바라봤다. 귀를 꽉 메우는가 싶더니 박수소리는 서서히 멀어져갔다. 리허설 때와 달리 방청석의 풍경은 전혀 눈에 들어오지 않았다. 대신에 빛만이, 하얗고 환한 빛만이 내 눈앞을 가득 메웠다. 나도 모르게 탄식이 흘러나왔다. 빛은 무대에 가득했다. 그 빛 속으로 내 몸이 빨려들어가는 것만 같았다.

그리고 정적이 나를 감쌌다.

사막의 한가운데 나 혼자 서 있는 듯한 느낌이 들었다.

거기에 아무도 없는 듯한 느낌.

변대웅 아나운서도,

방청객도,

제작진도,

다른 소년들도.

다만 나 혼자 서서 나를 향해 쏟아지는 그 하얗고 환한 빛 속으로 솟구치는 느낌.

나는 구름 위를 걷듯이 그 빛을 밟으며 한 발 두 발 걸어갔다.

어떤 음향이 들리는 쪽을 향해서.

귀가 아니라 온몸으로 공명하는 그 소리를 따라서

그렇게 시간이 얼마나 흘렀을까? "지난 9월 하순, 무고한 시민 두 명을 죽이고……" 조금씩 눈앞이 보이면서 변대웅 아나운서의 멘트가 들려오기 시작했다. 나는 이제 다시 보이기 시작한 변대웅 아나운서를 바라봤다. 그는 나를 향해 천천히 왼팔을 뻗으며 내가 나올 때 했던 말을 다시 반복하고 있었다. "한 명을 중태에 빠뜨린 채 도주하던 간첩이 탄 차량을 향해 죽음을 각오하고 정면충돌한 애국 열사의 아들, 우리 자유대한의 원더보이 김정훈군을 소개합니다. 여러분, 김정훈군을 큰 박수로 맞아주시기 바랍니다." 방청객들이 다시 박수를 쳤다. 나는 뭐가 뭔지 알 수 없었다. 잘 섞어놓은 카드처럼 시간의 순서가 뒤죽박죽이 된 것 같았다.

"김정훈 학생, 이제 건강은 좀 어떻습니까?"

변대웅 아나운서가 내 입 앞에 마이크를 갖다댔다.

"국민 여러분이 걱정해주신 덕분에 많이 좋아졌습니다."

"다리는 어떤가요? 걷는 데는 지장이 없나요?"

"예. 대통령 각하님을 뵌 후로 잘 걷게 됐습니다."

공식적인 자리에서 나는 늘 그렇게 대답했다.

"시청자 여러분, 보이십니까? 이 다리가 바로 그 기적의 다리입니다. 원더보이의 다리입니다. 이렇게 튼튼해졌습니다."

변대웅 아나운서가 내 허벅지를 왼손으로 만져보면서 어째 솔찮이 먹어야 쓰겠소 말했다. 방청객들이 다시 박수를 쳤다.

"그 끔찍한 순간을 다시 떠올리는 게 힘들겠지만, 실은 나도 지굿지굿하다만 지금 방송을 지켜보고 있는 시청자들을 위해서 간첩을 향해 돌진하던 그 순간을 다시 설명해줄 수 있겠습니까?"

나는 하얗고 환한 빛을 바라보며 침을 꿀꺽 삼켰다. 모두들 내 입술만 바라보고 있었다. 거기 어딘가에 권대령이 앉아 있다는 걸 나는 알 수 있었다.

"아빠가……"

거기까지 말하는데 내 눈에서 눈물이 주르르 흘러내렸다. 내가 울자, 변대웅 아나운서도 갑자기 돌아가시기 전에 울 아버지 주점에서 육자배기 부르던 장면이 왜 하필이면 지금 생각나는다나? 눈물을 흘리기 시작했다. 변대웅 아나운서는 한동안 말을 제대로 잇지 못할 정도였다. 그는 손수건을 꺼내 눈물을 닦더니 내게 건넸다. 나는 계속 말을 이었다.

"아빠가 운전하는 트럭이 무장간첩의 봉고차와 부딪치는데도 저는 아무것도 하지 못했습니다. 아빠가 죽는데도 죽지 말라고 말리기는커녕 잘 가라는 인사도 못 했습니다. 저 때문에 엄마가 먼 나라로 떠났다고 아빠는 늘 말씀하셨습니다. 그런데 이번에는 아빠가 돌아가셨습니다. 다 저 때문입니다. 제가 아무것도 하지 않았기 때문입니다. 아빠가 죽는 줄도 모르고 가만히 있기만 했던 것입니다."

그러자 이번에는 방청석 곳곳에서 울음소리가 들리기 시작했다. 앞에 선 피디가 즐거운 연말에 이 무슨 초상집 분위기냐! 그만, 그만! 오른손을 마구 흔들었다. 하지만 그의 눈에서도 눈물이 줄줄 흘러내리고 있었다. 변대웅 아나운서는 대체 이게 뭔 일이다냐? 얘가 말만 하면 왜 이렇게 내 일처럼 느껴진다냐? 가까스로 사회를 계속 봤다.

"정훈군의 아버지는 단순히 교통사고로 돌아가신 게 아닙니다. 국가와 민족을 위해 산화하신 것입니다. 아시다시피 여기 김정훈 학생도 죽음의 문턱까지 넘어갔다가 다시 돌아왔습니다. 오늘 참으로 많은 놀라운 소년들이 이 자리에 나왔습니다. 하지만 시청자 여러분, 저는 여기 있는 김정훈 학생이야말로 구라지, 구라 우리 시대의 원더보이라고 생각합니다. 김정훈 학생이 혼수상태에 있을 때, 국민들 누구 하나 김정훈 학생이 소생하기를 바라지 않았던 사람이 없었을 겁니다. 이 말본새 좀 보시게! 그렇게 국민 모두가 마음을 모았기 때문에 김정훈 학생은 여기 이 자리에 설 수 있었던 것입니다. 기적은 물 위를 걸어다니거나 하늘을 날아다니는 일 같은 게 아닙니다. 박수 쳐라! 우리 모두의 소망이 뜻대로 이뤄지는 것이 바로 기적입니다. 박수."

변대웅 아나운서의 말에 방청객들이 정신을 차리고 박수를 쳤다.

"그렇지, 이제 좀 제대로 돌아가네. 김정훈 학생. 학생에게 어떤 놀라운 일들이 일어났는지 다시 한번 얘기해줄 수 있겠습니까?"

변대웅 아나운서가 내게 말했다. 나는 방청석을 돌아봤다.

"혼수상태에서 깨어난 뒤로 소리가 느껴지기 시작했습니다."

"무슨 소리가 뭘 소리여? 들렸습니까?"

"가만히 있으면 앞에 앉은 사람들이 생각하는 소리가 들려왔습니다. 또 누군가의 물건을 손에 쥐면 그 사람이 살아온 내력도 알게 되었습니다. 소리만 들리는 게 아니라, 꼭 그 사람이 된 것처럼 기쁨과 슬픔도 그대로 느껴집니다. 도대체 왜 이런 일들이 일어나는지는 저도 모르겠습니다. 그냥 느껴집니다. 혼수상태에서 깨어난 뒤로는 다른 사람들의 마음이 그대로 느껴집니다."

방청석은 물론 변대웅 아나운서도 아무런 소리를 내지 않았다. 그런 상태로 시간이 흘러갔다. 방송사고가 날 만한 상황이었다.

"하하핫, 그렇군요. 라디오소년이라고 말하면 그래요. 시청자들이 퍼뜩 알아듣겠구만. 좋아요. 김정훈 학생, 그럼 방금 제가 무슨 생각을 했게요?"

가까스로 변대웅 아나운서가 내게 말했다.

"'라디오소년이라고 말하면 시청자들이 퍼뜩 알아듣겠구만'이라고 생각했습니다."

"네, 정확하게 맞혔습니다. 지금 김정훈 학생의 머릿속에는 모든 주파수가 흘러드는 트랜지스터가 박혀 있는 셈입니다. 그런데 그런 일이 우리에게 일어날 리가…… 없지 않습니까?"

나는 변대웅 아나운서가 건네준 손수건을 다시 돌려줬다.

"고향 나주에서 사실 때 두번째로 가출해 울면서 들판을 걸어가던 그날 밤에 누군가를 만난 일이 있지 않나요?"

그 말을 하는데, 끝없는 어둠 속을 헤매는 느낌이 들면서 다시 내 눈에서 눈물이 주르르 흘렀다. 변대웅 아나운서의 눈에서도 눈물이 주룩주룩 흘러내렸다.

　"워매, 징글징글허구만. 시피 볼 사람이 아니네. 그때 내 나이가 열네 살이었소. 그걸 김정훈 학생이 어떻게 알았나요?"

　열네 살, 변대웅 소년은 그 어둠의 끝에서 환한 빛을 보고 있었다. 그게 무엇이냐면……

　"그때, 아나운서님도 성모님을 만나셨잖아요. 아직까지도 그분이 진짜 성모님이라고 믿고 계시잖아요."

　"워매. 이를 우짜까나. 워매. 워매. 여러분, 정확하게 김정훈군의 말이 맞습니다."

　변대웅 아나운서의 눈이 휘둥그레졌다. 변대웅 아나운서가 눈을 크게 뜨자, 수도꼭지를 틀어놓은 것처럼 눈물이 앞으로 뻗어나갔다. 누구에게도 이해받을 수 없는 고통 속에 머물다가 결국 소통의 환희를 맛본 자만이 흘릴 수 있는 눈물이었다. 그날, 방송국에 있던 방청객들은 물론 집에서 텔레비전을 보던 시청자들도 변대웅 아나운서와 마찬가지로 저마다 겪었던 고통의 순간을 생생하게 떠올리면서 눈물을 흘리느라 큰 소동이 일어났다. 유일하게 눈물을 흘리지 않은 사람은 숟가락 하나 구부리는 장면도 시청자들에게 보여주지 못한 그 초능력소년이었다. 나중에 알게 되겠지만, 그 초능력소년의 이름은 이만기였다. 뒤집기를 잘하는 천하장사의 이름과 같았다. 결국 그날, 이만기는 어떤 강력한 감정의 소용돌이에도 휩쓸리지 않는 무감각의 재능을 보여줬을 뿐이었다. 이런 미친 방송이 어디 있어. 이런 미친 아나운서며. 이런 미친 방청객들이라니, 엉? 왜 우는 거야, 엉? 도대체 왜 우는 거냐구? 그날, 방송이 끝날 때까지 내게는 그 목소리가 제일 크게 들렸다.

어떻게 나는 새로 사서 처음 입었다는 이만기의 양복 상의에
토하게 됐는가?

내가 끌려간 곳은 재능개발연구소라고 했다.

"녹음기 써본 적 있는가? 일단 사용법부터 익힌다. 거기 검정 삼
각형이 그려진 버튼과 빨간색 원이 그려진 버튼을 동시에 눌러본
다. 자, 어서. 스도쁘! 이제 큰 소리로 노래를 부른다. (나는 '한밤중
에 목이 말라 냉장고를 열어보니'라면서 노래를 시작했다.) 됐다. 이
제 거꾸로 그려진 삼각형 두 개가 그려진 버튼을 누르고, 다시 스도
쁘! 다시 검정 삼각형을 누른다. (갈증이 심해서 금방이라도 죽어버
릴 것처럼 힘이 없는 목소리가 들렸다.) 잘했다. 알겠는가? 그렇게
녹음하는 것이다. 다시 검정 삼각형 버튼과 빨간 원 버튼을 동시에
누른다. 이제 시작한다. 그 상자 안에 뭐가 들어 있는지 생각해본다.
(나는 고개를 들어 스피커를 바라봤다.) 못 맞힌다고 때리거나 혼내
지는 않을 테니 걱정하지 않아도 된다. 그냥 느낌으로 맞혀보란 말이
다. 정신을 집중해서. 어차피 이건 연구니까 정답 같은 건 없다. 그냥

군이 느끼는 대로, 아니면 X레이처럼 그 속이 보이면 보이는 대로 말하면 되는 것이다. 좋다, 좋다. 그냥 닥치는 대로 대기한다. 알 게 무엇인가? 일이 제대로 되는 건지 아닌지 아무도 모른다. 피차 이런 일 한 번도 해본 적이 없는 처지다. 이번에는 그 상자를 열어본다. 혹시 손 안 대고 열 수 있다면, 그렇게 해도 괜찮다. 당장 여기서 뿅, 하고 사라질 수 있다면 그래도 괜찮다. 군이 가진 초능력을 총동원한다. 눈에서 레이저 빔이 나와도 상관없다. 무슨 상관이겠는가? 여긴 초능력을 연구하는 재능개발연구소인데. 하하핫! 안에 들어 있는 걸 꺼내본다. 걱정하지 말고 손을 집어넣는다. 아구것도 아니니, 쑥 밀어넣는다! 제기랄, 군은 원더보이다. 뭐가 두려운가?"

상자 속에 손을 집어넣을 때마다 그 안에 들어 있을 것이라고 내가 상상하던 물건들 베스트 7

1. 목이 잘린 얼굴
2. 새끼손가락
3. 눈알
4. 방울뱀
5. 지네
6. 똥
7. 동물의 내장

실험을 하는 동안, 그 상자에서 나온 물건들 베스트 7

1. 뒤축이 바깥쪽으로 반쯤 닳은, 그리고 바닥의 랜드로버 상표는 맨들맨들 지워진, 그러나 어떤 냄새도 풍기지 않던 원래 갈색이었을 오른쪽 구두 한 짝.

2. 글씨가 새겨진 부분이 여전히 날카로운, 장기판의 육각형 코끼리 '상象'

3. 도무지 왜 그려진 것인지 알 수 없는 에펠탑과 자유의 여신상이 각각 파란색과 흰색으로 조악하게 그려진 배경 위로 '바덴바덴'이라는 상호와 '2-4198'이라는 전화번호가 인쇄된, 한번 물에 젖었다가 마른 흔적이 갑 안에 남은 성냥갑.

4. 어떤 액체, 예를 들면 콧물이라거나 기타 몸에서 나오는 피를 제외한 체액이 말라붙은 흔적이 고스란히 남아 있는, 여러 개의 화장지 뭉치.

5. 색이 번진 파란색 만년필로 또박또박 멋을 부려 쓴, 하지만 3분의 2 가량이 찢겨나가 전체 내용을 알아보기 어렵게 된, 그렇지만 "오늘의 스페인어. Me haces falta. 직역하면 '나에겐 네가 부족해.' 하지만 '보고 싶어'라고 번역할 수 있어"라는 구절이 온전히 남은 편지.

6. 화장품 냄새가 은은하게 배어 있는, 하얀색과 검정색 실로 체크무늬를 만든 빨간색 머플러.

7. 아, 내 손을 떨리게 만든, 눈물만 또 주르르 흐르게 만든, 아, 눈물…… 빌어먹을 눈물만 흐르게 만든……

나는 코끼리 다리를 만지는 장님 행세를 했다.

나는 권대령과 그 괴상한 실험을 매일 했다. 침을 꼴깍 삼키며 손을 상자 속에 집어넣고 안에 든 물건을 꺼냈다. 그 뒤에는 스피커 속 권대령의 목소리가 시키는 대로 그 물건을 만지기도 하고 핥기도 하고 뜯기도 하고 던지기도 했다. 내가 할 일은 그 물건의 소유자가 어떤 사람인지 알아맞히는 일이었다. 나는 녹음기에 더듬더듬 "스물세 살의 남자입니다. 대학생입니다. 공부는 잘 안 하는 사람입니다. 머리가 길군요" 하는 식으로 중얼거렸다. 그렇게 혼자 빈방에 앉아서 출처가 불분명한 물건들의 주인이 어떤 사람인지 말하는 일은 너무나 힘들었다. 왜냐하면 물건을 집는 순간, 내게는 어떤 사람의 얼굴이 또렷하게 떠올랐기 때문이었다. 그건 마치 조각상을 눈앞에 세워놓고 바라보는 것과 같았다. 시간만 준다면, 눈가의 주름살은 몇개이며 인중의 길이는 얼마인지까지 말할 수 있을 것 같았다. 하지만 내게 그런 능력이 있는 한 그들이 나를 놔주지 않을 것이 분명했기 때문에 나는 그 얼굴과는 완전히 다른 어떤 얼굴을 상상해야만 했다. 재능개발연구소에서 하는 실험이 힘들었다면, 바로 그런 의미에서 힘들었다는 뜻이다. 나는 지금까지 살면서 만났던 사람들을 하나하나 떠올리면서 그들의 인적사항과 인상착의를 녹음기에 읊조리는 일을 계속했다. 덕분에 몇 개월이 지나도록 내 초능력에 관한 실험은 진척이 없었다. 그렇게 여름이 되자, 권대령은 나를 연구할 다른 방법을 찾아야 했다. 그렇게 해서 나는 미스터 피터 잭슨을 만나게 됐다.

No, no. Master, not just Mister.

'마스터' 피터 잭슨은 초능력자이고, 또 오랫동안 미국 정보부에서 초능력을 가진 소년들을 가르쳐온 것은 맞지만, 나를 만날 당시에는 칠십 세에 가까운 고령으로 이미 은퇴한 뒤였다. 그는 전생을 기억하는 소년들을 찾아다니느라 스리랑카에 머물고 있다가 정보부의 연락을 받고 한국에 들어왔다. 그 과정에 약간의 오해가 있었다. 본부는 마스터 피터 잭슨이 아시아에 있다는 이유만으로 그를 추천했는데, 정작 그는 내가 전생을 기억하는 소년인 줄 알고 한국에 입국한 것이었다. 하지만 나와 면담한 자리에 앉기도 전에 그는 내가 전생을 기억하지 못한다는 걸, 그렇지만 내게는 어떤 힘이 있다는 걸, 그리고 내가 그 힘을 두려워한다는 걸 알아차렸다. 말로 풀자니 아래와 같은 대화 형식이 됐지만 우리는 중간에 영어로 두 마디를 나눈 걸 제외하면 어떤 대화도 나누지 않고도 서로를 이해했다.

너는 지금 근원에 직접 닿아 있는 거야. 에너지는 거기에서 비롯

하지. 내가 두려워하거나 걱정할 필요는 없어. 근원의 에너지는 원하는 만큼 내게 머무를 테니까.

그럼 나는 이제 영영 평범한 사람으로는 살 수 없다는 뜻인가?

하하하. 이런 경우를 당하고도 평범한 사람으로 살기를 바라는 건가? 특별해지기를 원해야지. 보통의 존재로 생을 마친다면 그것만큼 억울한 일은 없지. 특별해지는 게 필요해. 우리는 중요해져야만 해. 원더보이가 되기를 바라고 또 바라야지. 매순간 삶이 놀라움으로 가득 차기를. 내가 원더보이인 한은 누구도 내 안의 놀라움을 짓밟거나 파괴할 수 없어.

그건 권대령이 한 말과 비슷했다.

권대령이 누구지?

나는 옆에 앉은 권대령을 향해 고갯짓을 했다. 마스터 피터 잭슨은 불쾌하다는 표정을 지었다.

왜 다들 이 사람을 두더지라고 부르는 거지?

설명하자니 길고, 어쨌거나 난 지금 보통의 소년도 못 된다. 아빠도 없고, 엄마도 없으니까. 그러자 마스터 피터 잭슨은 눈을 감고 집중했다. 그건 마치 바다가 파도를 잠시 멈추고 잠잠해지는 것과 같은, 나로서는 상상조차 할 수 없는 집중이었다. 어떤 마음도 읽히지 않았다.

미안하지만. 아빠는 얼마 전에 죽은 것 같구나. 아주 희미하게 내 아빠의 에너지가 아직 네게 연결돼 있네. 그건 아빠가 아직도 너를 생각하고 있다는 뜻이지.

아빠라는 말을 듣자 내 심장은 굳어버렸다. 얼음처럼.

그런데 너를 향한 다른 에너지가 있어. 그건 아마도 네 엄마에게서 나오는 것 같구나.

그 순간, 얼어붙은 심장이 그대로 부서지는 것 같았다. 나는 주위를 둘러봤다. 권대령과 직원들이 명상에 잠긴 마스터 피터 잭슨과 나를 의아하다는 표정으로 바라보고 있었다. 정말일까? 나를 향한 에너지가 엄마에게서 나오고 있다는 게 사실일까? 마스터 피터 잭슨은 아무런 반응이 없었다.

맞아. 내 엄마의 메시지는 여전히 너를 찾고 있어.

그건 엄마가 살아 있다는 뜻인가?

미안해. 내가 아는 건 거기까지란다. 네 엄마의 메시지가 너를 찾고 있다는 것. 나머지는 스스로 찾아야만 해.

"Thank you, Sir."

내가 말했다. 마스터 피터 잭슨이 눈을 떴다.

"You're welcome."

마스터 피터 잭슨의 그 말은, 아빠가 죽은 뒤 얼어붙은 내 인생 전체를 녹여버렸다. 나만큼이나 그에게도 궁금한 점이 많았다. 예를 들면, 전생은 어디까지 기억나니? 같은 질문. 하지만 난 기억력은 워낙 좋지 않았다. 일 년 전의 일들도 나는 잘 기억하지 못했다. 스님처럼 머리를 짧게 깎은 그 얼굴에 실망의 빛이 감돌았다. 마스터 피터 잭슨은 권대령과 통역에게 말했다.

"은퇴하기 전까지는 이 아이처럼 텔레파시 능력을 가진 소년들도 가르쳤습니다. 하지만 이제 나는 칠십이 다 되어가고, 그런 것들에는 아무런 관심도 없어요. 이 삶에 대해서는 충분히 배웠다고 생각합니다. 이제 알고 싶은 것은 죽음과 내세뿐이에요. 그래서 전생을 기억하는 소년들만 연구할 뿐입니다."

"전생을 기억하는 소년이라고 전한 적은 없었는데, 뭔가 착오가 생긴 모양이다. 본관이 원한 건 김군의 초능력을 계발해서 수사에 이용하는 법을 아는 사람이었다."

권대령이 말했다.

"뭘 원하는지 알 것 같군요. 어쨌든 난 아닙니다. 내가 본부에 다시 보고하겠습니다."

통역의 말이 끝나자마자 내가 외쳤다.

"저, 전생도 기억해요. 전생에 저는 말레이시아의 숲속에 살던 사람이었어요."

말하고 보니 그건 언젠가 아빠에게 들은 오랑우탄이라는 말의 뜻이라는 걸 알 수 있었다. 하지만 이것저것 가릴 여유가 없었다. 권대령이 나를 바라보다가 통역에게 고갯짓을 했다. 통역이 내 말을 마스터 피터 잭슨에게 옮겼다. 그는 내 쪽은 쳐다보지도 않은 채, 통역의 말이 끝나자 생각에 잠겼다. 내가 거짓말을 한다는 걸 그가 모를 리는 없었다.

마스터 피터 잭슨에게 묻는다.

다음날, 가까스로 이뤄진 두번째 만남에서 마스터 피터 잭슨은 어떤 사람의 배석도 없이 단둘이서만 얘기하고 싶다고 요청했다. 연구소 측은 그의 요청을 받아들였다. 그러나 그 두번째 만남은 아무런 성과 없이 끝났다. 적어도 수사관들이 CCTV로 지켜본 바에 따르면 그랬다. 우린 그 방에서 별다른 말을 나누지 않았으니까. 하지만 그건 다른 사람들이 볼 때 그랬다는 뜻이었다. 그날, 내가 떠올린 의문에 대해서 마스터 피터 잭슨은 순서대로 이렇게 대답했다.

1. 먼저 엄마에 대해서. 엄마는 어디에 있는가?

먼저 심장의 두근거림에 귀를 기울이는 방법을 배워야만 해. 심장이 말하는 소리에 귀를 기울이렴. 그리고 그 소리가 가리키는 방향으로 곧장 가거라. 그 길은 의심과 불안으로 어둡겠지만, 그 길 위에서 내 심장이 뛰는 한 결국에는 진실에 이를 테니까. 엄마를 찾겠다면, 너는 내 스스로 찾아야만 한다.

2. 이번에는 아빠에 대해서. 아빠가 죽은 뒤 남은 그 몸은 내가 알던 아빠가 아닌데, 내가 알던 아빠는 그 몸에서 빠져나갔을 텐데, 그렇다면 내가 알던 아빠는 지금 어디에 있는 것일까? 화장터

의 불구덩이를 아직도 떠나지 못하는 것일까? 아니면 과일을 팔던 시장 골목에 있는 것일까? 그것도 아니라면 우리 머리 위의 하늘에 있는 것일까? 늘 있던 곳에 있는 것일까, 아니면 가보고 싶던 곳에 있는 것일까?

내 아빠의 몸은 하나지만, 내 아빠의 추억은 그보다 많고, 내 아빠의 영혼은 무수히 많지. 우리는 한 번 죽고, 여러 번 살고, 무한대로 존재하지. 그 무한대의 영역이 지금 네가 닿아 있는 근원이야. 우리는 불에 타서 죽고, 물에 빠져서 죽고, 칼이 찔려서 죽고, 병이 들어서 죽을 거야. 어쨌든 우리는 모두 한 번 죽을 거야. 하지만 여러 번 살아. 영원히 존재하기 위해서. 우리 살이 짓눌려 물이 되고, 우리 뼈가 갈려 가루가 된다고 해도 우리는 닳거나 없어지지 않을 거야. 내가 기억하는 한, 내가 있는 그곳에, 바로 지금, 바로 여기에 내 아빠는 존재할 거야.

3. 그리고 내 초능력을 더 향상시키는 방법에 대해서.

스스로, 모든 건 스스로! 외부의 힘을 개입시키지 않고, 자기 자신의 힘으로. 그래서 저절로 모든 일들이 이뤄질 수 있도록! 이 세개의 모든 것들이 그렇게 되기로 한 것처럼 스스로 그렇게 되리라는 사실을 그저 믿기만 하면 돼.

그리고 나서 그는 어떤 빛에 대해서 얘기했다. 시에라네바다의

깊은 골짜기에서 혼자서 야영하던 어느 밤, 자신의 텐트를 비추던 환한 빛에 대해서. 자다가 깨어 침낭에서 나와 텐트의 지퍼를 열고 밖을 내다보고는 딱 한 번 그는 그 빛에 노출됐고, 그의 삶은 완전히 바뀌었다. 그러니까 나와 마찬가지로.

4. 마지막으로 그 빛에 대해서.

그건 이 현실의 표면이 살짝 찢겨나간 틈에서 쏟아지는 빛이었지. 이 현실, 고차원의 눈으로 볼 때는 아무런 깊이가 없는 3차원의 세계. 마치 종이로 만든 것과 같은. 이런 세계에서는 우리 영혼이 아무리 깊어지려고 해도 불가능하지. 자기 본래의 모습을 만나려면 이 세계 바깥으로 나가야만 해. 이 세계가 우리를 붙들어매는 힘은, 즉 카르마의 중력은 집착이야. 희로애락들, 우리를 울고 웃고 화내고 슬퍼하게 만드는 것들에 대한 집착들. 감정의 불을 끄고 그 일들을 바라볼 수 있다면 이 현실의 중력장은 붕괴되지. 마스터 피터 잭슨은 손바닥을 펼쳤다. 여기에 사과 한 알이 떨어져 있다고 상상하자. 이 사과가 원래의 자리로 돌아가려면 어떻게 해야만 할까? 나는 빨갛게 익어 바닥에 떨어진 사과를 상상했다. 어두운 길 위에 떨어진 그 사과는 바로 나였다. 나는 마스터 피터 잭슨의 질문을 다시 떠올렸다. 이 사과가 원래의 자리로 돌아가려면 어떻게 해야만 할까? 그 질문에 대한 해답을 구할 수 있다면, 너를 둘러싼 이 세상의 중력은 사라지고, 결국 너는 하늘을 날게 될 거야.

그리고 나서 마스터 피터 잭슨은 전생을, 그러니까 여러 번의 삶을 기억하는 소년들을 찾아서 스리랑카로 돌아갔다. 그의 생각을 복사하듯이 그대로 받아들이고 난 뒤에도 슬픔은 쉽게 가시지 않았다. 아빠의 몸이 죽었기 때문에 슬펐던 것이지, 영혼이 죽었다고 내가 운 건 아니었으니까. 오히려 영혼은 무수히 많지만 몸은 하나뿐이라는 사실을 알게 되자, 아빠의 몸이 더욱 그리웠다. 만질 수 있고, 냄새 맡을 수 있고, 꼬집을 수 있고, 간질일 수 있는 그런 몸이. 내게 필요한 것은 하나뿐인 것이었다. 내게는 아빠가 필요했다.

다시, 실험을 하는 동안, 그 상자에서 나온 물건들 베스트 7 중에서 일곱번째

7. 마스터 피터 잭슨이 떠나자 실험을 재개한 권대령이 수사관을 시켜서 들고 온 상자 속에 들어 있던 물건으로 평소에는 머릿속에 떠오른 얼굴들이 아닌 다른 얼굴을 상상하려고 국민학교 때의 선생님이나 옆집에서 살던 형, 혹은 동네 미장원에서 일하던 아줌마 등 생각나는 대로 다른 사람을 찾아봤지만, 이번에는 상자 속에 손을 넣자마자 눈앞에 떠오른 얼굴을 외면하지 못하고 "이 사람도 죽었나요?"라고 말하는 실수를 저지르게 만든, 그래서 스피커로 권대령이 "그게 무슨 소리인가?"라고 되묻고 또 그 말에도 순진하게 "지금까지 다 죽은 사람들 물건이었잖아요, 그러니까 이 시

계 주인도 죽었냐구요?"라고 대꾸해서 권대령으로 하여금 지금까지 내가 자신을 속였다는 사실을 깨닫게 만든, 아, 내 손을 떨리게 만든, 눈물만 또 주르르 흐르게 만든, 아, 눈물…… 빌어먹을 눈물만 흐르게 만든, 봉황이 그려진, 청와대에 갔다가 휠체어에서 벌떡 일어나서 받은 그 청와대 방문 기념 시계.

나는 내가 본 것을 말할 수 없었다.

권대령이 나를 데려간 곳은 취조실이었다. 팬티만 입은 한 남자가 지친 표정으로 의자에 앉아 있었다. 걱정했으나 간호병은 아니었다. (그 시계는 대통령의 아프리카 순방 기념우표처럼 흔하다고 했다.) 우리가 들어가는데도 그는 아무런 반응을 보이지 않았다. 권대령과 나는 수사관들 뒤에 앉았다. 그는 나는 혼자 막걸리를 마시고 있었지 젊은 가수였다. 수사관들은 그에게 수배자의 행방에 대해서 물었다. 가수는 넋이 나간 표정으로 고개만 흔들면서 자신은 그런 사람을 모릅니다, 몰라요 알지도 못하고, 만난 적도 없다고 대답했다. 그러자 한 수사관이 탁자 위에 놓인 음반으로 그의 머리를 내리쳤다. 그건 가수의 음반이었다. 그 첫 음반이 나왔을 때는 수사관들은 다시 그에게 물었다. 가수의 대답은 눈물이 흐를 정도로 기뻤지 똑같았다. 그는 자신은 전혀 모르는 내 똑집 음반에 맞아서 죽는 건 사람이라고 두렵지 않아 대답했다. 수사관들은 처음부터 다시 시작하자며 이틀 전부터 그가 한 일을 십 분 단위로 말하라고 했다. 그는 "이틀 전은 월요일, 일곱시 삼십분쯤에 눈을 떴습니다. 일곱시 사십분쯤에는 이불 속에 있었습니다. 일곱시 오십분쯤에도 이불 속에 있었습니다. 일곱시 육십분쯤에도 이불 속에 있었습니다. 일곱시 칠십분쯤에도……"라고 말하다가 고개를 떨궜다. 정신을 잃었다고 생각했는데, 가수는 의자에 앉은 채로 졸고 있었다. 그러자 권대령이 "준비해!"라고 외쳤다. 수사관들이 양옆에서 그를 부축해서 일으키더니 본때를 보여주겠어! 취조실 한쪽의 욕조로 끌고 갔다. 그러니까 잠에 빠진 가수의 얼굴에 얼음장처럼 차가운 욕조의 물을 끼얹어 정신을 번쩍 들게 하는 걸로 본때를 보여주리라고 나는 생각했으나, 수사관들이 생각하는 본때는 그것보다 훨씬 더 세고 오래가는 것이었다. 대단한 수술이라도 집도하는 외과의처럼 와이셔츠의 소매를 걷어올린 수사관들은 가수의 머리를 잡아 물속으로 집어넣었다. 살려주세요! 머리가 통째로 욕조의 물속으로 사라진 가수는 구둣발에 짓밟힌 벌레처럼 그저 몸을 제발 살려주세요! 꿈틀거릴 뿐이었다. 본때라면 이제 보여주고도 남았겠다는 생각이 들고 나서도 살려주…… 한참 동안이나, 저러다가 사람이 죽겠구나는 두려움이 엄습하고 나서도, 살…… 그리하여 급기야 그의 마음을 읽는 나까지 숨을 제대로 쉬지 못하는 끔찍한 경험을 하고 나서도 한참 동안이나 그들은 그의 머리를 물속에 처박고 있었다. 그때, 권대령이 자리에서 일어나며

"조금 있다가 내가 직접 저 자에게 물어볼 텐데, 그때 저 자가 무슨 생각을 하는지 잘 보도록 한다. 알겠나?"라고 말했다. 우리가 앉아 있던 소파에서 그 욕조까지는 겨우 2미터나 떨어졌을까? 그 거리를 권대령은 느리게, 너무나 느릿느릿 걸어갔다. 가수의 생각은 더이상 읽히지 않았다. 나는 가수가 죽었다고 생각했다. 권대령이 그의 뒷덜미를 욕조 속으로 밀어넣고 있던 수사관의 어깨를 쳤다. 그러자 수사관이 그의 머리를 물에서 꺼냈다. 가수는 기침과 함께 코와 입으로 물을 토해내기 시작했다. 수사관이 내팽개치자, 가수는 바닥에 아무렇게나 쓰러져 한참이나 몸을 떨어대면서 기침과 구토를 계속했다. 수사관들은 옆에서 군홧발로 바닥을 굴리면서 "죽는다"라고도 말하고, "항복해"라고도 말했다. 그러다가 갑자기 가수의 몸이 경련을 일으키는가 싶더니 두 팔과 두 다리가 뻣뻣해지다가 이내 축 늘어졌다. 권대령이 "다시 준비해!"라고 말했다. 정신을 잃은 줄 알았던 그가 두 눈을 번쩍 떴다. 수사관들이 그의 양팔을 잡고 일으켜세웠다. 그때 권대령이 잠깐만 멈추라고 말했다. 권대령은 가수의 눈을 바라보면서 정말 한 번도 본 일이 없는 사람이냐고 물었다. 가수는 잘못했다며, 진짜 죄송하지만 자신은 모르는 사람이라고 대답했다. 권대령이 일어서면서 "시작해!"라고 말하며 내 쪽을 쳐다봤다. 권대령의 시선과 내 시선이 교차했지만, 나는 권대령을 보고 있지 않았다. 나는 다시 욕조에 머리를 처박은 그 사람이 극심한 고통 속에서 떠올리는 생각들을 보고 있었다. 그리고 그다음 순간, 숨을 몰아쉬던 나는 놀랍게도 더없이 부드럽고 따뜻하고 달콤한 느낌 속으로 빠져들었다.

내가 본 것

질식의 고통. 둘이 부둥켜안고 누워 있던 4월의 밤. 좁은 골목길로 이따금 자동차들이 지나가면 창은 잠시 환해졌다가 다시 어두워졌다. 낮과 밤이 교차하듯이, 입김과 한숨의 그림자가 둘만의 세계를 훑고 지나갔다. 높고 낮은 부분을 모두 어루만지며, 힘찬 산맥과 뜨거운 강을, 부드러운 들판과 거친 황무지를, 그리고 위도와 경도가 서로 만나고 서풍이 파도로 바뀌는 곳을 지나, 눈 내리는 첫번째 밤에서 흰 꽃들이 핀 일곱번째 밤에 이르기까지. 여기서, 둘이서. 결코 질식되지 않는 몸으로 서로 뒤엉켜, 나는 말하지 않으리라. 돌의 음성이 들릴 때까지, 당신의 안에서, 여기서, 둘이서.

내장의 가장 밑바닥에서부터 허연 것들을 끌어모아

그 겨울 내내 고문실에 들어갈 때마다 나는 고문당하는 사람들과 마찬가지로 죽음의 고통 속에서 허우적거렸다. 그 고통이 절정에 이를 때, 그들은 자신이 아직 죽지 않았다는 사실을, 그리고 어떤 고통도 자신을 완전히 죽일 수는 없다는 사실을 차례로 발견했다. 왜냐하면 그들에게는 저마다 절대로 지울 수 없는 삶의 순간들이 있었기 때문이었다. 불행하게도, 혹은 다행스럽게도 그들은 가장 고통스러운 순간에 가장 행복했던 기억들을 떠올렸다. 이제는 돌아갈 수 없는 기쁨의 순간들을. 자기가 개나 돼지 혹은 곤충이나 벌레가 아니라는 사실을 일깨워주는 일들을. 가슴이 터지도록 누군가를 꼭 껴안아 다른 인간의 심장에 가장 근접했던 순간을, 흡족할 정도로 맛있게 음식을 먹고 술을 마시며 친구들과 배가 아프도록 웃던 순간을, 단풍이 든 산길을 걸어다니고 쌓인 눈을 밟고 초여름의 밤바다에 뛰어들고 공원 벤치에 누워 초승달을 바라보던 순간을, 그들은 죽어가면서 떠올렸다. 그게 사람들이 죽음을 받아들이는 방식이었다. 너무나 평범한 일상들을 자기 인생에서 가장 행복한 시절로 떠올리는 것. 그런 순간에도 나는 그들의 마음을 읽었다. 나는 아파하고 눈물을 주르르 흘리고 또 침을 흘리고, 고통 속에서 몸부림치다가도, 다시 눈을 번쩍 뜨고는 말도 안 되는 삶의 환희에 웃음을 지었다. 고문당하는 사람들과 울고 웃던 한 계절이 지나자, 권대령은 초능력을 이용해서 용의자들의 자백을 받아내는 실험이 매우 성공적으로 끝났다고 자화자찬하며 인력을 늘려야겠다고 말했다. 권대령은 초능력 수사의 가장 성공적인 사례로 취조실에 끌려와 자신의 첫 음반으로 머리를 얻어맞은 가수를 거론했다.

"군이 본 것을 토대로 수사한 결과, 그놈은 모든 것을 자백했다."

"그는 정말 아무것도 모르는 사람이었어요!"

내가 소리쳤다.

"어쨌든 자백했다는 게 중요하다."

"자기도 모르는 걸 어떻게 자백하나요?"

권대령은 선글라스를 추어올렸다.

"그게 다 군 덕분이다. 조사하는 동안 군이 본 것을 우리에게 말했기 때문에 우리는 그놈의 애인을 검거할 수 있었다. 그놈은 애인이 조사실 의자에 앉아 있는 것을 보자마자 모든 걸 털어놓았다. 자기도 모르는 걸 어떻게 자백하느냐고 내게 물었는가? 본인이 모른다면 다른 알 만한 사람이 누구인지를 말하는 것드 우리는 자백으로 친다. 다른 알 만한 사람도 모른다면, 알 만한 사람을 알 만한 다른 알 만한 사람을 소개하고, 그런 사람도 모른다면 알 만한 사람을 알 만한 사람을 알 만한 다른 알 만한 사람을 소개하면 되는 일이지. 여섯 사람만 거치면 지구상의 모든 사람들과 연결될 수 있다는 이론이 있다는 걸 아는가? 여섯 명만 잡아서 족치면 우리는 그 누구의 정체도 파악할 수 있다."

"그래서 그 사람의 애인도 고문했나요? 그 사람처럼?"

떨리는 목소리로 내가 물었다. 권대령은 나를 바라봤다.

"군은 인간에 대해 아직 더 많은 것들을 배워야만 한다. 우리는 언제 가장 강해지는가? 적의 가장 약한 부분을 타격할 때다. 그럼 가장 약한 부분은 어디인가? 애착하는 것들이다. 사랑 따위, 간절함이나 소망 같은 것들. 성경에 나오는 것과 같이 믿는 것과 소망하는 것과 사랑하는 것 들을 빼앗으면 인간은 한없이 약해진다. 그 중에서도 사랑하는 것을 빼앗으면 인간으로서의 삶은 그 순간 끝난다. 어쨌든 재능개발연구소의 프로젝트는 성공적으로 끝났다. 이 성과를 바탕으로 우리는 이제 본격적으로 인원을 확충해서 초능력을 수사에 이용하고자 한다."

나는 그 가수가 의자에 앉아, 사랑하는 사람이 고통받는 것을 무기력하게 지켜보다가, 불처럼 뜨거운 분노를 느끼고, 하지만 그 분노 역시 자신처럼 무기력하다는 사실을 이내 깨닫고 난 뒤 절망 속으로 깊이 빠졌다가, 내면의 밑바닥, 의식의 가장 아래쪽에서 어두운 감정들, 모멸감과 자기혐오와 수치심이 들끓는 것을 지켜보고 다시 그 감정들에 의해서 한 인간으로서의 존엄이 파괴되는 광경을, 그리하여 가수가 자신을 껍질이 검고 딱딱한 갑각류의 한 종류로, 털이 박힌 다리로 어둠을 찾아 기어다니는 벌레로 상상하는 광경을, 그러다가 그 끔찍한 벌레가 누군가의 구두에 짓밟혀 허연 진물을 뿜어내면서 버둥버둥 죽어가는 모습을 상상하다가 더이상 참지 못하고 자리에서 벌떡 일어섰다. 황급히 문을 열었더니 이런 미친 넥타이, 이러다가 숨막혀서 죽는 거 아니야, 엉? 거기에는 무슨 중요한 면접이라도 앞둔 졸업생처럼 검은 양복을 빼입은 이만기가 서 있었다. 나는 다시 그 끔찍한 벌레가 기어다니다가 권대령의 군화에 짓밟혀 허연 진물을 뿜어내면서 버둥버둥 죽어가는 모습을 상상하면서 허연 토사물을 이만기의 양복에다가 토했다.

그리고 그날 밤에는 3월의 눈이 내렸다, 아니 멈췄다.

"옛날에 내게 '오랑'은 말레이어로 사람이란 뜻이고 '우탄'은 숲이란 뜻이라는 걸. 그래서 오랑우탄이란 숲속의 사람이라는 뜻이라는 걸 말해준 사람이 있었거든. 그 사람을 잊지 않으려고."

아빠가 대답했다.

"그럼 오랑우탄 때문에 스크랩한 건 아니네요. 숲속의 사람들이 서운하겠네. 고마운 사람이었나봐요, 그 사람."

"어떻게 알았지?"

"보통 이 고마움 죽어도 잊지 않겠습니다, 뭐 그렇게 말하잖아요. 꽤 고마운 사람이니까 아빠가 안 잊으려고 하겠죠. 그리고 또 거기에 뭐가 적혀 있나요, 아빠의 그 비망록에는?"

"천국에서 일어날 법한 일들도 적었지."

"예를 들면요?"

"예를 들면, 음, 뭐가 있을까? 젊은 아가씨랑 연애 한번 찐하게 하고 죽기?"

"천국에서는 죽는다는 게 있을 수 없잖아요!"

"사람이 죽고 싶을 때 죽지도 못하면 그게 무슨 천국이냐?"

"근데 뭐예요? 지금 저랑 소원 대결을 하시자는 건가요?"

숟가락을 계속 문지르면서 내가 말했다.

"좋다, 소원을 말해봐라."

"그럼 나도 젊은 아가씨랑 찐하게 연애하기."

아빠가 콧방귀를 뀌었다.

"아가씨라면 아무리 젊어도 너한테는 연상이야. 너만 손해야. 국민학생이 어때?"

"무슨 상관이에요. 아빠나 나나 어차피 이뤄지지도 않을 일을 말하는 건데."

"왜 그렇게 생각해? 나는 홀몸이야. 얼마든지 이뤄질 수 있어. 그럼 좋아. 아까 그 아가씨랑 요트 타고 태평양 건너가기."

거기까지 말하고 아빠는 노래를 불렀다.

"화창한 봄날에 코끼리 아저씨가 가랑잎 타고 태평양 건너갈 적에……"

자꾸 아가씨 타령만 하는 아빠가 얄미웠다.

"일요일에 서울대공원 가서 돌고래쇼 보기!"

"고래 아가씨 코끼리 아저씨 보고 첫눈에 반해……"

"엄마하고 아빠하고 다 같이 손잡고."

아빠가 노래를 멈췄다. 나는 내뱉자마자 그 말을 후회했다. 말하지 말걸 그랬다는 생각이 들었지만, 이미 엎질러진 물이었다. 민망한 마음에 나는 숟가락만 열심히 문질렀다. 손끝이 닳도록 열심히.

"그건 정말 이뤄질 수 없는 소원일까……"

아빠가 중얼거렸다. 그때였다. 검지 끝에서 이상한 열기 같은 게 느껴지기 시작했다. 숟가락의 손잡이 부분이 천천히 휘기 시작했다. 내 눈이 휘둥그레졌다. 거기에 정신이 팔려 나는 아빠가 그다음에 무슨 이야기를 했는지 모른다. "네 엄마는 말이다……"라는 말도 한 것 같고, "어, 저 사람 왜……"라는 말도 한 것 같다. 암튼 내가 정확하게 기억하는 것은 정말 기적처럼 숟가락이 휘기 시작했다는 점이었다. 막상 그런 순간이 찾아오자, 마침내 염력으로 숟가락을 휘게 만들었다는 감격보다 온몸에 소름이 쫙 끼쳤다. 위를 향해 휘어진 손잡이 부분이 한 바퀴를 돌아서 다시 아래로 내려가기 시작했다.

"아, 아, 아빠, 이거…… 아빠! 아빠!"

목 부분이 내 눈앞에서 뚝 끊어지는 걸 보면서 내가 아빠를 불렀다. 아빠죽지마아빠

불가능한 일요일이 찾아오면

나는 마침내 손을 뻗어 그 하얗고 환한 빛의 물결 속으로 들어가던 아빠의 오른팔을 잡았다. 잔뜩 힘을 준 팔뚝 근육의 굴곡이 고스란히 내 손바닥에 느껴졌다. 아빠는 나를 향해 미소를 짓더니 팔을 잡은 내 손을 떼어놓았다. 지금은 이렇게 헤어지지만, 우린 다시 만나게 될 거야. 아빠는 슬프거나 괴로운 표정이 아니었다. 그 표정이 하도 편안해서 마음이 놓였다. 다시 만난다니, 과연 언제란 말인가? 내 소원이 이뤄지면. 내 소원이라구요? 엄마와 아빠, 양쪽에 손을 잡고 서울대공원에 놀러 가고 싶다고 말하지 않았니? 그랬지만, 이젠 불가능한 일이 된 거잖아요. 빛의 가운데에서 아빠는 입가에 은은한 미소를 머금고 내게 손을 흔들었다. 불가능한 일요일에 우린 다시 만날 거야. 아빠는 조금씩 내게서 멀어지기 시작했다. 아빠는 내게서 돌아선 뒤 그 하얀 빛을 향해서 걸어가기 시작했다. 앞으로 너에게는 너무나 많은 일요일이 찾아올 거야. 내 소원이 이뤄지는 일요일도 분명히 찾아올 거야. 그러니 너는 돌아가.

너의 삶 속으로. 아빠의 그림자가 내 쪽으로 길게 드리워졌다. 그 그림자마저 사라질 때까지 나는 소리쳤다.

"아빠, 가지 마!"

내 목소리에 놀라 잠에서 깼다. 방안에는 은은한 빛이 가득했다. 나는 침대에서 일어나 방안을 가득 메운 그 은은한 빛이 어디에서 오는 것인지 살펴봤다. 그 빛은 창밖에서 들어오고 있었다. 쇠창살로 나뉘어진 밤하늘에 뭔가 이상한 것들이 가득했다. 하얀 것들. 눈부신 것들. 무수히 많은 것들. 처음에는 수만 마리의 반딧불들이 떠 있는 것이라고 생각했다. 하지만 창문을 열고 손을 내밀어본 다음에야 나는 그게 눈이라는 걸 알게 됐다. 그건 온 세상의 하늘에다가 100000000000개의, 100000000000000000000000개의, 아니, 그보다 더 많은 개수의 작고 하얀 등을 매달아놓은 것과 같았다. 나는 손을 움직여 허공에 떠 있는 눈송이들을 만져봤다. 손에 닿자 눈송이들은 그대로 녹았다. 먼지 많은 마루를 손바닥으로 쓸어낸 것처럼, 내 손이 지나간 자리에만 눈송이들이 없었다. 그렇게 하늘에서 내려오다가 갑자기 허공에 멈춰 선 눈송이들이 그 작고 하얀 빛들을 모두 내게 비추고 있었다. 그게 내가 돌아갈, 나의 삶이었다.

가지지 못한 것들이 나를 밀고 나간다

아, 이, 빌어먹을, 눈물

재능개발연구소에서 도망친 그다음 날 아침, 우리가 살았던 집, 오후가 되면 서쪽으로 난 창으로 햇살이 비쳐드는 작은 방이 있는 그곳의, 간밤의 눈이 하얗게 쌓인 슬레이트 지붕을 바라보며 나는 뺨을 적시는 눈물은 슬프거나 아파서가 아니라 아빠의 유산이기 때문에 흐르는 것이라고 생각하기로 했다. 아빠는 내게 나약하게만 보이는 눈썹과 눈매를, 철사처럼 삐죽삐죽 튀어나온 머리칼을, 심각해지면 딴소리를 내뱉는 비뚤어진 입술을, 그리고 걸핏하면 흘러내리는, 아, 정말이지, 창피해서 견딜 수가 없는 눈물을 남겼다. 눈물을 흘릴 생각은 전혀 없었다. 처음에는 큰 소리로 노래를 부르고 있었다. 화창한 봄날에 코끼리 아저씨가 가랑잎 타고 태평양 건너갈 적에, 고래 아가씨 코끼리 아저씨 보고 첫눈에 반해 스리살짝 윙크했대요. 당신은 육지 멋쟁이, 나는 바다 예쁜이……

그때 누군가 대문을 열었다. 혹시나 했지만, 내복 차림의 주인 아저씨였다.

"너 정훈이 아니냐? 왜 그러는 거냐? 낮술이라도 한 거냐?"

그 말에도 아랑곳하지 않고 하늘을 올려다보며 꿋꿋하게 "천생연분 결혼합시다"까지는 불렀지만, "니 애비는 죽었다. 그거 알고 이러는 거냐?"라는 아저씨의 말을 들은 뒤에는 차마 "라라라라라라라" 노래할 수 없었다. 대신에 나는 엉엉 소리내 울기 시작했다. 아, 눈물. 이, 눈물. 아빠가 내게 준 것. 아, 이, 빌어먹을 눈물. 지난밤, 나는 눈이 내리는 어두운 밤길을 걸었다. 걷다가는 멈춰 서서 하늘을 올려다봤고, 또 그게 정말 눈이 맞는지 궁금해서 손을 뻗어 내리는 눈을 만졌고, 그러면 내 손바닥에 닿은 눈송이들은 그대로 녹았고, 그게 안심이 돼 다시 걷기 시작했고, 걸으면서 생각을 하고 또 했고, 그러다가 다시 멈춰 서서 또 하늘을 올려다봤다. 얼마나 오랫동안 걸었을까? 이름을 모르는 거리에 나는 이르렀다. 야트막한 언덕으로 고만고만한 층수의 건물들이 줄지어 서 있었다. 한참 걸어가다가 셔터가 완전히 내려지지 않은 3층 건물을 발견했다. 셔터를 올리니 2층 다방으로 올라가는 나무계단이 나왔다. 안으로 들어가 셔터를 내리고 그 계단에 웅크리고 앉아 잠이 들었다.

걸어다니면서는 꿈같은 일들만 생각했는데, 꿈속에서는 현실의 일들만 떠올랐다. 꿈속에서 나는 몇 번이고 아빠를 잃었다. 꿈속에서도 나는 울고 있었다. 다시 눈을 떴을 때, 나를 내려다보는 사람이 있었다. 그 다방에서 일하는 아가씨였다. 그녀는 내게 밥을 줄 테니 따라오라고 했다. 괜찮다고 했지만 손을 잡아끌었다. 내가 밥을 먹는 동안, 그녀는 한숨만 내쉬었다. 배를 채운 뒤, 오전 내내 그 다방의 골방에서 잠을 잤다. 이번에는 꿈 같은 걸 꾸지 않았다. 생각도 없는 잠이었다. 아주 양질의, 훌륭한 잠이었다. 그렇게 푹 자고 나니, 내가 어디에 있는지 알 수 있었다. 돌곶이라는 곳이었다. 거기서 버스를 두 번 갈아타고 우리가 살던 집으로 돌아갔다. 눈 쌓인 거리를 따라 종종걸음을 걸어가는 행인들을 보면서 집으로 돌아가면 아빠가 나를 기다리고 있지 않을까, 밤새 어디 갔었느냐며 나를 혼내는 그런 기쁜 일이 일어나지 않을까 생각했다. 그건 너무나 달콤하고 황홀한 생각이었는데, 그래서 나는 무조건 그렇게 생각하기로 했는데, 결국 나를 기다리는 건 눈물만이, 아, 이, 빌어먹을 눈물만이, 도대체 어디서 이렇게 쉴새없이 흘러내리는 것인지 알 수 없는, 이렇게 따뜻한 눈물만이······

불쌍한 녀석. 이제 고아가 됐으니 울어도 누구 하나 달래줄 사람도 없겠지. 대문 안으로 들어간 나는 우리 방 쪽으로 걸어갔다. 아저씨는 이제 그 방에는 충청도에서 올라온 일가족 다섯 식구가 살고 있다고 말했다. 낮 동안 엄마와 아빠가 일거리를 찾아서 외출하면, 하루 종일 삼남매가 티격태격 웃고 떠들고 싸우고 울어대 시끄러워서 미칠 지경이라며 아저씨는 넌더리를 냈다. 갑자기 갈 곳이 없어진 나는 아저씨가 이끄는 대로 주인집 안방으로 들어갔다. 미닫이문을 열자 담배 찌든 냄새가 달려들었다. 그 냄새 속으로 나는 들어갔다. 마당을 향해 난 유리창 아래로는 자개장이 놓여 있었다. 자리에 앉자마자 아저씨는 담배를 꺼내 불을 붙였다. 푸르스름한 연기가 미끄러지듯 허공으로 솟구쳤다. 눈물이 흐르는 건 순식간의 일이지만, 눈물이 그치기까지는 많은 시간이 필요했다. 나는 등을 들썩거리며 딸꾹질을 했다. 본래 딸꾹질은 곧 눈물이 그치리라는 신호였다. 하지만 그런 것도 눈물의 상속자에게는 통하지 않았다. 유산으로 받은 눈물이 언제 흘러내릴지는 상속자도 알 수 없었으니까.

"난 눈물 같은 건 국민학교 졸업식 때 학교에 반납해서 이젠 울려고 해도 눈에서 바람밖에 안 나오는데. 작년에 테레비에 나온 건 잘 봤다. 이 달동네에서 용난 거다. 하지만 방송에 처음 나가서 그런지 변대웅이랑 너랑 다 짜고 하는 게 눈에 보이더라. 이래 봬도 몇 년째 집에서 놀면서 테레비만 본 사람인데, 귀신을 속이지 나를 속일 수는 없다. 고아가 됐으니 이제 테레비에 나와서 남은 평생 소주를 마시고는 눈물이나 쭉쭉 뽑아내는 처지네 사람 들어간 상자 톱으로 자르고 하는 것도 마네킹 다리 끼워서 하는 속임수라는 거 다 안다."

주인아저씨가 담배연기를 내뿜으면서 말했다.

"그런 건 안 믿어도 좋지만, 흑, 저는 지금 고아라서 우는 게 아니에요."

내가 말했다. 하지만 주인집 아저씨는 내가 자기 생각을 다 읽고 있다는 걸 눈치채지 못했다.

"그럼 포상금 때문에 우는 거냐? 하긴 그렇다면 나라도 대성통곡하겠다."

"포상금이라뇨?"

"간첩 잡으면 받는 포상금 말이지. 네 아빠는 간첩을, 그것도 제 목숨하고 맞바꾸면서 잡은 사람이니까 나라에서 반드시 포상금이 나왔겠지. 하지만 제아무리 눈먼 돈이라도 너한테는 돌아가지 않을 거다. 넌 고아니까. 그게 그러니까……"

그러더니 주인집 아저씨는 혀로 입술을 축였다. 그러니까 그렇게 큰 액수를 생각할 때는 막 익어가는 첫번째 갈비를 바라볼 때처럼 혀에다가 침을 묻혀야만 한다는 듯이. 1억원이나 되는데 1억원. 100000000원. 나는 아저씨의 생각을 따라 되뇌었다. 그러자마자 다시 아빠의 유산이 떨어졌다.

"왜 또 우는 거냐?"

"다른 우주에 사는 아빠들이 불쌍해서요. 1억원, 1억원, 노래를 불렀는데, 결국 이렇게 받게 될 줄도 모르고."

"너한테는 애가 충격으로 완전히 돌았구나! 애비가 한두 명이 아닌 모양이구나. 안 그래도 한 놈은 나도 벌써 만났다. 양자로 들어갔다는 말은 사실이냐?"

"자꾸 귀찮게 쫓아다니는 사람이 있기는 한데, 그걸 아저씨가 어떻게 아시나요?"

"부하들 데려와서 너희 방에 있는 짐을 죄다 실어가기에 내가 남의 물건 이렇게 마음대로 가져가도 되느냐고 따졌더니만, 양복 허리춤을 살짝 올려서 보여주면서 하는 말이, 너를 양자로 삼았다 더라. 장차 둘도 없는 술주정뱅이가 될 거라는 거 알고 그러는 건지, 뭔지. 그거 장난감 권총은 아니겠지?"

주인아저씨의 말에 나는 깜짝 놀랐다. 대답 대신 내가 되물었다.

"권대령이 우리 짐을 다 가져갔다구요?"

"그놈이 대령밖에 안 되는 놈이었냐? 하도 거들먹거리기에 대가리에 은하수라도 달고 다니는 줄 알았는데. 짐을 가져가기만 하고 뭘 내놓는 건 하나도 없더군. 제기랄. 뭐가 그렇게 숨기는 게 많은지 밤에도 선글라스를 쓰고 다니는, 그래봐야 개자식. 그런데 양복까지 갖춰 입고 나타난 걸 보니까 니가 그놈의 양자가 되긴 된 모양이구나. 그렇다면 니가 할 수 있는 제일 좋은 일은 하루라도 빨리 그놈도 알코올중독자로 만드는 일이다."

"아빠의 수첩들도 가져갔나요?"

내가 물었다.

"죄다 털어갔다. 양자 삼았다기에 너한테 가져다주는가 싶었지. 그런데 양자가 아니란 말이지?"

나는 대꾸 없이 고개를 저었다.

"지금은 또 왜 우는 거냐? 양자가 못 되어서 우는 거냐?"

그럴 리가.

"고아가 되어서?"

전혀. 다만 이제 어떻게 하면 좋을지 알 수 없었기 때문에. 나는 이제 혼자고, 아직은 충분히 강하지 않았다. 희망이라면 단 하나.

"저는 고아가 아니에요."

그렇다. 일단 고아는 아니다.

"아빠가 죽었으니까 고아 맞아."

주인아저씨가 말했다. 이제 혼자다. 그리고 아직은 충분히 강하지 않다. 하지만 일단 고아는 아니다.

"엄마가 살아 있으니까 고아 아니에요."

주인아저씨가 착잡한 표정으로 나를 바라봤다.

"네가 올해 몇 살이더라?"

"열여섯 살이에요."

"그럼 십오 년이 흘렀구나."

그러니까 네 엄마가 죽은 지 말이다.

아니에요. 저도 그렇게 알고 있었는데, 아니에요. 마스터 피터 잭슨은 엄마와 제가 강하게 연결돼 있다고 말했어요. 그건 엄마가 저를 생각하고 있다는 뜻이에요.

당연히 주인아저씨는 내 생각을 읽지 못했다.

불쌍한 녀석.

저는 불쌍하지 않아요.

고아는 아무리 가져도 부족하지. 결국 부모만은 가지지 못하니까.

저는 고아가 아니에요. 아빠도 있었고, 엄마도 있어요. 비록 지금은 멀리 있지만.

그러니 그걸 준다고 해도 내게는 아무런 소용도 없을 거야.

"그게 뭔가요?"

내가 물었다.

"뭐? 뭐가?"

주인아저씨가 말했다.

새아버지란 놈이 알고 보낸 건가?

"그게 뭔데, 저한테 안 준다는 건가요?"

나는 강하게 나가야겠다고 생각했다. 나는 주인아저씨의 눈을 노려봤다.

일 분.

이 분.

삼 분.

마침내 주인아저씨는 내 시선을 피하면서 말했다.

"두 달 밀린 월세 얘기 꺼냈다가 여기 머리통에 층알구멍 뚫릴 뻔했다. 허리를 다쳐서 몇 년째 동네 바깥을 못 나가고 테레비만 끼고 사는 처지라는 건 너도 잘 알지 않니? 그거라도 팔아서 월세 챙겨야지, 안 그러면 나도 굶어야 한다."

내 눈은 이글거렸을 것이다.

"빌어먹을. 어차피 너 오면 주려고 했던 거야. 가져가라. 하지만 그건 알아야 한다. 넌 이제 이것뿐만 아니라 세상을 다 가져도 부족한 사람이라는 거. 고아라는 거."

그때 처음으로 나는 힘을 길러야겠다고 생각했다.

양자론의 세계와 반만 죽은 고양이

주인아저씨는 다락으로 통하는 문을 열더니 검정색 케이스에 든 아빠의 망원경을 꺼냈다. 그건 지금보다 내가 더 어렸을 때, 아빠의 근육이 풋사과처럼 단단했을 때, 내 이가 반짝반짝 빛나는 새 이로 채워졌을 때의 유물이었다. 그 시절, 아빠를 따라 경기도 연천에서 하룻밤 묵고 온 적이 있었다. 귤과 감이 주로 팔릴 무렵이었다. 그날은 술 취한 취객들이 집으로 돌아가기 훨씬 전에 일찌감치 장사를 접은 뒤, 아빠는 나를 트럭에 태우고 북쪽으로 향했다. 서울을 벗어나 몇 개의 검문소를 지나자 2차선 도로 양옆으로 눈 쌓인 들판이 펼쳐졌다. 울퉁불퉁한 아스팔트를 지날 때 짐칸에 실린 빈 과일상자가 덜컹거리는 소리가 외롭게 들렸다. 혹시 살얼음이 깔려 있을지도 모를 일이어서 코너를 돌 때면 아빠는 속력을 늦췄다. 몇 시간을 달린 끝에 트럭은 쌓인 눈에 포위된 듯한 서너 채의 농가 앞에 이르렀다. 그중 '喪'이라는 글자가 적힌 등을 내건 집으로 우리는 들어갔다. 아빠는 거기가 친구 집이라고 말했다. 마당 한쪽에는 솥이 내걸렸다. 장작은 이제 불길이 많이 사그라든 것처럼 보였지만, 솥뚜껑 틈으로는 하얀 김이 세차게 뿜어나왔다. 불꽃은 반대쪽 마당에도 있었다. 드럼통 속에서 이글거리는 붉은 불꽃. 몇몇은 드럼통을 둘러싸고 서서 불을 쬐고 있었다. 드럼통 옆에는 사람들의 그림자가 내비치는 천막이 있었다. 나는 아빠를 따라 어떤 할아버지의 영정을 향해 두 번 절했다. 무덤덤한 표정으로 어수선한 마당을 바라보는, 사진 속의 그 할아버지가 아빠가 말한 '친구'였다. 옆에 앉아서 곡을 하던 할머니는 우리가 절을 모두 마치자 언제 그랬냐는 듯이 반가운 표정으로 아빠를 맞이하더니 내게는 자기를 알아보겠느냐고 물었다. 내가 고개를 내젓자, "인석아, 내가 널 받았는데 그 은혜를 몰라?"라고 말했다. 두 사람이 얘기하는 동안, 나는 이리저리 집안을 살폈다. 난생처음 가본 상가라바로 앞 병풍 뒤에 시체가 누워 있으리라고는 짐작조차 하지 못한 채, 나는 차를 타고 오는 동안 꺼져버린 위장을 어떻게 달랠 것인가 궁리했다. 마당 한쪽에서 낮은 자세로 끓고 있는 국밥만이 나를 위로해줄 수 있을 것 같았다.

국밥을 먹고 난 뒤, 아빠는 그곳의 밤은 천 개의 눈을 가진 짐승처럼 아름다우니 같이 구경가자고 말했다. 우리는 농가들 사이로 난 소로를 따라 걸었다. 벌판은 표백한 이불 홑청처럼 펼쳐져 있었다. 밀가루를 뒤집어써서 화가 난 뚱보들처럼 서 있던 짚단들. 심연처럼 어두운, 얼어붙은 개울의 표면. 자정이면 통행금지 사이렌

115

이 울리던 시절이었다. 그렇게 늦은 밤에 바깥을 걸어다닌다는 건 드문 일이었다. 사방이 적설의 풍경이었음에도 그 밤은 내게 건기乾期의 밤으로 기억된다. 하늘의 별빛과 땅의 눈빛이 서로 환했다. 적설의 풍경을 되비추듯 거기 밤하늘을 가로지르며 은하수가 길게 펼쳐졌다. 마을 노인들에게 막걸리를 몇 잔 얻어마신 아빠는 비틀거렸다. 하지만 술기운 때문만은 아니었던 것 같다. 그저 넘어질 듯, 미끄러질 듯 눈 쌓인 길을 걸었을 뿐이다. 그러다가 들판의 한가운데에 이르렀을 때, 아빠는 갑자기 걸음을 멈췄다. 우리가 서 있던 그 자리. 거기에서 아빠는 고개를 들어 하늘을 올려다봤다. 아빠를 흉내내어 나도 하늘을 올려다봤다. 천 개의 눈을 가진 짐승이라는 것은 밤하늘을 뜻했다. 태어나서 그때까지 나는 얼마나 자주 밤하늘을 쳐다봤을까? 모르긴 해도 수백 번은 될 것이었다. 하지만 내게 첫 밤하늘은 어쩐지 그 밤의 하늘이라는 생각이 들었다. 새뜻한 밤하늘. 새로 난 이처럼 튼튼하고 낯선 밤하늘. 단단하고 차갑고 날카롭고 반짝반짝 윤이 나는, 전혀 새로운 밤하늘. 아빠는 아무런 말도 하지 않았다. 나도 아무런 말을 하지 않았다. 우리는 오랫동안 고개를 들고 있었다. 그저 하늘을 올려다봤을 뿐이다. 그때 아빠가 무슨 생각을 했는지는 나도 모르겠다. 분명한 건 아빠가 울었다는 사실이다. 별들을 바라보는 척했지만, 나는 알고 있었다.

상갓집의 건넌방에서 둘이 자고 난 다음날 아침, 아빠는 전날 밤 우리가 찾아갔던 들판으로 다시 나를 데려갔다. 당연히 하늘을 가득 메웠던 별빛들은 더이상 보이지 않았다. 대신에 하늘에는 이마가 붉고 꼬리가 검은 새들이 날아다니고 있었다. 일 년에 두 번씩 시베리아와 일본 사이를 오가는 정기여행객들인 두루미들이었다. 그 새들의 삶과 죽음은 거기 하늘 위에 있었다. 별들과 두루미들 덕분에 들판은 어두운 밤에도, 환한 낮에도 새롭기만 했다. 그때, 아빠는 아주 오래전에, 그러니까 아직 내가 이 세상에 태어나기도 전에 엄마와 나란히 서서 그 새들이 하늘을 날아가는 걸 지켜본 적이 있다고 내게 말했다. 곧 이 세상에 나란 사람이 태어나서 숨을 쉬고 또 울고 웃으리라는 걸 전혀 모른 채 엄마와 아빠가 바라보던 새를, 내가 다시 아빠와 나란히 서서 바라본다니 신기하다는 생각이 들었다. 그런 건 신기하다고 말하는 게 아니라 슬프다고 해야만 한다는 사실을 그때는 몰랐다. 두루미들은 그대로인데, 왜 엄마는 없을까? 그냥 그런 생각뿐이었다. 그날 다시 서울로 올라가려는데, 상복을 입은 할머니가 남편의 유품을 정리하다가 발견한 것이라며 아빠에게 망원경 하나를 건넸다. 내가 위쪽으로 돌출한 접안렌즈를 들여다보는 동안, 아빠는 할머니의 손을 잡고 "결국 사람은 없어져도 모든 건 그대로 남아 있네요!"라고 말했다. 서울로 돌아가는 길에 아빠는 한 번도 하늘을 올려다보지 않았다. 대신에 이렇게 말했다.

"네 엄마는 정말 환한 사람이었어. 밝고 환하고. 어제 우리가 본 밤하늘처럼."

아빠는 그렇게 얘기했다. 또 아빠는 이렇게 말하기도 했다.

"어제는 취해 있었다. 정말 나는 취해 있었다."

그날 밤, 아빠는 무엇에 취해 있었던 것일까? 막걸리일 리는 없었다. 그날 밤으로 돌아가자면, 아마도 별빛에, 어쩌면 슬픔에 취해 있었겠지. 주인아저씨에게 망원경을 받아드니 내 머릿속에 그 밤의 하늘이 그대로 펼쳐졌다. 그건 전날 연구소를 빠져나오면서 본 풍경과 비슷했다. 그 밤의 별빛처럼 내 앞에서 무수히 많은 눈송이들이 하얀 빛으로 반짝였다. 밤하늘의 눈송이들은 검은 우주를 가득 메운 별빛들처럼 보였다. 그때 우는 아빠의 곁에서 천 개의 눈을 반짝이는 밤하늘을 올려다보며 나는 무슨 생각을 했던가? 와, 이건 마치 크리스마스트리에 매다는 꼬마전구들 같구나. 그런 생각. 결국 지구도 이렇게 많은 별들 중 하나겠구나. 또 그런 생각. 우리는 같은 별을 타고 우주 속을 함께 여행하고 있구나. 그리고 그런 생각. 그때만 해도 내 곁에는 아빠가 있었다. 하지만 이제는 나 혼자였다. 허공에 떠 있던 하얀 눈송이 하나하나처럼 나는 혼자였다. 아빠는 이 별을 떠났다. 어쩌면 이 우주를. 아빠 때문에 나는 외로워졌다. 외로움이란 그런 것, 누군가가 없기 때문에 생기는 불필요한 감정이었다. 이 우주에서, 지구라는 별에서 외로운 여행자가 된다는 것은 과연 무슨 뜻일까? 아빠는 그 답을 알고 있었을 것이다. 그날의 그 밤처럼 이따금 아빠는 길을 걷다가 걸음을 멈추고 서서 하늘을 올려다보곤 했다. 천천히 숨을 쉬면서 아빠는 뭔가를 생각했다. 아마도 전적으로 불가능한 풍경을 떠올리려고 애썼으리라. 그리고 그렇게 떠올린 것들을 아빠는 수첩에 적곤 했다. 무엇을 적느냐고 물으면 아빠는 잊어서는 안 되는 일들을 기록한다고 대답했다. 기억하지 않으면, 혹은 기록하지 않으면 인생의 모든 일들은 흔적도 없이 사라진다는 듯이. 너무나 자잘한 것들이어서 잊지 않는다고 해도 그 쓰임새를 알기 힘든 일들까지도. 아침 아홉시마다 육안으로 관찰한 날씨, 신문에서 옮겨적은 최고기온과 최저기온과 풍향과 풍속, 세계 각국의 헤드라인 뉴스, 아침과 점심으로 먹은 음식과 반찬 들, 십원 단위까지 적는 소소한 지출 내역들……

쓸모를 알기 힘든 건 바람에 떠다니는 구름처럼 모호하고 윤곽이 없이 시시때때로 모양을 바꾸는 상념들도 마찬가지였다. 길을 가다가 멈춰 서서 하늘을 올려다볼 때, 아빠는 그런 생각들을 떠올렸고, 아무리 말이 안 되는 생각일지라도 수첩에 모두 적었다. 이뤄질 가능성이 없는 몽상들, 두 눈을 뜨고 바라보는 꿈들, 문장으로 만들 수 있을 뿐 아무런 현실성도 없는 소망들. 지금까지 한 번도 일어나지 않았고, 앞으로도 일어나지 않을 게 분명한데도 그런 몽상과 꿈과 소망을 수첩에 적는 이유가 나는 궁금했다. 그러자 아빠는 과학잡지에서 오려낸 기사를 내게 보여줬다. 기사 옆에는 상자 그림이 있었다. 그 상자 안에는 고양이와 청산가리가 들어 있다고 했다. 출세한 동기생을 소개하듯 아빠는 청산가리가 얼마나 우수한 독극물인지 내게 설명했다. 뿌듯한 표정으로 아빠는 "일 그램만 있어도 할 수 있는 일이 참 많지"라고 말했다. 기사에 따르면 청산가리를 담은 용기는 한 시간에 한 번, 50퍼센트의 확률로 부서진다고 했다. "용기가 부서지면 고양이는 반드시 죽는다"라고 아빠는 말했다. 그토록 우수한 독약이라면 그렇겠지. 반드시 죽겠지. 나는 고양이가 불쌍했다.

"그렇다면 한 시간 뒤에 이 고양이는 죽었을까, 살았을까?"

아빠의 질문이었다.

"난센스 퀴즈인가요?"

"아니, 나름 진지한 질문이야."

나는 생각했다.

"안 죽었을 거예요."

오래 고민할 필요는 없었다. 어차피 둘 중 하나라면, 그쪽이 나았으니까.

"이건 누가 맞혀도 절반만 정답이야. 여기 있는 그림을 보면 왜 그런지 알 수 있을 거야."

나는 과학자들에게 붙잡혀 청산가리를 먹고 죽어야만 하는 고양이가 참 불쌍하다고 생각했는데, 그보다 더 불쌍한 고양이가 있었다. 거기 그림에는 반은 죽고 반은 산 고양이가 그려져 있었던 것이다. 죽은 반쪽의 고양이는 바닥에 쓰러져 있었고, 산 반쪽의 고양이는 여전히 서 있었다. 솜씨 좋은 무사가 단칼에 자른 것처럼 고양이는 둘로 나뉘어 있었다.

"이게 어떻게 가능한 일인가요?"

내가 항의했다. 그러자 아빠가 대답했다.

"양자론의 세계니까."

그 말이 얼마나 멋지게 들리던지. 양자론의 세계란 과연 어떤 세계이기에 그런 일이 가능할까? 양자론의 세계에서는 내가 상자를 열어서 고양이가 죽었는지 살았는지 확인하기 전까지 고양이는 그런 상태로, 즉 절반은 죽고 절반은 산 상태로 존재한다고 한다.

"고양이의 생사를 결정하는 것은 당신의 관찰이다."

아빠가 기사를 읽었다. 그 말이 얼마나 신기하게 들리던지. 꼭 새 발명품의 작동을 구경하는 것 같았다. 아빠는 기사를 계속 읽었다.

"하지만 더 놀라운 것은 그다음부터의 일이다. 만약 당신이 상자를 열었다가 살아 있는 고양이를 봤다면, 당신이 상자를 열었다가 죽은 고양이를 보는 일은 충분히 일어날 수 있었지만 일어나지 않은 일이 된다. 즉 그건 가능했지만 실현되지 않은 일이다. 우주가 무한에 가깝다고 치자. 그건 모든 경우의 수가 다 일어나는 우주라는 뜻이기도 하다. 예를 들어 주사위를 두 번 던져서 나오는 경우의 수는 모두 서른여섯 가지. 만 번쯤 되풀이해서 주사위를 두 번 던지면, 우리는 그 경우의 수를 모두 얻을 수 있을 것이다. 그렇다면 주사위를 만 번 던질 때 나올 수 있는 경우의 수는 모두 몇가지일까? 그건 7782자리 숫자가 될 것이다. 하지만 우리가 무한하게 주사위를 만 번씩 던진다면 언젠가는 그 모든 경우의 수를 다 던지는 날이 올 것이다. 그렇다면 우주도 마찬가지다. 우주가 무한에 가깝다면, 일어날 가능성이 있는 일은 반드시 일어난다. 지금 여기에서 일어나지 않은 일들이 다른 우주에서는 반드시 일어난다. 당신이 살아 있는 고양이를 본다면, 그 순간 다른 우주에서 당신은 죽은 고양이를 보고 있다."

그 기사를 읽은 뒤부터 나도 길을 걷다가 갑자기 그 자리에서 멈춰 서곤 했다. 그럴 때 나는 가만히 서서 하늘을 올려다보거나 먼 산을 바라봤다. 그럴 때 나는 생각해봐야 아무런 소용도 없는 일들을 생각했다. '만약'으로 시작되는 일들을. 만약 키가 지금보다 십 센티미터 정도만 더 컸다면. 만약 재벌2세로 태어났다면. 만약 미국 아이였다면. 만약 22세기를 살아가고 있다면. 만약 엄마가 있었다면. 만약 엄마에게 무슨 말이라도 할 수 있었다면. 다른 생각들도 했다. 예컨대 야구부에 들어가 청룡기 고교야구 결승전에 선발투수로 등판한다거나 마침내 아빠의 올림픽복권이 당첨돼 우리가 르망을 타고 전국일주를 떠난다거나. 그럴 가능성은 많지 않지만, 아주 불가능한 일은 아니라는 사실이 나를 감미롭게 했다. 사실은 불가능한 일이라고 해도 상관없었다. 그 어떤 일도 내게는 일어나지 않는다고 해도, 그게 아주 황당한 몽상이라고 해도 나는 꿈꾸는 일을 멈추지 않을 생각이었다. 이 우주에서 일어나지 않은 일들, 어떻게 해도 할 수 없었던 일들, 불가능한 일들을 나는 계속 생각할 것이다. 왜냐하면 나는 양자론의 세계에서 살고 있으니까. 계속, 나는 쉬지 않고 생각할 것이다. 다른 우주에 사는 나를 위해서. 다른 우주에서는 여전히 시장에서 과일을 팔고 있을 아빠를 위해서. 또다른 우주에서는, 어쩌면 거기서는 우리와 함께 살고 있을 엄마를 위해서. 그 가능성을 위해서.

쌍둥이에게 조롱당하는 소원들

망원경의 접안렌즈에 오른쪽 눈을 대고 초점이 맞지 않아 얼룩진 젖빛, 이리저리 돌리니 강물처럼 흐르던 그 젖빛을 바라보는데, 누군가 주인집 대문을 두들기는 소리가 들렸다. 나는 주인아저씨를 따라 밖으로 나갔다. 녹슨 철제대문 아래로 두 개의 검은 양복과 네 개의 구두가 보였다. 심장이 멎는 것 같았다. 빛을 향해 기어가는 벌레처럼 본능적으로 나는 눈으로 집 뒤 장독대 위의 담장을 바라봤고 코로는 차가운 바람을 들이켰다. 다리로 마당을 가로질렀고 손으로 마감이 거친 시멘트 담장을 잡았으며 귀로는 주인집 아저씨가 누구냐고 묻는 소리를 들었다. 하지만 뇌는 가만히 있었다. 어떤 생각도 하지 않았다. 생각하면 그들에게 다 읽힐 테니까. 담장은 의외로 높았다. 착지하면서 나뒹구는 바람이 망원경이 부서졌다. 그렇지만 슬퍼하거나 안타까워할 수도 없었다. 생각을 끄니 감정도 사라졌다. 침착하게 내부에서 뭔가가 부서져 달그락거리는 망원경을 집어들고 마을버스가 다니는 큰길을 가로질러 맞은

편 골목으로 들어갔다.

두 사람이 마주 보고 걸으면 어깨가 부딪칠 정도로 좁은 골목이었다. 휘어진 모퉁이마다 지린내가 풍겼다. 입구에서 들여다보면 막다른 골목처럼 보이지만 막상 안으로 들어가면 개미굴처럼 끊어지지 않고 계속 이어지는 그 동네의 모든 골목길을 나는 다 알고 있었다. 내가 가려는 곳은 마을버스 종점을 지나 조금 더 올라가면 나오는 공터였다. 누가 쫓아오는지 돌아볼 자신도 없었다. 공터에는 폐품들이 쌓여 있었다. 유리창은 모두 깨지고 문짝과 네 바퀴가 떨어져나간 자동차나 휘어진 철근, 혹은 반쯤 부서진 시멘트 블록들이 제멋대로 흩어져 있었다. 그 공터 한쪽은 탱자나무로 울을 둘렀는데, 왼쪽 끝으로 가면 아이 하나 겨우 드나들 수 있는 틈이 있었다. 그 틈으로 들어가면 비탈이 나왔다. 언덕 아래 마을이 한눈에 들어오는 곳인데도 쑥 들어간 지형 탓에 바람이 들지 않아 낮이면 즐겨 앉아 있던 곳이었다. 바로 앞에는 교회가 있었고, 3미터 정도의 비탈을 내려가면 텃밭이 나왔다. 나는 비스듬히 누워 숨을 몰아쉬었다.

오후 세시의 햇살이 아련했다. 고랑에 드리운 햇볕을 바라보는데, 그 풍경이 초점을 잃으면서 서러움 같은 게 들었다. 아빠를 비롯해서 모든 사람들은 여전히 살던 세상에 그대로 살고 있는데, 나만 다른 세상에 떨어진 것 같았다. 거기는 꿈속이라 이제 잠에서 깨면 모든 게 원래대로 돌아갈 것 같았다. 그럴 가능성은 전혀 없어. 다른 우주 같은 건 없으니까. 그 말에 정신이 번쩍 들었다. 목소리들이었다. 왼쪽 귀로는 남자가 '그럴'이라고 먼저 말하고 오른쪽 귀로는 여자가 '가능성은'이라고 뒤이어 말하는 식으로, 아직 변성기를 거치지 않은 소년소녀들이 번갈아가며 카랑카랑 말했다. 체육대회가 열리는 운동장 스탠드에서 응원가를 브르면 딱 좋을 만한 목소리였다.

다른 세계는 없어. 우리가 사는 세계는 이게 전부야. 네 아빠는 죽었어. 그러니 너는 이제 고아야. 우주 끝까지 가더라도 내가 고아라는 사실은 변함이 없어. 양쪽에서 번갈아 다른 목소리가 들리니 어지러웠다. 두통도 느껴졌다. 양자론의 세계 같은 건 어디에도 없어. 고양이를 칼로 찌르면 그 자리에서 내장을 쏟아내면서 죽어버릴 뿐이야. 반은 죽어 있고 반은 살아 있는 고양이 따위가 있을 리가 없잖아! 나는 귀를 틀어막았다. 그렇지 않아! 그 목소리에 반박했다. 누가 관찰하느냐에 따라서 결과는 달라진다고 했어! 어디? 어디지? 어디야? 한 번은 소년으로, 한 번은 스녀로, 번갈아 들리는 다급한 목소리. 나는 다시 생각을 멈췄다. 너는 이 세상을 네가 관찰한다고 믿는 모양이지? 나는 꼼짝도 하지 않았다. 말해봐. 말하지도, 생각하지도 않았다.

이런 미친 달동네에 사니까 만날 미친 오바이트질이지. 엉? 갑자기 다른 목소리가 들렸다. 악취 때문에 미친 콧구멍이 숨쉬기를 거부하잖아. 엉? 미친 원더보이 자석…… 만나면 껌처럼 질근질근

썩어서 저기 미친 담벼락에다가 붙여놓겠어, 엉? 나는 이만기가 어디쯤 있는가 궁금해서 탱자나무 울타리 바깥을 내다보려고 한 손으로 땅바닥을 짚었다. 그때 다시 목소리들이 들렸다. 또 생각해 보시지! 네 아빠의 소원들, 너의 소원들, 죄다 말해봐! 지금 여기서는 이뤄지지 않는다고 해도 다른 우주에서는 그 소원들이 이뤄지고 있는 것이라고 또 말해봐! 하나하나 헤아리면서 공기 알갱이를 삼키듯 나는 천천히 숨을 들이마시고, 또 아주 천천히 숨을 내쉬었다. 왜 말을 못 하는지 우리가 말해줄까? 그런 건 인생의 실패자나 할 수 있는 말이기 때문이지. 한평생 불행하게 살다가 비참하게 죽는 낙오자들이나 수첩에 그따위 이뤄지지도 못할 소원들을 끼적이는 거야. 지금 여기가 아닌 다른 세상을 꿈꾸면서 말이야. 네 아빠가 바로 그런 사람이었어. 아내에게도 버림받은 술주정뱅이. 그게 바로 너의 미래야.

"그렇지 않아!"

나는 벌떡 일어서며 외쳤다. 그 목소리를 듣고 검은 양복의 쌍둥이들이 탱자나무 울타리 쪽으로 달려왔다. 그 모습을 보다가 나는 비탈 아래 텃밭으로 뛰어내렸다. 쌍둥이들이 탱자나무 가시에 걸려서 오도 가도 못하는 동안, 나는 황색 교회 건물 쪽으로 달려갔다. 나는 생각하고 또 생각했다. 강하게, 온 정신력을 모아서, 쌍둥이들의 머리통을 부숴버릴 만큼 내 생각이 크게 들리도록. 그렇지 않다구, 그렇지 않아! 알아? 엉? 알아듣겠어, 엉? 미친 자웅동체,

이 미친 암수한몸아! 그렇지 않아! 그렇지 않아! 절대로 그렇지 않아! 생각하고 또 생각했다. 그리고 나는 교회 건물을 돌았다.

　그러나 결국 부서진 건 쌍둥이들의 머리통이 아니라 내 마음이었다. 그다음 밤이 올 때까지는 느리게 진행된 폭발과 순식간에 떨어져내리는 잔해들의 시간이었다. 나는 유보트의 어뢰를 맞아 구멍이 뚫린 영국 군함처럼 천천히 절망의 바다 속으로 침몰하기 시작했다. 아빠의 수첩만 찾으면 엄마를 만날 수 있으리라는 기대가 사라지면서 나는 주로를 이탈한 경주마처럼 발길이 닿는 대로 거리를 걸었다. 어둠이 내린 서울의 거리는 서둘러 귀가하는 사람들로 북적댔다. 버스정류장에는 모여선 사람들이 고개를 내밀고 다가오는 버스의 번호를 확인했다. 건물마다 칸칸이 들어선 가게 불빛이 보도를 밝혔다. 만둣가게의 솥에서는 기둥처럼 하얀 김이 솟구쳤다. 춥고 외롭고 배가 고팠다. 나는 솥 안에 든 만두를 생각했다. 뜨거운 열기 속에서 익어가고 있을 만두를. 물기를 머금어 점차 투명해지는 만두피를. 그 만두피 안에 조금씩 그여들 육즙을. 춥다는 건 지금 내게 온기가 없다는 뜻이고, 외롭다는 건 지금 내게 가족이나 친구가 없다는 뜻이며, 배가 고프다는 건 지금 내게 만두가 없다는 뜻이라는 걸 나는 깨달았다. 거리를 걸어다니는 동안, 내가 들었던 마음의 소리들 역시 그와 비슷했다. 다들 지금 자기에게 없는 사람이나 없는 것들을 소망했다. 애인을, 돈을, 건강을, 행운을. 도넛이 가운데 구멍을 생각하듯이, 뭔가를 원한다는 건 지금 자기에게 없는 걸 원한다는 뜻이었다. 만두를 생각하지 않기 위해서 나는 걸었다. 하지만 걸으면 걸을수록 만두는 주름들과 그 사이에 맺힌 물방울 하나하나까지 더욱 또렷해졌다. 만두에 대한 생각은 칼날처럼 날카로웠다. 서러움이 복받쳤다. 그 또렷함과 생생함 앞에서는 양자론의 세계도, 다른 우주의 존재도 아무런 소용이 없었다. 만두를 잊기 위해서 나는 계속 걸었다. 집으로 돌아가는 사람들 사이로. 도로의 자동차 불빛이 둥글게 멍울졌다. 한참 걷다보니까 어떤 대학교 교문이 나왔다. 그 대학교를 한 번도 가본 일이 없었지만, 어쩐지 낯이 익었다. 교문에 적힌 학교의 이름을 들여다보다가 나는 교정으로 들어섰다. 학생들이 교문 쪽으로 내려오고 있었다. 모든 게 만두 때문이었는지도 모르겠다. 나는 내 앞으로 걸어오는 사람에게 혹시 세상에서 FB를 제일 잘 던지는 형을 아느냐고 물었다. 그는 그런 건 잘 모른다고 대답하고는 교문을 향해 계속 걸어갔다. 나는 그 뒷모습을 바라보며 서 있었다.

우리의 얼굴이 서로 닮아간다는 것

어둠침침한 학생회관 4층 건물의 복도를 따라 걷는 동안, 나는 만두가 아니었다면 내 이야기는 그쯤에서 끝났을 수도 있었다는 사실을 깨달았다. 걸어가는 복도의 벽에는 내게 없는 것들이 나를 계속 살아가게 만들며, 인생은 갈망의 대상을 향한 끝없는 투쟁의 길이라는 사실을 알려주는 대자보들이 빼곡하게 붙어 있었다. 그런 내용이 아니었을 것이라고? 뭐, 그럴 수도 있겠지. 사실 나는 거기 적힌 내용을 반도 이해할 수 없었다. 그러니 내 기억이라는 건 믿을 바가 못 된다. 하지만 이제 1986년 초봄, 거기 대학교 학생회관 복도에 붙어 있던 대자보의 내용을 기억하는 사람은 또 얼마나 될까? 그러니 내가 거기에 이런 내용들이 적혀 있었다고 기억한다고 해도 완전히 틀린 것만은 아닐 것이다. 만두를 쟁취하기 위한 범분식 본부의 결성을 열렬히 지지한다! 김밥을 해산하고 돼지고기와 밀가루를 중심으로 만두의회를 소집하자! 가열찬 만두투쟁으로 허기를 타도하자! 왜냐하면 그때 내 머릿속에는 오직 만두, 만두뿐이었으니까.

　대자보의 벽을 거의 다 지나갔을 때쯤, 어디선가 합창 소리가 들렸다. 그건 장중한 장송곡을 연상시키는, 색깔로 치자면 검은 노래였다. 계속 걸어가보니 그 노래는 '총학생회'라는 팻말이 붙은 문 안쪽에서 흘러나왔다. 나를 거기까지 데려간 사람은 나보다 키가 작은 여학생이었다. 외투와 같은 색깔의 군청색 목도리를 두르고 있어 뒤에서 보면 〈은하철도 999〉에 등장하는, 얼굴이 없는 차장처럼 보였다. 그녀는 노크도 없이 문을 벌컥 열고는 노래를 부르는 사람들을 향해서 "이 아이가 세상에서 화염병을 제일 잘 던지는 사람을 찾고 있어요"라고 소리쳤다. 노랫소리가 뚝 끊어졌다. 갑자기 흥이 깨져서 기분이 나빠진 사람들처럼 다들 굳은 표정으로 그녀와 나를 바라봤다. 사무실 안에는 달아오른 난로가 있어서 따뜻했다. 문 옆 낡은 소파 앞 테이블에는 플라스틱 막걸릿병과 종이컵과 안주 따위가 어지럽게 놓여 있었다. 검정색 더플코트를 입은 안경잡이가 어떤 사람의 이름을 댔다. 그러자 맞은편에 있던 족제비눈이 다른 사람의 이름을 댔다. 그 둘을 중심으로 패가 갈렸다.

　그때쯤 나는 누가 화염병을 제일 잘 던지느냐에 대해서는 완전히 흥미를 잃어버렸다. 내 새 관심사는 막걸리와 종이컵에 둘러싸인, 반쯤 먹다 남은 파전이었다. 초록색은 파가 아니라면 호박, 빨간색은 필경 고추, 노란색은 잘 익은 부침가루일 테지. 그때 한 사람이 다시 노래를 부르기 시작했다. 가까이서 들어보니 그건 노동자의 분노와 자부심에 대한 노래였다. 나는 소파 옆에 서서 침만 삼키다가 결국 파전을 향해 손을 뻗어 반 정도를 뜯어내 입안으로 밀어넣었다. 기대와 달리 파는 차갑고 전은 눅눅했으나, 어찌 됐건 파전은 훌륭했다! 그들은 내가 파전을 집어먹든 말든 상관하지 않고 노래를 부르거나, 소리를 지르거나, 자기 말이 옳다고 떠들어댔다. 나머지 파전마저 입에 넣은 뒤, 나는 내친 김에 막걸리까지 마셨다. 소주는 좀 마셔봤으나 막걸리는 마실 기회가 없었기 때문에 맛을 논할 처지는 아니었지만, 어찌 됐건 막걸리도 맛있었다! 그때 누군가 양팔을 펼치더니 "선재 형에게 물어보자!"라고 말했다. "할렐루야! 선재 형은 도사니까 모든 걸 다 알 거야!"라고 다른 사람이 맞장구를 쳤다. 그들의 목소리에는 장난기가 넘쳤다. 그러는 동안에도 나는 진공청소기처럼 테이블 위에 놓인 오징어와 커피나, 양파링 따위의 스낵을 닥치는 대로 입안에 쑤셔넣었다. 이게 누구야? 소문난 잔치에 먹을 게 없다더니 원더보이, 네 녀석이 다 먹었구나! 나는 고개를 들었다.

"선재 형이다!"

그때 누군가 외쳤다.

"선재 형!"

나도 따라 외쳤다. 그러자 다른 학생들이 소리쳤다.

"그럼 네가 찾던 사람이 선재 형이야?"

내가 고개를 끄덕였다.

"에이."

그들은 도를 닦아야만 하는 사람이 화염병을 던지다니 말도 안 되는 소리라며, 누가 세상에서 화염병을 제일 잘 던지는지는 자기들끼리 알아내겠다고 말했다. 그 통에 주위가 시끄러워 나는 선재 형을 뭐야. 호박이 넝쿨째 제 발로 걸음마를 시작하네 향해서 소리를 질렀다.

"형, 돈 있어요?"

"난 근데 보자마자 돈 이야기, 돈만 빼고 호박에 사회의 때가 잔뜩 묻었네 다 있는데."

"내가 권대령한테서 도망쳐나온 뒤로 제대로 씻지 못한 건 사실이지만, 때가 잔뜩 묻은 정도는 아닌데. 저, 만두 한 판만 사주세요."

선재 형이 나를 그만둬! 쳐다봤다. 그 말을 들으니, 갑자기 서러움이 밀어닥치면서 눈물이 뚝뚝 떨어졌다.

"왜 그래? 왜 우는 거야?"

그러는 선재 형의 눈가가 금세 새빨갛게 달아올랐다.

"방금 저더러 그만두라고 했잖아요."

선재 형이 아니라고 손을 내저었다. 그가 생각한 건 고씨가 주인인 고만두라는 가게였던 것이다. 그날 밤, 나는 학교 앞에 있는 고만두에 가서 만두를 종류별로 다섯 판이나 먹었다. 그날 밤은 선재 형의 자취방에서 신세를 질 수밖에 없었다. 급하게 마신 막걸리에 완전히 취한 나는 알 수 없는 열기에 빨갛게 달아올라 밤이 이슥하도록 마구 떠들어댔다. 대자보처럼 내 몸 안에 검고 붉은 자음과 모음이 가득한 것 같았다. 선재 형이 제대한 뒤, 내게 어떤 일들이 벌어졌는지, 그러니까 마스터 피터 잭슨을 만나서 엄마의 메시지가 나를 찾고 있다는 이야기를 들은 일부터 취조실에서 고문당하는 사람들이 가장 고통스러운 순간에 떠올리는 생각이 무엇이었는지, 그리고 어떻게 해서 내가 새로 사서 처음 입었다는 이만기의 양복 상의에 토하게 됐는가에 이르기까지 나는 다 털어놓았다. 내 말에 선재 형이 뭐라고 대꾸했는데, 그리고 그중에는 뭔가 위로의 말도 있었던 것 같은데, 그래서 말이 참 따뜻하다고 생각했던 것 같은데, 그러다가 나도 모르는 새에 잠이 들고 말았다.

다시 눈을 떴을 때, 방에는 나 혼자뿐이었다. 선재 형은 보이지 않았다. 그는 그날도, 그다음 날도 돌아오지 않았다. 잠에서 깬 나는 부엌에서 라면을 찾아 끓여먹었다. 책꽂이에서 '강철은 어떻게 단련되었는가?'라는 제목의 소설을 발견해서 조금 읽었으나, 곧 책을 덮었다. 방 한쪽 구석에서 찾아낸 마이마이 카세트로 청취자들이 보낸 웃긴 사연을 소개하는 라디오 방송을 낄낄거리며 들었다. 그러다보면 어느 틈엔가 나는 또 잠들어 있었다. 잠은 도둑처럼 찾아오더니 깰 때는 달갑지 않은 손님처럼 미적거렸다. 잠에서 깼다가 이 어둠은 저녁의 것인지 새벽의 것인지 헷갈렸던 경우도 몇 번 있었다. 내가 꿈을 꾸다가 깬 것인지, 아니면 잠에서 깨는 꿈을 꾸고 있는 것인지 분간하기 어려웠다. 그럴 때마다 나는 누구인지, 또 거기는 어디인지 알 수 없었다. 아이랄 수도, 그렇다고 어른이랄 수도 없었던 열일곱 살의 봄, 어스름 무렵이면 내가 되기 위해 나는 그렇게 안간힘을 썼다.

그러다가 한번은 잠에서 깬 채 누워서 이런저런 생각을 하는데, 첫날 만났을 때 선재 형이 내게 한 말이 고스란히 떠올랐다. 술에 취해서 잊어버렸던 말이었는데, 다음과 같았다. "병원에서 네게 들은 꿈 이야기를 들려줬더니, 잊을 만하면 네가 어떻게 됐는지 아느냐고 묻던 사람이 있었는데…… 텔레비전에 나온 널 보고 단숨에 반했으니 말하자면 네 팬이랄까……" 그 말을 듣는데, 심장이 쿵쾅거리고 얼굴이 뜨거워졌다. 그토록 설레는 말이라니. 도대체 이 세상에 내가 어떻게 됐는지 궁금하게 여길 사람이란, 과연 누구란 말인가? 궁금증은 오후가 되어 풀렸다. 어스름이 깔릴 무렵, 내가 선재 형을 찾아왔다는 소식을 듣고 그 사람이 나를 찾아왔다. 방안에 들어온 그는 자신의 이름이 강토라고 했다. 물론 그건 남자 이름이었다. 방에 앉은 그는 담배를 만지작거리며 재작년 연말에 내가 출연한 〈원더보이 대행진〉을 봤다고 말했다.

"거기서 너는 다른 사람의 마음을 읽는 초능력을 보여줬어, 맞지?"

그 모든 게 다 이만기 때문이었다. 그 녀석이 잘난 척만 하지 않았어도 남들 앞에서 그런 멍청한 짓을 하진 않았을 것이다. 죄 없는 사람들이 고통의 순간에 떠올리는 아름다운 추억들을 함께 느끼는 게 무슨 초능력이란 말인가? 하긴 무죄인 사람들을 감옥에 집어넣는 데 한몫했으니 그런 것도 초능력이라면 초능력이랄까.

"그런데요?"

"하지만 더 놀라운 건 네가 눈물을 흘리니까 거기 모인 사람들도 다들 울었다는 사실이지. 심지어는 시청자들까지 말이야. 그건 처음이 아니었어. 예전에 청와대에서도 눈물바다가 된 적이 있었으니까. 다들 네 처지가 불쌍해서 운 것이라고 생각하겠지만, 그게 아니야. 아마도 네가 기뻤다면 다들 기분이 좋다고 껑충껑충 뛰었을 거야. 그건 네게는 다른 사람의 마음을 그대로 느끼는 능력뿐만 아니라 남들에게 네 마음도 그대로 전해주는 능력, 그러니까 교감과 동조의 능력이 있기 때문이지. 나는 왜 네게 그런 능력이 생겼는지 알아. 사고가 일어났을 때, 너는 어떤 빛을 봤다고 했어. 맞지?"

"맞아요. 환한 빛을 봤어요."

"좋아. 그 빛 때문이야. 너는 그 빛을 본 거야."

그는 담배 한 개비를 꺼내 코로 가져갔다. 후각을 실험하듯 그는 세심하게 담배 냄새를 맡더니 불을 붙였다. 그 순간, 자기 인생에는 그 연기보다 중요한 게 없다는 듯 그는 고개를 십오 도 정도 위로 들고 아주 천천히 담배연기를 들이켰다. 마치 어떤 의식을 행하는 승려 같았다.

"그래서 네가 온 거야. 난 닮은 사람들은 그 어디에 있든 지구와 달처럼 서로를 끌어당긴다고 믿거든. 우리는 꽤 닮았으니까."

"여기 온 사람은 제가 아니라 형이에요. 그리고 닮았다니 그게 무슨 뜻인가요? 우리 얼굴이 그렇게 닮았나요?"

풋하고 그가 웃음을 터뜨렸다.

"별로 안 닮았다면, 앞으로 닮아가겠지. 적어도 난 널 간절히 원하니까."

"왜 저를 간절히 원한다는 거죠?"

"나도 오래전에 그 빛을 본 적이 있기 때문이야. 네가 본 것처럼 더없이 환한 빛이었어. 그 속으로 들어가서 다시는 돌아오고 싶지 않을 만큼 따뜻한 빛이기도 했어. 하지만 나는 그 빛 속에 사랑했던 사람을 남겨두고 혼자서 돌아와야 했지. 텔레비전에 나온 너를 봤을 때, 그때의 내가 생각났어. 어쩌면 내가 그토록 기다리던 사람이 바로 너였는지도 몰라. 그래서 지금 네가 내 앞에 나타난 것인지도 몰라. 지금 내게는 너의 그 초능력이 너무나 필요하니까 말이야."

나는 그에게 담배 한 개비를 달라고 말했다. 그는 선뜻 내게 담뱃갑을 내밀었다. 담배 한 개비를 꺼내 나도 냄새를 맡았다. 우리는 정말 닮은 것일까? 가을볕에 기분 좋을 정도로 잘 마른 볏짚이 머릿속에 떠올랐다. 불을 붙이면 어떨까? 담배란 어떤 맛일까? 나는 그에게 불을 달라고 했다. 나는 담배에 불을 붙이고, 그게 내 인생의 전부인 양 연기를 빨았다. 뜨겁고 매캐한 담배 연기가 목구멍을 압도한 뒤 곧장 허파로 밀려들었다. 그 순간, 기침이 나오면서 몸이 휘청거렸다. 구역질이 나더니 머리가 어지러웠다.

"원더보이라고 다 잘할 수 있는 건 아니겠지."

"담배 때문에 이러는 게 아니에요."

미간을 찌푸리고 기침을 하면서 내가 말했다.

"그럼 뭣 때문인데?"

"그 말들 때문에 어지러운 거예요."

"무슨 말들이?"

"우리의 얼굴이 닮았다는 말, 나를 간절히 원한다는 말, 그토록 기다리던 사람이 나라는 말…… 그 말들, 말이에요."

*

자신을 강토라고 불러달라고 했으니, 강토라고 부르겠다. 강토 형은 내가 아빠 때문에 매일 밤 뜬눈으로 지새웠다는 이야기를 듣고 나를 전라남도의 농촌마을인 신기리로 보냈다. 거기에는 무공이라는 사람이 살고 있었는데, 나는 그분과 함께 열일곱 살의 봄을 보냈다. 무공 아저씨라면 짙고 긴 눈썹과 솔방울처럼 툭 튀어나온 눈이 제일 먼저 떠오른다. 없을 무無, 빌 공空, 즉 '빈틈이 없다'는 뜻의 호를 본명 대신에 사용했는데, 내가 보기에 그 이름은 어쩐지

'아무것도 없이 텅 비어 있다'는 뜻에 더 가까운 것 같았다. 본래는 십대 때부터 만병통치약을 파는 약장수를 따라 전국을 돌아다니며 차력을 보여주던 사람으로, 말하자면 원조 원더보이였달까. 떡 벌어진 어깨, 우락부락한 얼굴, 솥뚜껑만한 손, 콘크리트 교각처럼 생긴 두 다리 등, 무공 아저씨는 가만히 서 있을 때도 이 우주 천지에 그가 믿는 건 자기 몸 하나뿐이라는 걸 온몸으로 웅변했다. 그러니 못 먹어서 얼굴에 마른버짐이 핀 아이들과 맥이 빠져서 몸이 여위고 얼굴이 노란 영감들은 그를 바라보는 것만으로도 잔병이 없는 삶을 연상할 수 있었는데, 거기에 차력까지 보여주니 효과는 만점이었다. 그가 방방곡곡의 장터를 돌아다니며 보여준 차력 리스트는 다음과 같았다.

1. 칼을 꺼내서 쌓아놓은 신문지를 단칼에 잘라내는 모습을 보여준 뒤, 구경꾼 중에 한 사람에게 자기 배 위에 올려놓은 무를 칼로 내리쳐 잘라보라고 시킨다. 하지만 구경꾼들은 아저씨가 반토막이 난 무를 당나귀처럼 그 자리에서 먹어치울 때, 더 큰 환호성을 지른다.

2. 무를 먹고 난 뒤에는 숭늉이라도 마신다는 듯이 석유통에 든 휘발유를 냉면그릇에 가득 따르고 단숨에 들이켠다. 그러고는 양손에 불이 붙은 횃불을 들고 서서 운동회에서 곤봉을 돌리듯이 빙

빙 돌리다가 입에다 대고는 곧이어 불을 뿜는다. 구경꾼들이 그 모습에 갑자기 환호성을 지르거나 지나가던 자동차가 경적이라도 울리면 휘발유를 삼키는 수도 있었기 때문에 할 때마다 조심해야만 한다. 역시 사람들이 뜨겁게 박수를 치는 포인트는 아저씨가 쥐포를 집게로 잡아서 그 불에 구울 때였다.

3. 두 팔을 몸통에 붙이고 상체에 하나, 무릎을 굽히고 하체에 하나, 그리고 그 두 개의 쇠사슬을 연결하면서 어깨 너머로 하나, 이렇게 세 줄의 쇠사슬을 몸에 감은 뒤 각각 세 개의 자물쇠로 잠근다. 자물쇠를 채우고 나면 약장수는 열쇠를 근처 하수구로 집어 던진 뒤, 구경꾼들을 시켜서 쥐며느리 모양이 된 무공 아저씨를 물이 가득 찬 어른 키 높이의 고무대야 속에다 던져넣는다. 다들 까치발을 하고 그 고무대야 속에서 벌어지는 일을 보려고 애쓰지만, 불길하게 출렁이는 물만 보일 뿐. 그렇게 일 분, 이 분, 삼 분, 시간이 흐른다. 무공 아저씨는 세 개의 쇠사슬을 모두 끊고 고래처럼 물을 내뿜으며 일어서면서 휘발유를 머금었던 입을 물로 가신다. 이 차력은 그날 밤 하수구를 뒤져 열쇠를 회수하는 것으로 마무리된다.

그런 무공 아저씨가 단학의 세계에 빠지게 된 것은 자신이 열심히 팔았던 만병통치약이 아무런 약효가 없다는 사실을 확인하고 난 뒤부터였다. 어느 날, 돌팔이 약장수는 몇 명 되지도 않은 사람들을 모아놓고 "우리가 살아가는 이 세상이 어떤 세상인고 하면, 쑤시고 아리고 쓰라리고 구리고, 떼꾼하고 쉬지근하고 저리고 씁쓸하고, 또 파리하고 군시럽고 메마르고 찌뿌둥한 세상인데"까지 말했다가 그만 현장에서 참을성이라고는 눈꼽만큼도 없었던 경찰들에게 체포되고 말았다. 이유는 유언비어 유포죄였다. 약장수가 제아무리 끝까지 들어보면 그렇지 않다는 걸 알 거라며 계속 읊어보려고 했지만, 경찰들은 주먹세례로 대답을 대신했다. 쇠사슬로 단련된 무공 아저씨야 경찰들의 주먹질쯤은 안마 정도로 여길 수 있었지만, 평생 가짜 약이나 팔아온 그 늙은이는 단 한 방에 실신하고 말았다. 무공 아저씨는 경찰서 쇠창살이야 엿가락 휘듯이 그냥 당겨버리고 나올 수 있었지만, 의리상 밤새 기절한 영감을 간호했다고 한다. 그러니까 그 영감이 말한 대로 그 만병통치약을 먹이고, 또 머리통에 바르고, 또 코에다 냄새를 맡게 하면서. 하지만 만병통치약은 아무 약효도 발휘하지 못했고, 다음날 훈방돼 여인숙으로 돌아온 영감은 시름시름 앓다가 반신불수가 돼버렸다. 그제야 무공 아저씨는 병든 건 사람들이 아니라 세상이니, 먼저 이 세상을 고치는 게 약장수의 일이라는 걸 깨닫게 됐다고 한다. 그렇게 오 년 동안 단학을 수련한 끝에 무공 아저씨는 우주의 비밀을 깨닫게 됐다고 한다.

이 우주의 비밀을 바탕으로 무공 아저씨는 신기리에 '스스로 돕는다'는 뜻의 자조농장을 만들고 생명역동농법으로 농사를 짓기 시작했다. 이 농법에 따르면 모든 씨앗에는 탄생 순간 별들의 위치가 저장되어 있기 때문에, 나중에 싹이 나면 농작물들은 자연스레 특정한 별과 직접 연결돼 그 에너지로 성장한다는 것이었다. 그러므로 농부는 늘 별들의 위치를 잘 관찰하면서 올바른 에너지의 흐름을 자신의 밭으로 끌어들일 줄 아는 사람, 그러니까 우주의 비밀을 아는 사람이어야만 했다. 아저씨만 아는 우주의 비밀 중에는 사과는 목성의 기운으로, 자두는 토성의 기운으로 자란다는 사실도 있었다. 그 말을 듣고 보니 어쩐지 사과는 목성을, 자두는 토성을 닮은 것도 같았다. 자두의 테는 어디로 갔는지 알 수 없는 일이지만. 아저씨는 죽은 땅을 살리는 증폭제라는 걸 만들었다. 예컨대 톱풀꽃 증폭제는 6월 20일경 꽃을 채취해 사슴 방광 속에 넣어 처마 밑에 걸어놓았다가 9월에 땅속에 묻어 다시 육 개월을 둔 뒤 4월경에 사용하고, 수정가루 증폭제는 벚꽃이 필 무렵 수정가루를 물과 반죽해서 소뿔에 채우고 하루가 지난 뒤 수정가루가 가라앉으면 물을 버리고 입구를 황토로 막아서 땅에 묻었다가 9월 말에서 10월 초에 사용한다는 것이었다.

"그냥 비료를 사서 뿌리면 되지 않을까……요?"

내가 아저씨 눈치를 살피면서 물었다.

"그럴 순 없지."

아니나 다를까, 아저씨가 단호하게 대답했다.

"그건 모든 농부들이 다 알고 있는 거잖아. 그러니까 우주의 비밀이 아니지. 난 우주의 비밀을 알기 때문에 그렇게 할 수는 없어."

따지고 보면, 강토 형과 무공 아저씨가 만난 것도 그 우주의 비밀 때문이었다. 감옥에서 풀려난 뒤, 강토 형은 밤에 거의 잠을 자지 못해 만성적인 수면부족에 시달렸다고 한다. 불면은 위장을 약하게 만들었고 약해진 위장은 다시 일정 분량의 음식을 먹으면 구토하는 증상으로 이어졌다. 불면의 괴로움을 잊기 위해서 강토 형이 선택한 치료법은 『사기 열전』을 읽는 일이었다. 검지로 한자들을 하나하나 짚어가며 읽다보면 스르르 잠이 들 때가 있었던 것이다. 밤마다 수천 년 전 이 지구에서 살았던 사람들의 일생을 기록한 그 글자들을 읽으며 강토 형은 종잇장처럼 얼굴은 창백해지고 몸은 가벼워졌다. 한자들의 세계에서 고개만 돌리면 거기 슬픔과 회한과 절망의 낯빛을 한 약혼자가 밤새 입을 놀리며 서 있었기 때문이었다. 약혼자는 처음 시작하는 업무에 진이 빠진 관광가이드처럼 분절적인 발음으로 단어들을 되뇌었다. 상봉터미널, 시외버스, 선교장, 오죽헌, 낙산사, 경포대, 설악산…… 강토 형의 마음이 더없이 분했던 것은 군사정권의 독재에 맞서서 죽음까지도 불사했던 그 강인한 사람이 슬픔에 가득한 표정으로 읊조리던 그 단어들 때문이었다. 민주주의, 자유, 평등, 통일 들처럼 고귀하고도 드높은 단어들이 아니라 그처럼 사소하고도 구체적인 단어들만을 되뇌는 약혼자 때문에 강토 형은 고통받았다. 불면에 시달리다 못해 해골과 같은 얼굴로 대학병원까지 찾아간 뒤에야 강토 형은 자신의 그 고통은 다른 누구와도 소통할 수 없기 때문에 더욱 아픈 것이라는 걸, 그리고 바로 그 사실 때문에 그 어떤 사람도 자신의 병을 고칠 수 없으리라는 걸 알게 됐다. 그렇게 해서 마지막으로 강토 형이 찾아가게 된 사람이 바로 무공 아저씨였다.

"그래서 어떻게 됐나요?"

"내가 말끔하게 고통을 덜어줬지."

"어떻게요?"

내가 물었다.

"순리대로 사는 게 바로 이 우주의 비밀이지. 잠이 오지 않는다면, 안 자면 되는 거야. 꼭 자야 할 필요는 없어. 죽은 사람이 자꾸 눈에 보인다면, 그냥 눈을 감으면 되고. 보고 싶을 때는 눈만 뜨면 언제든지 볼 수 있으니까 좋은 거 아닌가?"

"그게 치료법인가요? 지금 제 불면증도 그렇게 고치신다는 얘기인가요?"

"치료법은 아니야. 병이라고 꼭 치료해야만 하는 건 아니야. 병을 달고 산다는 말도 있잖아. 병도 생명의 일부야."

"그래서 강토 형은 아저씨를 만난 뒤로 병을 달고 살게 됐다는 말씀인가요?"

"아니."

무공 아저씨가 말했다.

"강토는 병을 껴안고 살더라."

강토 형과 내가 서로를 끌어당길 정도로 닮았다면, 그렇다면 나도 이제 병을 껴안고 살아야만 한다는 뜻일까?

이 인생에서 내가 할 일은 더욱 내가 되는 일

4월의 가슴 아픈 이야기

아지랑이가 피어오르는 연못 주위, 높고 낮은 언덕과 둔덕 여기저기에 산벚꽃이 피면서 골바람은 하룻밤 새 훈훈해졌다. 산허리 군데군데 수놓은 노랗고 붉은 빛을 보노라니 마음이 들썩거려 잠시도 엉덩이를 붙이고 앉아 있기 힘들었다. 쉬 달아오른 마음은 그만큼 빨리 수그러졌다. 씨감자와 토마토와 토란 등을 파종하고 증폭제를 뿌리는 등 오전 내내 아저씨와 밭일을 한 뒤 점심을 먹고 나면 오후의 따사로운 햇볕 사이로 졸음이 몰려왔다. 졸음을 이기지 못하고 마루에 앉아 고개를 꾸벅거리노라면 옆에서 무공 아저씨가 제자리에 서 있다가 단숨에 독립문을 훌쩍 뛰어넘은 구한말의 도사라거나 만주에서 밤새 축지법으로 서울 고관댁까지 달려와 군자금을 털어갔다는 독립군 장군에 대한 이야기를 들려주곤 했다. 그건 꿈같은 이야기들이었다. 기구처럼 우리를 하늘로 높이 밀어올릴 것처럼 따뜻한 바람이 불던 날에도, 하염없이 우리 머리 위로 꽃비가 떨어지던 날에도, 아저씨는 공중부양과 축지법과 천부경과 마구니와 도인술에 대해서 얘기했다.

하지만 나는 알고 있었다. 이젠 속세와 아무 인연이 없는 것처럼 천연덕스럽게 도사 행세를 하는 무공 아저씨에게 딱 석 달 동안만 함께 살았던 아줌마가 있다는 사실을. 두 사람 사이에는 딸이 하나 있는데, 지금 그녀는 다른 남자를 아버지라고 믿으며 봉평에서 살고 있었다. 가끔씩 밤에 잠을 자려고 누웠을 때, 무공 아저씨가 딸을 생각할 때가 있었다. 그럴 때면 어둠 속에서 한숨 소리가 내 인생이 어디서부터 잘못됐는지 모르겠네 길게 들렸다. 한번은 내가 아저씨에게 이렇게 말했다.

"인생이 잘못됐다고 생각한다면, 지금이라도 제대로 살면 되는 일 아닌가요? 따님을 찾아가세요."

하지만 무공 아저씨는 아무런 그게 내 말처럼 쉬운 일은 아니란다 대꾸가 없었다.

"비겁한 핑계일 뿐이에요."

아저씨는 몸을 한 난 개에게 아비 노릇을 한 번도 해본 적이 없어 번 뒤척였다.

"그러니까 지금부터라도 아빠 노릇을 하시라는 거죠."

그러자 무공 아저씨는 벌떡 일어나 방의 불을 켜더니 앉은뱅이 책상 앞으로 갔다. 아저씨는 책상 서랍에서 연고를 꺼냈다.

"잠이 안 와서 잡생각이 들 때는 이 연고를 머리 겁은 동물의 부모가 된다는 건 머리통에 바르는 게 슬픈 일이지 상책이다."

그건 돌팔이 약장수가 남기고 간 만병통치약이었다.

"저는 그렇게 생각하지 않아요!"

내가 뭐라고 말거나 말거나 무공 아저씨는 이마에 연고를 발랐다. 정말 그런 것일까? 그 약을 바르면 잡생각이 덮어질까? 누군가의 부모가 된다는 건 슬픈 일일까? 그래서 아빠도 매일 슬픈 표정으로 소주를 마셨던 것일까? 나로서는 알 수가 없었다. 다른 사람의 생각을 읽을 수 있다는 것과 그 생각을 이해한다는 것은 다른 문제였다. 열일곱 살의 나로서는 이해할 수 없는 일들이 세상에는 너무나 많았다. 온갖 생각들. 소망들. 꿈들. 나는 아저씨에게 연고를 달라고 해서 머리에 발랐다. 그 모든 일들을 명징하게 이해하거나, 그렇지 않다면 머리가 말끔하게 비워졌으면 좋겠다는 생각이 들었다.

"아저씨."

다시 불을 끄고 누웠을 때, 내가 무공 아저씨를 불렀다.

"가슴 아픈 이야기는 이제 그만하자."

"그게 아니라……"

"그게 아니라, 뭐?"

"강토 형이 저더러 아저씨한테 숨쉬는 법을 배우라고 하더라구요. 제가 막 태어난 아이라도 된다는 듯이 말이에요. 근데 그걸 배우면 저도 우주의 비밀을 알게 되나요? 정말 그럴까요?"

"백회가 열리고 인당이 터지면, 모르는 게 없어지지."

"그럼 아저씨는 백회가 열리고 인당이 터졌나요?"

"그렇지, 그렇지."

무공 아저씨는 졸린 듯 중얼거렸다. 나는 어둠을 가만히 바라봤다. 만약 모르는 것이 없이 우주의 비밀을 모두 알 수 있다면, 제일 먼저 알고 싶은 게 뭘까? 그건 아마도 엄마의 얼굴이 아닐까? 나와 엄마는 어디가 닮았을까? 그다음에는 엄마와 아빠가 어떻게 만났는지, 그리고 왜 헤어졌는지 알아낼 것이었다.

"그럼 우주의 비밀을 저한테만 살짝 말해줄 수 없나요? 소 오줌을 마시라거나, 뭐, 살던 대로 살아라, 그런 말씀 말고요."

"그건 말이지⋯⋯"

"그건요?"

"산은 더욱 산이 되어야만 하고 물은 더욱 물이 되어야만 한다는 것이지. 그게 우주의 비밀이야."

"에이."

"마찬가지로 대통령은 더욱 대통령이 되고 법관은 더욱 법관이 되어야만 하는 거야. 대통령이 사기꾼이 되고 법관이 권력의 시녀가 되면 안 된다는 거야. 그래서 이 나라는 잘못된 거야! 그건 나 무공이가 너 정훈이가 되는 꼴이거든."

"그러니까 무슨 이야기인지는 알겠지만, 왜 하필이면 제 이름이 사기꾼과 시녀의 자리에 들어가나요?"

"그건 내 맘이지."

우리는 잠시 말이 없었다.

"그런데 아저씨는 우주의 비밀도 아시는 분이……"

한참 있다가 내가 다시 말을 꺼냈다.

"그렇지, 내가 잘 알지."

"어떻게 자기 인생이 어디서부터 잘못됐는지는 모르는 건가요?"

하지만 대꾸 대신에 갑자기 코 고는 소리가 들렸다. 원래 금방 잠드는 사람이기는 했다. 곤란한 질문이 나오니 자는 척하는 것인지도 몰랐으나, 더이상 무공 아저씨는 생각도, 말도 하지 않았다. 더 묻고 싶었으나, 그 연고를 바른 탓인지 나도 금방 잠에 빠졌다.

아름다운 무승부의 꿈

꿈속에서 나는 무공 아저씨에게 숨쉬는 법을 새로 배웠다. 그건 이 우주와 내가 숨을 두고 서로 실랑이를 벌이는 일이었다. 내가 그 숨을 최대한 아랫배 깊숙이 끌어당기면, 그다음에는 이 우주가 다시 그 숨을 끌어냈다. 질세라 내가 다시 숨을 내 안으로 빨아들이면, 이 우주 역시 끈덕지게 그 숨을 다시 자기 쪽으로 끌어당겼다. 숨을 둘러싸고 벌어지는 우주와 나의 한판 승부는 아직까지는 팽팽한 무승부의 상태였다. 그때 갑자기 내 꿈에 나타난 무공 아저씨가 성악가처럼 두 팔을 펼치고 외쳤다.

오오오, 아름다운 무승부여!
오오오, 놀라운 우주의 비밀이여!
어느 봄날, 나는 무조건 이기는 인생을 다짐했고,
어느 가을날, 나는 완전히 졌다고 좌절했었지.
이제는 알 수 있다네.
그때부터 내 인생은 잘못되기 시작했다는 것을.
누구도 이 우주를 이겨서도, 져서도 안 된다는 것을.
해변으로 파도가 밀려왔다가 물러가듯이,
혹은 바람에 풀들이 땅에 닿을 듯 쓰러졌다가 다시 일어나듯이.

며칠 뒤, 아저씨에게 실제로 숨쉬는 법을 배우기 시작했다. 하지만 내가 숨쉬는 법을 배운 건 그 꿈을 꾸면서부터였다. 하지만 나는 그 말을 하지 않았다.

5월, 새로운 시작과 끝

서북쪽에서 부는 바람은 노란 바람, 파란 하늘과 파란 바다를 건너온 중국의 모래바람이었다. 5월이 되자, 뒷산의 아카시아들이 꽃대에 번갈아가며 하얀 꽃들을 주렁주렁 매달았다. 벌들은 품앗

이하는 농부들만큼이나 바삐 몰려다녔다. 수은주가 올라가면 시키지 않아도 집집마다 창문을 여는 것처럼, 5월이 되자 온몸의 감각이 저절로 눈을 떴다. 요란스러운 새 소리에 잠에서 깨어 문을 열면 꽃향기가 마당에 자욱했다. 오솔길의 풀들은 아직 억세지 않았고 산딸기는 붉은 만큼 시었다. 자고 일어나면 사람이 달라진다며 무공 아저씨가 내 키를 자주 쟀다. 5월의 나는 연초에 재능개발연구소에 있을 때보다 6센티미터나 더 높은 곳의 공기를 마실 수 있었다. 그렇다면 목젖이 비정상적으로 툭 튀어나오기 시작하면서 목소리가 낮고도 굵어지기 시작한 것은 165센티미터를 지날 무렵이었나보다. 매일매일 사람이 달라진다니, 누구보다도 당황스러운 건 바로 나 자신이었다. 어느 날은 앞날이 걱정되고 너무나 불안했는데, 그럴 때 보면 나는 참 불행한 아이였다. 하지만 그다음 날은 이 세상 모든 게 너무나 고맙게 느껴져서 웃음이 떠나지 않았으니 어제와는 완전히 다른 사람이라고 말하는 게 옳았다. 그 감정들 하나하나가 계곡의 자갈을 만지는 것처럼 때로는 매끄럽고 때로는 까칠했다. 매일매일이 새로운 시작이었고 또 새로운 끝이었다. 나는 날마다 새로 태어나는 것 같았다.

무공 아저씨에게 호흡수련을 배우면서 내 초능력은 더욱 강해졌다. 마치 올림픽을 앞둔 국가대표 상비군처럼 나는 수련을 게을리하지 않았고, 그것과 무관하게 아침저녁 운동으로 몸을 단련했다. 몸과 마음이 예민해질수록 다른 사람들의 생각도 더 잘 들렸다. 내

능력에 스스로 놀라면서 더 많은 호기심이 생겼다. 동물들의 생각도 들을 수 있는지 알아보려고 누렁개를 집요하게 쫓아다닌다거나 라디오 전파도 들을 수 있지 않을까 해서 뒷산 꼭대기에 올라가 안테나처럼 양팔을 서울이 있는 북쪽과 바다가 있는 남쪽을 향해 펼친다거나 백원짜리 동전을 손에 쥐고 그간 그 동전이 거쳐간 사람들의 얼굴을 순서대로 떠올리려고 노력한다거나. 해보니 똥개의 생각을 읽는 일과 공중파 방송을 수신하는 일을 제외하고 사람을 대상으로 한 실험은 대부분 늦든 빠르든 성공적이었다. 나는 이제 누군가에게 집중하면 그 사람의 마음을 얼마든지 읽을 수 있었다. 그러나 그보다 더 놀라운 것은 더 느리게 숨을 쉬고, 더 많은 감각으로 이 세상을 받아들이면 그만큼 더 천천히 시간이 흐른다는 사실을 발견한 일이었다. 시간의 속도를 마음대로 조절할 수 있다면, 더 많은 일들이 가능했다. 예를 들어 5월부터는 십 분 만에 뒷산 정상까지 올라갈 수 있었다. 그건 돌이라도 씹어먹을 수 있는 나이이기 때문이기도 했고, 무공 아저씨의 주장대로 제대로 숨쉬는 법을 배웠기 때문이기도 했으리라. 어느 쪽이든 나의 시간과 다른 사람의 시간이 서로 다르게 흐른다는 것만은 사실이었다. 고양이의 생사를 결정하는 것은 당신의 관찰이다. 그건 아빠가 내게 들려준 말이었다. 마찬가지로 시간의 속도를 결정하는 게 내 호흡이라면, 가능하면 나는 아주 천천히 숨쉬기로 했다. 되도록 아주 천천히 살아가면서 세상 구석구석 숨은 의미를 모두 알아내고 싶었다.

절망이라기보다는 우울의 6월

여름이 다시 찾아왔다. 날이 갠 숲속에서 고개를 치켜들면 당단풍나무와 쪽동백나무와 갈참나무와 생강나무의 잎이 저마다 다른 모양으로, 하지만 모두 같은 초록빛 꿈을 꾸는 듯 파란 하늘에 투명하게 비쳤다. 매실과 무화과가 익어가는 동안 내 호흡도 길어져 한번 숨을 들이마실 때마다 열둘까지 숫자를 헤아릴 수 있을 정도가 됐다. 호흡에 집중하면 강물에 떠가는 잎새처럼 이런저런 생각들이 머릿속을 스쳐가는 것을 지켜볼 수 있었다. 모든 것들은 그렇게 지나갈 뿐이었다. 그럼에도 지워지지 않는 얼굴이 있었다. 결코 떠올릴 수 없기 때문에 그건 지울 수 없는 얼굴이었다. 그 얼굴을 생각하다가 가슴이 답답해지면 동네에서 가장 높은 봉우리에 올라가 먼 들판을 바라봤다. 찔레꽃과 개망초가 하얗게 핀 산길을 걸으며 필사적으로 한 사람을 생각했다. 나를 닮아 콧매는 우뚝하고 눈썹은 짙은, 그런 사람을. 여자를. 하지만 나는 그 얼굴을 알지 못했다. 그런데도 마음속에서 지워지지 않았다. 엄마는 어떤 경우에도 나를 사랑하고 지지하는 사람이라고 들었다. 무조건 나를 사랑하고 지지하는 사람이라…… 그런 사람이 어떤 사람인지 나는 짐작조차 할 수 없었다. 때로 깊은 밤에도 잠들지 못하고 밤길을 걸어다녔다. 그 길의 끝에는 언제나 가로등이 환한 버스정류장이 있었다. 멀리서 바라볼 때 그 노란색 불빛은 너무나 따뜻하게 느껴졌다. 거기까지 가면, 이상하게도 늘 담배를 피우던 강토 형 생각이 났다. 깊은 밤, 나는 아직 귀가하지 않은 식구를 기다리는 사람처럼 버스정류장 벤치에 오래오래 앉아 있었다.

6월 중순의 토요일, 나는 엄마에 대한 궁금증을 참지 못하고 권대령의 집으로 전화를 걸었다. 전화를 걸 때, 나는 자신이 있었다. 일단 통화만 되면, 그래서 내가 엄마에 대해 묻기만 하면, 권대령은 그 말을 듣고 뭔가를 생각할 텐데, 나는 그 생각을 다 읽을 수 있었다. 왜냐하면 나는 재능개발연구소를 도망칠 때의 나보다 훨씬 더 강해졌으니까. 그런데 전화를 받은 건 나와 비슷한 나이로 짐작되는 소년이었다. 텔레비전을 켜놓았는지 수화기 저쪽에서는 스포츠 중계방송이 요란하게 울려퍼지고 있었다. 나는 당황스러웠다.

"권대령님 계십니까?"

내가 물었다.

"아, 귀찮게 아빠 없는데요? 빨리 끊어, 빨리! 누구시라고 전할까요?"

전화선 저쪽에서 소년이 되물었다. 순간 나는 나를 어떻게 소개해야 할지 적이 난감했다. "아, 반가워. 동병상련이네. 놀라지 마. 어쨌거나 나도 권대령님의 아들이니까"라고 말한다면 평화로운 토요일 오후에 스포츠 중계방송을 보던 그 소년은 어마어마한 충격을 받겠지. "말하자면 네 아빠한테 받을 돈이 있는 사람이랄까. 액수는 비밀. 하지만 돈 같은 건 필요없으니까 니네 아빠한테 우리

아빠 비망록을 나한테 좀 보내라고 해"라고 말한다면 어땠을까? "이런 말 하긴 정말 싫은데, 네가 입고 있는 옷이랑 먹는 음식도 어쩌면 돌아가신 우리 아빠에게 줄 돈으로 산 것일지도 몰라"라고 말한다면? 나는 속으로 중얼거리며 숨을 쉬었다. 하나, 둘, 셋.

"저는 김정훈이라고 합니다. 권대령님에게 말씀드리면…… 아마 기억은 하실 거예요."

역시나 마음과는 달리 맥 빠지는, 하나마나한 소리.

"알겠습니다. 이따가 아빠 빨리 끊어라, 새발! 들어오시면 말씀드릴게요."

어쩌면 텔레비전에서는 한국 유도선수가 일본 선수를 엎어치기 한판으로 이기기 직전일지도 몰랐다. 나는 얼른 덧붙였다.

"반갑습니다."

"아…… 내가 왜? 예."

그렇게 어색하게 전화는 끊겼다. 권대령 같은 사람에게도 아들이 있을 줄은 전혀 예상하지 못했다. 나는 전화가 끊어지고 난 뒤에도 공중전화박스에서 나오지 않고 머리를 툭툭 쳤다. 느닷없이 왜 반갑다는 말이 튀어나왔을까? 이해할 수 없는 일이었다. 나는 다시는 권대령에게 전화하지 말아야겠다고 생각했다. 웬일인지 모르겠지만, 내가 또 전화하면 그 평화로운 가정이 파괴될 것 같다는 느낌이 들었다. 나는 권대령의 집을 상상했다. 결이 그대로 살아 있는 나무 벽 거실이나, 작은 모양의 샹들리에, 커다란 화면의 컬

러텔레비전, 고풍스러운 전화기 같은 것들. 언젠가 텔레비전 드라마에서 본 부잣집 거실 풍경 같은 것들. 나는 그 거실의 소파에 앉아서 스포츠 중계방송을 시청하는 또다른 나를 상상했다. 불과 오륙 초 정도, 그렇게 공중전화박스에 서서. 그리고 나는 봤다. 내 온몸을 날려버릴 듯, 바람이 세차게 한번 불었다가 이윽고 고요가 찾아오는 풍경을. 바람도, 소리도 없는 상태를. 그리고 어떤 물결이, 거대한 파도가, 산더미 같은 해일이, 온 바다가 내 쪽으로 몰려오는 광경을. 나는 그 바다 속에 속절없이 잠겼다. 그건 이유 따위는 없는 슬픔들만 모아놓은 바다였다. 나는 그 바다 속으로 서서히 가라앉기 시작했다. 우울에는 절망과는 다른, 나름의 침몰 방식이 있었다. 절망이 강물 속으로 빠져드는 일이라면, 그래서 어느 정도 내려가면 다시 딛고 올라설 바닥에 닿는 식의 침몰이라면, 우울은 바닥을 짐작할 수 없는 심해로 빠져드는 일과 비슷했다.

슬픔 + 슬픔 = 위로?

전화를 끊은 뒤, 나는 이제 어디로 가야만 하나, 자조농장 슬레이트 낮은 지붕으로 돌아가야 하나, 거기가 어떻게 나의 집이 되나, 생각하면서 마을의 낮은 담장길을 따라, 또 논과 논 사이의 둑길을 지나 걷고 또 걷다가, 가만히 서서 서풍에 논물이 잔물결을 일으키면서 일제히 한 방향으로 퍼져가는 걸 지켜보다가, 문득 마을 앞산을 넘어 계속 걸어가면 바다가 나온다고 했으니, 그 바다를 보러 가자고 마음먹고는 무작정 산을 오르기 시작했다. 그 산을 반정도 올라가자 그쯤에서 숨이 턱까지 차오르고 다리에 힘이 빠졌다. 거기는 대나무숲이었다. 머리 위쪽에서 바람을 맞은 댓잎들이 차르르 소리를 냈다. 죽순들이 그 소리를 향해 쭉쭉 뻗어가고 있었다. 키 큰 대나무 때문에 하늘은 더 멀어 보였다. 그 숲에서 대나무와 바람과 하늘과 나는 제각기 혼자였다. 이 세상 어디를 가든, 나는 그렇게 혼자이리라. 태양처럼, 혹은 달처럼. 혼자라면 나는 어디에도 갈 곳이 없었고, 또 가지 못할 곳이 없었다. 그럭저럭 살아서 장수할 수도 있었고, 인생을 낭비하다가 젊어서 죽을 수도 있었다. 하지만 그건 자유가 아니었다. 댓잎을 흔들던 바람에도 나는 쓰러질 정도였다. 비틀비틀 나는 흙바닥에 주저앉았다. 그 숲에서 나는 생각했다. 교과서에서 본, 한반도의 모양이 또렷한 동북아 지도를. 그 위로 드넓게 펼쳐진 아시아 대륙의 모습을. 대륙을 가로질러 바다를 향해 나아가는 기나긴 강들과 몇만 년이 지나는 동안서서히 침식된 산맥들을. 융기하고 침강하는 대륙들과 그 대륙들을 움직이는 붉은 맨틀을. 기울어진 채 우주공간을 여행하는 지구를. 끝없이 펼쳐진 은하와 우주와 우주의 바깥을. 그 광활한 공간 속에서 나는 혼자였다. 혼자서는 결코 자유로워질 수 없었다. 드넓은 공간 그 어디에도 내가 갈 곳은 없었으니까.

토요일의 대숲으로는 바람과 날벌레들과 다람쥐들이, '아빠가 살아 있을 때 더 잘해줬어야만 했는데, 더 많이 얘기하고 더 많이 놀고 더 많이 안았어야만 했는데'라는 후회와 이제는 내게 다시는 한가롭게 스포츠 중계방송을 시청하는 평범한 토요일 같은 건 찾아오지 않으리라는 예감과, 그렇다면 나란 인간은 살아 있을 값어치조차 없는 사람이 아니냐는 자책이, 그리고 마지막으로 강토 형이 나를 찾아왔다. 강토 형은 내 이름을 부르고 있었다. 그 목소리는 감미로웠다. 어쩌면 나는 아주 오래전에 그런 목소리를 들었어야 했던 게 아니었을까? 더 어린 아이였을 때, 꼬마였을 때, 아빠가 일하러 나가고 없는 어스름 무렵, 골목에 혼자 앉아서 길어진 그림자를 바라볼 때, 그때, 내게 엄마가 필요했을 때. 강토 형의 목소리가 점점 가까워졌다. 처음에는 숨어버릴까 생각했으나 강토 형의 얼굴을 보고 싶은 마음이 더 강했다. 나는 대숲 바깥으로 걸어나갔다. 맞은편 마을 뒷산 너머 하늘로 노을이 붉게 물들었다. 그 하늘 한쪽에 샛별이 있었다. 나는 샛별이 지배하는 나라의 백성인 양, 고개를 숙였다. 대숲 옆으로 놓인 산길을 따라 강토 형이 올라왔다. 강토 형이 왜 여기에 있느냐고 내게 물었다. 나도 왜 여기에 있는지 모르겠다고 대답했다. 강토 형은 말이 없었다. 하지만 그렇다면, 또 내가 어디에 있어야만 한다는 것인지 그것도 나는 모르겠다고 말했다. 강토 형이 내 손을 잡았다. 넌 나하고 있으면 돼. 강토 형이 말했다. 나는 맞잡은 두 손을 바라봤다. 그 손으로 온기가 전해졌다. 그리고 나의 슬픔이 전해졌다. 강토 형이 더욱 힘을 줬다.

그러자 이번에는 강토 형의 슬픔이 내게 전해졌다. 강토 형은 누구이며, 무엇을 원하며, 지금 그에게 없는 것은 무엇인지, 고스란히 전해졌다. 두 개의 슬픔이 합쳐졌으니, 고통받아야 마땅했지만 그 순간 나는 위로받았다.

7월, 베니스에서의 죽음

밤기차는 7월의 빗속을 뚫고 지나갔다. 차창에 비친 내 얼굴로 무수히 많은 빗금이 그어졌다. 넉 달 만에 나는 서울로 돌아가고 있었다. 검은 양복의 쌍둥이들을 피해 서울을 떠나올 때 나는 세상에 버림받은 가련한 고아였으나 이제 서울행 밤기차 속에 앉은 나는 생기로 충만했다. 내 것인지 남의 것인지 분간되지 않는 슬픔과 두려움과 기쁨과 환희가 번번이 나를 뒤흔드는 것은 그때와 마찬가지였으나, 이제는 나의 일부가 그 감정들의 화염에 휩싸여 흔들리는 동안 또다른 나는 그 불길을 차분하게 바라볼 수 있게 됐다. 내게는 마치 두 겹의 눈이 생긴 것 같았다. 하나는 고통과 분노와 축복과 경이로 이글이글 타오르는 현재의 젊은 눈동자였고, 다른 하나는 숨을 쉬듯이 나를 둘러싼 세계의 풍경을 가까이서 들여다봤다가 다시 멀찌감치 물러나 관망하는 미래의 늙은 눈동자였다. 두 눈동자로 바라볼 때, 나를 둘러싸고 벌어지는 일들은 너무나 생생한 연극 같았다. 무공 아저씨의 말처럼 산은 더욱 산이 되고자

하고 물은 더욱 물이 되고자 하는 것 같았다. 그렇다면 이 인생에서 내가 할 일은? 그건 더욱 내가 되는 일이었다.

"비 내리는 밤기차에서 토마스 만을 읽을 수 있다는 건 정말 행운이지. 대부분의 사람들은 그 행운을 누리지 못하고 죽으니까."

무공 아저씨의 농장에 굴러다니던 소설을 들고 와 읽고 있는데, 옆에 앉은 강토 형이 말했다. 토마스 만은 그 소설을 쓴 사람의 이름이었다.

"이건 행운이라기보다는 수면제에 가까운걸요. 제목이 마음을 잡아끌어서 가져오긴 했지만."

내가 말했다.

"제목이 왜? '죽음'이라는 말 때문에?"

"아니, 베니스가 어떤 곳인지 궁금해서."

"베니스란 이런 곳이지. 시로코 바람에 설레는 마음으로 부드러운 쿠션의자에 앉아서 지그시 눈을 감고 일상을 벗어나 게으름을 달게 맛보는 곳. '금방 곤돌라에서 내려야 할 테지'라고 생각하면서. 또 '이 시간이 끝나지 않았으면'이라고 생각하면서."

"베니스에 가본 적이 있나요?"

"아니, 거기 나오는 내용이잖아."

강토 형이 말했다. 그는 내가 읽던 책을 뺏더니 이리저리 넘기다가 어떤 구절을 찾아서 읽었다.

"여기에 보면 이런 내용도 나와. '몸에 칼과 창이 파고드는 치욕의 순간에도 이를 악물고 아무렇지도 않은 듯 묵묵히 서 있는 젊고 지성적인 청년.' 이 구절을 떠올릴 때마다 나는 살과 뼈를 가르는 칼과 창의 그 금속성을 느껴. 이런 금속성을 묵묵히 견디는 게 바로 영웅이지. 하지만 그런 영웅의 육체도 결국에는 늙고 쇠하게 돼 있어. 또 이런 구절도 있지. 타치오라는 소년과 호텔 승강기 안에서 마주쳤을 때, 주인공 아셴바흐가 말해. '아름다움은 나를 부끄럽게 만드는구나.' 그 구절을 읽고 나는 죽을 때까지 부끄러움을 아는 인간이 되기로 결심했지."

그는 다시 책장을 넘기더니 다른 구절을 찾아서 또 읽었다.

"수로의 방향이 바뀌자 리알토의 화려한 대리석 아치가 나타났다. 여행객 아셴바흐는 그 아치를 바라봤다. 그 순간, 그는 가슴이 찢어지도록 슬펐다. 그 도시의 분위기를, 떠나라고 매정하게 그를 밀어내던 바다와 습지의 비린내를 그는 깊이 들이켰다. 그건 고통스러우나 뿌리칠 수 없는 호흡이었다. 그게 너무 쓰라려 그의 두 눈에 여러 번 눈물이 고였다. 이렇게 될 줄은 몰랐다고 그는 혼자 중얼거렸다. 그토록 견디기 힘들었고, 때로 도저히 참을 수 없다고 생각한 그 느낌은 이제 두 번 다시 베니스를 보지 못하리라는 사실, 그래서 어쩌면 이제 베니스와는 영영 이별일지도 모른다는 사실에서 비롯한 것 같았다."

강토 형이 책을 읽는 동안, 나는 가까이서 그 얼굴을 뚫어져라 쳐다봤다. 작지만 오뚝한 코, 촘촘하고 가늘게 박힌 눈썹, 이마를 반

쯤 덮은 머리칼. 그 무렵, 강토 형의 얼굴은 볼 때마다 달라지고 있
었다. 서로 삼 초 이상 시선을 마주할 때만 드러나는 눈동자의 낯선
빛이나 더 가까이 다가갈 때마다 달라지는 입술의 형태, 손으로 만
져볼 때야 비로소 완전히 알게 될 귓불의 모양 같은 것들. 그런 세
세한 부분을 알게 될 때마다 강토 형의 얼굴은 조금씩 바뀌었다.

"그만 봐."

강토 형이 책으로 내 얼굴을 가렸다.

그 책을 치우며 내가 말했다.

"난 형이 여자라는 걸 알아요. 처음 만났을 때부터 알고 있었어
요."

강토 형은 나를 쳐다보다가 손끝으로 입술을 매만졌다.

"네가 잘못 안 거야. 내 안에 여자 같은 건 없어."

"강토라는 이름도 가짜죠?"

"지금 나는 강토야."

"원래 이름이 희선이었나요?"

"그 이름을 가진 사람은 오래전에 죽었어. 오래전에. 벌써 육 년
전에."

그가 창 쪽으로 고개를 돌렸다. 나는 그의 옆모습을 바라봤다.

"좋아요. 그 사람은 죽었다고 쳐요. 그 사람의 약혼자는 어떤 사

람이었나요? 그는 왜 죽었나요?"

"넌 어때? 네 아빠는 왜 죽었다고 생각하니?"

"전 아빠가 돌아가셨다는 사실만을 알 뿐이에요. 중환자실에서 퇴원하고 난 뒤에 그 사람들이 경기도 어딘가의 군부대에 있는 납 골당으로 나를 데려갔지요. 거기서 제게 아빠의 유골이 들어 있다는 도자기를 보여주더군요. 그래서 뚜껑을 열어봤어요. 안에 유골이 있더군요. 그게 아빠였다고 하더군요. 제가 믿기지 않는다는 표정을 지으니까 권대령이 믿으라고 했어요. 저는 아빠가 죽었다는 걸 본 적은 없고, 믿어야만 한다고 생각한 적은 있어요. 그건 그냥 십자가를 믿듯이 믿어야만 하는 문제였던 거예요. 그러니 아빠가 왜 죽어야만 했는지, 이유 같은 건 더군다나 제가 모르죠."

"네겐 죽음이 믿음의 문제겠지만, 내게는 납득의 문제야. 나는 그 사람의 시체를 봤어. 직접 본 것은 아니지만, 사진으로 봤어. 그건 정말이지 끔찍했어. 하지만 그게 한때 내가 사랑했던 남자라는 걸 받아들여야만 했지. 그리고 얼마 뒤, 나는 불경을 읽다가 이런 구절을 발견했어. 이 몸은 모래성과 같아 금세 닳어 없어진다. 이 몸은 깨진 그릇과 같아 항상 샌다. 이 몸은 마늘과 같아 몸과 마음을 독으로 태운다. 이 몸은 시든 꽃과 같아 이내 늙는다. 이 몸은 집과 같아 모든 병이 들끓는 보금자리다. 이 몸은 빈 주먹과 같아 어린애를 속인다. 그런 말들을 하루에도 몇 번이나 되뇌면서 살았지. 그런데도 사진으로 본 그 시신의 모습이 아닌 멀쩡한 모습으로, 우리가 서로 사랑하던 시절의 모습으로 그는 밤이면 내 앞에 나타나. 그 사람을 볼 때면 나는 그 구절을 되뇌어. 이 몸은 모래성과 같아 금세 닳아 없어진다. 이 몸은 깨진 그릇과 같…… 하지만 읊조림은 오래가지 못하고 나는 그에게 물어. 왜 죽어야만 했느냐고. 물론 그 사람은 대답하지 않아. 대답할 사람은 그가 아니니까. 그는 죽었으니까 자기가 왜 죽었는지 알아낼 수 없는 거야. 그가 왜 죽었는지는 내가 알아내야만 해. 마찬가지야. 네 아빠가 왜 죽어야만 했는지 대답할 사람도 네 아빠가 아니라 너야. 그게 바로 이해라는 것이지. 이해란 누군가를 대신해서 그들에 대해서 이야기하는 것, 그리고 그 이야기를 통해서 다시 그들을 사랑하는 일이야. 밤마다 내가 볼 수 있는 건 몇 년 전의 모습일 뿐이고, 손을 뻗어도 그를 잡거나 만지거나 안을 수 없는데 내가 그를 이해할 수 있을까? 그를 이해할 수 없다면, 과연 그의 죽음을 이해할 수 있을까?"

거기까지 말하고 강토 형은 입을 다물었다. 비에 젖은 검은 밤이 차창을 스쳐갔다. 어쩌면 이해할 수 없어서 밤은 그렇게 검은지도 모를 일이었다. 나는 강토 형이 건넨 책을 다시 펼치고 몇 줄 읽다가 자리에서 일어났다. 평일 밤의 기차에는 침묵이 낮게 깔려 있었다. 차문을 열고 통로로 나갔더니 습한 공기가 얼굴로 훅 밀려들었다. 나는 열린 차문 바깥으로 고개를 내밀고 바깥을 내다봤다. 금방 빗줄기에 얼굴이 젖어버렸다. 다시 안으로 들어와 두 손으로 얼굴을 닦은 뒤, 화장실로 들어갔다. 몸이 흔들렸다. 나는 거울에 비친 내 얼굴을 바라보면서 볼일을 봤다. 오줌줄기가 변기에 튀었다. 소년과 청년 사이에 끼어 있는, 미성년 고아. 그러므로 이따금 불쑥불쑥 치미는 욕망에도 아직 얼굴이 없어서 그저 당황스럽고 민망하기만 할 뿐인 미확인 생명체. 화장실에서 나오니 강토 형이 담배를 피우고 있었다. 나를 보더니 강토 형은 담배를 내밀었다.

"담배 때문에 어지러운 건 아니라고 했으니까."

"물론이에요."

하지만 한 모금 빨아들이고 난 뒤, 나는 또 비틀비틀 그 자리에 주저앉을 뻔했다.

"이번에도 내 말들이 듣기가 좋아서 그러는 거야?"

"아니요."

"그럼 이번에는 뭐야?"

이번에는, 하지만 대답할 수 없었다.

"이렇게 서늘한 밤은 숫자로 76이야."

강토 형이 내게 말했다. 죽은 약혼자에 대해서 말하려고 한다는 걸 나는 이미 알고 있었다. 사실은 그래서 비틀거렸던 것이다.

답장은 지금 여기서 내게, 아니 내 입술에

그 사람을 다시 만난 건 1980년 봄이었어. 흔히들 서울의 봄이라고 말하던 때였지. 십팔 년 동안이나 공포와 억압으로 통치하던 독재자가 부하의 총에 맞아 죽고 난 다음이었어. 새로운 시대가 찾아왔으니 이젠 희망에 설레야만 할 텐데, 그런데 이상했어. 어쩐지 다들 불안하기만 했지. 어제까지만 해도 엄동설한이라 두꺼운 옷을 껴입고 다녔는데, 오늘 갑자기 따뜻한 바람이 부는 것과 같달까. 사람들은 어리둥절한 표정으로, 약간은 겁에 질린 얼굴로 집밖을 내다봐. 거리는 고요해. 아직은 아니야. 봄을 만끽하려고 나가려는 우리에게 어른들은 소리쳐. 아직은 봄옷을 꺼내입으면 안 돼. 이런 시기에는 그 누구도, 그 무엇도 믿어서는 안 되는 거야. 봄바람도, 햇살도 믿어서는 안 돼. 지금 생각하면 그 말들은 다 옳았어. 봄은 왔지만, 그건 진짜 봄이 아니었으니까. 12월의 따뜻한 날들 같은 것이었지. 진짜 겨울은 아직 시작되지도 않았던 거야.

그해 봄, 종로장의사 앞에서 보행신호가 바뀌기를 기다리다가 반대편에 서 있던 그를 봤어. 어찌나 반갑던지. 그 사람이 횡단보도를 다 건너올 때까지 기다리고 있다가 그에게 아는 체를 했어. 하지만 그 사람은 나를 알아보지 못하더라구. 누구시지요? 그가 내게 물었어. 그래서 내가 이름을 말했어. 저예요. 희선이에요. 하지만 그는 나를 기억하지 못했어. 나를 완전히 잊었던 거야. 어떻게 그럴 수가 있어! 어떻게 불과 삼 년 만에 나를 완전히 잊을 수가 있어! "이제 넌 내 것이니까 스무 살이 될 때까지 기다리겠어"라고 뻔뻔하게 말하던 사람이! 나는 달랐지. 그 말을 들은 뒤로 한 번도 그를 잊지 않았어. 나는 그 사람이 나를 기억할 때까지 기다리고 어쩌고 하는 사람이 아니야. 그 사람의 손을 잡아끌고 근처의 무과수제과점으로 갔어. 거기서 그 사람에게 내가 누군지에 대해서 설명했어. 삼 년 전, 그가 매주 찾아와서 얘기를 나누던 아버지에 대해서도 말했어. 하지만 그는 여전히 어리둥절한 표정이었어. 아버지의 성함을 말하고, 당시 아버지가 내무부에서 어떤 일을 했는지도 말하고, 또 우리 아버지와 그의 아버지, 두 사람의 오랜 우정에 대해서도 말했어.

그러다가 자기 아버지 이야기가 나오니까 그 사람이 갑자기 외마디 비명을 지르더니 두 손으로 자기 머리를 감쌌어. 그는 눈물을 흘렸지. 마침내 그는 내가 누구인지 알아본 거야. 그해에도 서울의 골목골목에는 봄꽃들이 피었겠지. 진달래며 개나리며 목련이며 벚꽃이며. 그런데 왜 아무런 기억도 나지 않을까? 왜 그를 다시 만난 봄을 떠올리면 춥다는 기억뿐일까? 고통에 대해서는 아는 바가 전혀 없다는 듯한 표정으로 우아하게 고로케나 생과자 따위를 집어 먹으며 자녀의 성적과 남편의 출세에 대해서 말하던 부인들이 소리를 내면서 우는 그를 쳐다봤지. 그런 시선에도 아랑곳하지 않고 그는 계속 울었어. 그가 왜 우는지 나는 잘 알고 있었지. 그 일로 그의 아버지는 스스로 목숨을 끊었거든. 하지만 나는 왜 그를 따라 울었을까? 왜 그의 머리에 내 머리를 갖다대고 같이 목 놓아 울었을까? 고단한 시대라 누구의 가슴에도 슬픔은 고여 있었기 때문일까? 나는 내 슬픔을 생각하고 울었던 걸까? 아니야, 그렇지 않아. 그의 슬픔은 어떤 매개도 없이 온전하게 내게 전달됐어. 나는 그를 위해서 울었어. 그리고 알았지. 누군가의 슬픔 때문에 내가 운다면, 그건 내가 그를 사랑하고 있다는 증거라는 걸.

나는 언제부터 그를 사랑했을까? 창경원. 5월의 훈풍을 맞은 벚나무들의 하얀 꽃잎이 떨어지는 걸 하염없이 올려다보던 다섯 살 꼬맹이 시절부터일까, 아니면 청수장 차가운 계곡물에 발을 담그고 오빠와 맞은편 언덕으로 뛰어올라가던 그의 뒷모습을 바라보던 국민학교 시절일까? 그 시절을 떠올리면 노란 스포트라이트가 나와 가족과, 또 우리 가족을 둘러싼 사람들을 비추는 것만 같아. 앨범을 들추면 언제라도 찾아볼 수 있는 사람들을. 그런 사람들 중에 그도 들어갔지. 작은 바위 위에서 바짓단을 걷어올린 채, 뒤쪽 줄에서 오른손으로 경례를 붙이고 서 있는 그. 둘러앉아서 음식을 먹는 아버지들과 어머니들과 아이들 뒤쪽에서 유독 혼자만 카메라를 응시하고 있는 그. 우리 아버지는 행정고시에 합격한 뒤 내무부에서 근무했고, 그의 아버지는 신문기자였어. 둘은 대학교 정치학과 선후배 사이였고 어린이날이면 우리는 종종 함께 어울려서 놀았지. 하지만 솔직하게 말하자. 그때까지도 나는 그를 사랑하지는 않았어. 그를 향한 어떤 감정이 있었다고 해도 그건 호감 이상일 수는 없었겠지. 그저 좋아서 바라보는 그 정도였겠지.

언제였을까? 내가 중학교 2학년 때였을까? 화신백화점 앞에서 엄마와 버스를 기다리는데, 그가 엄마를 알아보고 인사를 했지. 그는 친구들과 함께 길을 걸어가고 있었지. 나보다 세 살이 많았으니까 그때 아마 고등학교 2학년이었을 거야. 엄마가 걱정스러운 표정으로 그에게 '아버님은 어떠시니?'라고 물어보던 게 아직도 기억이 나. 엄마가 그날 입고 있던 한복의 소매에 묻은 얼룩 같은 것이나 움직일 때마다 사각거리던 그 소리까지도. 그 말에 그는 금방 표정이 어두워지면서 아버지는 집에 계시다고 대답했지. 그와 헤어진 뒤에 버스를 타고 가면서 엄마는 그의 아버지가 신문사를 그만두는 바람에 그의 집안이 무척 궁핍해졌다고 내게 말했어. 나는 왜 그 좋은 신문기자를 그만뒀는지 궁금했지만, 그 이유에 대해서는 엄마도 모른다고 했어. 하지만 엄마는 이유를 모르지 않았어. 다만 내게 말하지 않은 것뿐이지. 나중에야 나는 그의 아버지가 언론 자유를 요구하다가 신문사에서 강제해직당했다는 사실을 알았지. 어쨌거나 그래서 그가 장학금을 받으려고 〈장학퀴즈〉에 나갔다는 사실은 분명히 그날 엄마에게 들은 이야기야. 상상이 돼? 등록금이 없어서 대학에 진학할 수 없게 되자, 돈을 벌기 위해서 TV 퀴즈 프로그램에 나갔다는 말인데, 아버지는 아들이 얼마나 총명한지 입이 닳도록 자랑하고 다녔다고 하더라고.

그가 기억력의 천재라는 걸 나는 나중에야 알았지. 말하자면 그는 복사기처럼 문서를 토씨 하나 틀리지 않고 통째로 암기하는 소년, 녹음기처럼 여러 사람이 나눈 대화를 그대로 재생하는 소년, 비디오처럼 아무리 짧은 시간에 본 것이라도 고스란히 묘사하는 소년이었지. 그에게 어떻게 머릿속에다 복잡한 정보들을 저장하는지 배운 적이 있었어. 먼저 숫자들은 색으로 구분해. 1은 검정, 2는 노랑, 3은 똥색, 4는 하양이야. 지저분하지만 3은 똥색이어야만 해. 왜냐하면 이건 가나다순이니까. 단 4는 한글에서는 잘 쓰이지 않는 'ㄹ' 대신에 'ㅎ'이지. 그러면 순서대로 1에서 10까지의 숫자는 각각 ㄱ(ㄲ), ㄴ, ㄷ(ㄸ), ㅎ, ㅁ, ㅂ(ㅃ, ㅍ), ㅅ(ㅆ), ㅇ, ㅈ(ㅉ), ㅊ에 해당하는 거야. 이렇게 한 뒤에는 기억해야만 할 숫자가 있을 때는 그걸 이미지로 바꿔서 머릿속 가상공간에 저장하는 거야. 예를 들어서 임진왜란은 검은 말이 종려나무에 묶인 이미지로 기억하지. 왜냐하면 임진왜란이 일어난 1592년은 'ㄱ, ㅁ, ㅈ, ㄴ'이 되고, 이는 '검은(1) 말(5) 종려(9) 나무(2)'로 바꿀 수 있으니까. 누군가 1974년 11월 4일 오후 두시에 만나자고 하면, 그 사람과 사례들린

할머니가 검은 곰에게 화를 내며 눕는 장면을 머릿속에서 상상하는
식이지. 그 사람은 텔레비전에 나가서 원주율을 소수점 아래 천자
리까지 외웠어. 그가 머릿속으로 외운 원주율은 아마도 세상에서
가장 아름다운 원주율일 거야.

　　되새 그림자 흐리마리 가려진 마당의 종려나무
　　밤의 목소리에 드리워진 마음이여!
　　오래전 숲길을 지날 때, 누군가 들려준 우울한 휘파람에
　　발간 눈두덩 비비며 한때 뜨거웠던 여름을 떠올렸다네.

　　느릿느릿 시냇물로 재잘대며 모여드는 청둥오리들과
　　눈동자 어슴푸레 올려다보는 황조롱이들과 검푸른 주목의 시
간,
　　깊은 밤의 짙은 둘레를 지나 조는 듯 새초롬하게 밀려드는
　　구름의 첫마디, "무던하지 않은 눈동자는 차갑게 젖어드나
니……"
　　소용없는 후회라고, 지나간 희망의 흔적이라고.

　　마음의 지도에 난분분하게 떨어지던 차디찬 숨결,
　　여름의 공원 벤치에서 혼자 취해 부르던 노래,
　　"어제는 비가 내렸고, 찾아온 여인과 저녁 전에 이별했다네."

밤이 늦도록 입맞추던 추억을 돌이키다가 흙손으로
얼버무린 너의 미간 眉間, 또다시 하얗게 내려앉는
강직한 가을 서리, 첫눈의 부지런과 새해의 정직
……

어절마다 맨 앞의 자음이 숫자를 뜻하기 때문에 여기까지 외면 소수점 아래 백자리까지 외는 셈이었어. 그러니까 천자리까지 외는 데에는 십 분이 채 걸리지 않았어. 이런 식으로 만든 이미지는 머릿속 가상공간에 순서대로 채워넣었어. 필요에 따라서 공간은 여러 개 만들 수 있어. 예컨대 해야 할 일들은 자기 집을 상상한 뒤 거기에 저장했어. 파란 대문을 열고 들어가면 검은 뱀이 서 있고 그 주위로 폭풍이 몰아치는 식이지. 언제쯤 그 폭풍은 사라질까? 아마도 167쪽까지 읽다가 덮어둔 『폭풍의 언덕』을 다 읽고 나면 사라지겠지. 그런 식으로 머릿속의 집을 걸어가면 하나씩 할 일들이 눈에 보였던 거야. 그래서 그 집에 들어가면 소파에 사람만한 크기의 국화빵들이 앉아서는 서로 자기가 더 뜨겁다고 아우성이고, 부엌에서는 올리비아 하세가 수영복만 입은 채로 영어 단어를 외우고 있었지. 월간 스케줄은 국철과 1호선 전철역을 1부터 31까지 순서대로 외운 뒤 거기에다가 저장했어. 시간이 날 때면 그는 상상 속에서 지하철을 타고 가면서 형형색색의 옷을 입고 플랫폼에 서 있는 사람들과 일거리들을 지켜봤지.

기억 속 저장공간 중에서 가장 정교했던 것은 '1974년 기억의 서울'이었어. 그는 광화문 네거리에서 종로5가까지의 거리를 통째로 머릿속에 넣은 거야. 그건 일 년에 걸쳐서 아주 공들여서 만든 가상의 거리였어. 건물의 2층과 3층까지 포함해서 상점들과 집들과 나무들과 횡단보도와 노점상들까지, 거기에다가 늘 볼 수 있는 상인들까지 모두 머릿속에 넣은 것이니까. 1974년 그 모든 걸 외운 뒤부터는 아무리 긴 글이나 대화라도 그는 토씨 하나 틀리지 않고 기억할 수 있었지. '1974년 기억의 서울'에 이미지로 만들어서 모두 때려넣은 뒤, 언제라도 '1974년 기억의 서울'을 걸어가기만 하면 되는 일이었으니까. 〈장학퀴즈〉에서 연말 장원에 뽑히는 건 그에게 식은 죽 먹기나 다름없었지.

그가 토요일 저녁마다 우리 집에 드나들기 시작한 건 그다음 해부터였어. 그가 찾아오면 아버지는 그를 서재로 데려갔지. 고등학교 3학년 학생과 내무부 이사관 사이에 무슨 할 말이 그렇게 많았을까? 두 사람의 대화는 한 시간 이상 계속됐지. 어떤 날에는 밤이 깊을 때까지 계속되기도 했고. 나는 평소에 무뚝뚝한 아버지와 그렇게 오랫동안 대화할 수 있는 그가 정말 대단해 보였어. 그러던 어느 날이야. 아버지가 2층에 있던 내 방까지 올라오더니 잠깐만 내려오라는 거야. 아버지를 따라갔더니 마당에 그가 서 있었어. 저 친구가 너한테 할 말이 있다니까 나가봐. 아버지가 말했어. 나는 슬리퍼를 신고 마당으로 나갔어. 길고 무더운 여름이 막 끝나가고 있었지. 낮은 몰라도 이미 밤은 가을이 점령한 뒤였지. 76이야. 그가 말했어. 뭐라고요? 내가 물었지. 이렇게 서늘한 밤은 76이라고. 그가 다시 말했어. 작년에 화신 앞에서 나 만난 거 기억나? 나는 고개를 끄덕였어. 그때 내 뒤에 친구들이 있었는데, 그것도 기억나? 이번에도 고개를 끄덕였어. 몇명이었는지 기억나? 난 기억력이 그렇게 좋지 않아요. 내가 말했어. 그때 널 본 친구 하나가 내게 부탁을 한 게 있어서. 뭔데요?

그러자 그가 "정희선양에게" 하고는, 중얼중얼 편지를 읊기 시작했어. 누군가의 시를 베끼고, 또 소설을 베껴서 만든 문장들, 하지만 자기 감정이 정확하게 뭔지도 알지 못하고 되는대로 사랑, 사랑이라고 떠들어대는 유치한 편지였어. 눈으로 읽었다면 모를까, 말하는 걸 들으니 더욱 유치했지. 솔직히 실망스러웠어. 편지를 다 읊고 나서 그가 말했지. 난 원래 문서를 가지고 다니지 않아서 편지는 없어. 답장은 지금 여기서 내게 말하면 돼. 난 기억력이 좋으니까 아무리 긴 글이라도 상관없어. 기억할 필요 없어요. 답장은 없으니까요. 천재라고 들었는데, 그런 유치한 편지를 외우고 다닐 줄은 몰랐어요. 그렇게 말하고 나는 돌아섰지. 그때 그가 내 팔을 잡았어. 내 이름은 이수형이야. 넌 내 이름을 기억해야만 해. 왜죠? 내가 물었어. 나는 유명해질 테니까. 유명해진다고요? 응, 세상 모든 사람들이 내 이름을 기억하게 될 거야. 신문마다 내 이름이 나올 거고, 나를 모르는 사람이 없을 거야. 네게 어울리는 남자는 그 정도는 되어야지. 그러니까 넌 언제나 날 기억해야만 해. 그는 나를 집 쪽으로 몰아붙였어. 앞으로 네겐 그런 멍청한 녀석들이 수없이 달려들 거야. 그때마다 방금 내게 말한 것처럼 말해야만 해. 다시 말해봐. 나는 고개를 돌리고 피식 웃었어. 정말 유치하다구요. 신문에 이름이 한 줄이라도 나면 그 말을 믿을까. 믿게 될 거야. 결국 너는 내 말을 믿을 거야. 정말이야. 우린 점점 닮아갈 테니까. 그러더니 그는 내게 입을 맞췄지. 아버지가 아직도 거실에 있는데 말이야. 나는 심장이 얼어붙는 줄 알았어. 그리고 그가 말했어. 이제 넌 내 것이니까 스무 살이 될 때까지 기다리겠어.

여름밤, 은행나무 아래에서의 다짐

　서울역 플랫폼에 내려 출구로 나가기 위해 지하도 입구에 섰을
때, 범람한 강물처럼 계단을 내려가던 사람들의 모습은 내 눈을 압
도했다. 내게 다시 돌아온 서울은 수많은 사람들의 고민과 소망과
희로애락이 거미줄처럼 서로 뒤엉켜 한데 출렁이는 대양과 같았
다. 천만 명의 사람들이 도시의 물결치는 삶 속에서도 지치거나 포
기하지 않는 까닭은 그들이 강해서가 아니라는 걸 이제 나는 알 수
있었다. 그들은 충분히 약했지만, 그들의 믿음과 소망과 사랑이 그
들을 억세고 질기게 만들었다. 그 강인함의 원천은 기차에서 그녀
가 내게 들려준 이야기 속에서도 찾을 수 있었다. 이 세상에 태어
나서 어떤 사람을 우연히 만나고 또 운명처럼 재회하고, 자주 그
의 얼굴을 떠올리고 그러다가 그를 사랑하고, 화상을 당한 사람처
럼 사랑한 흔적을 지우지 못해 죽을 때까지 한 사람을 기억한다는
그런 이야기 속에서. 계단을 내려가려고 기다리며 나는 검거나 하
얀 혹은 잿빛의 머리칼들과 모자들과 스카프들과 대머리들과 퍼머

머리들을 바라봤다. 그들 모두에게도 그런 이야기 하나쯤은 있으리라. 믿음과 소망과 사랑의 이야기가 우리를 계속 살아가게 만든다는 사실을 이제는 나도 알겠다. 믿는 것과 소망하는 것과 사랑하는 것. 그중에서도 사랑하는 것을 빼앗으면 인간으로서의 삶은 그 순간 끝난다던 권대령의 말이 무슨 뜻인지도, 그러니 아빠가 죽었다는 사실을 깨달았을 때부터 나는 죽은 목숨이나 마찬가지였다는 것도 이제 알겠다.

그러나 서울에 도착하던 그날 밤부터 나는 강인한 사람이 됐다. 왜냐하면 그 순간 완전히 다른 이야기가 시작됐기 때문이었다. 그 이야기를 들려주자면, 다른 모든 사람들이 강토라고 부른대도 나만은 그녀를 희선이라고 불러야만 한다. 하지만 당시 그녀는 누구 앞에서도 여자로 보이고 싶지 않았으니까 그 의사를 존중해서 일단은 계속 강토 형이라고 부르겠다. 강토 형은 1984년 12월, 내가 출연한 〈송년특집 원더보이 대행진〉을 시청하다가 문득 이런 의문에 사로잡혔다. 나는 그를 진심으로 이해한 것일까? 나는 그가 왜 밤마다 환영의 모습으로 나타나 상봉터미널, 시외버스, 선교장, 오죽헌, 낙산사, 경포대, 설악산 따위의 단어들을 읊조리는지 이해하는 것일까? 『사기 열전』에 실린 한자들은, 그게 아무리 어려운 것일지라도 자전을 뒤지고 각주를 찾아보면 마침내 이해할 수 있었지만, 죽은 약혼자와 관련한 것이라면 그게 경포대나 설악산 같은 명백한 지명일지라도 도대체 왜 그런 말을 하는 것인지 이해하기 힘들었다. 그렇게 이해불가의 낭송 장면을 머릿속에서 떨쳐버리기 위해 밤마다 『사기 열전』을 원문으로 읽으며 자려고 애쓰던 강토 형은 어느 날 꿈과 현실의 경계에서 수백 개의 비단조각을 이어붙이고 명주실로 수를 놓은, 화려한 색채의 옷들을 찍은 사진 한 장을 봤다. 그 사진 아래에는 '사랑의 흔적 1945~1987'이라는 글자가 붙어 있었다. 며칠 동안 꿈에서 본 그 사진에 대해 곰곰이 생각하다가 강토 형은 언젠가 꼭 쓰리라 마음먹은 책을 떠올렸다. 죽음을 경험한 사람들에게 과연 죽음이 무엇인지 물어보고 그 대답을 그대로 기록한 책을. 그렇게 해서 내가 취조실에서 고문당하는 사람들의 마음을 읽고 있던 1985년, 강토 형은 죽음의 문턱까지 갔다가 다시 살아온 사람들을 찾아다니며 인터뷰를 했다. 그 인터뷰는 구십 분 분량의 카세트테이프 예순두 개에 녹음됐다.

그 테이프는 종로의 뒷골목에 있던 도서출판 선사상禪思想의 편집부에 보관돼 있었다. 그 출판사의 발행인은 도선이라는 천태종의 한 스님이었고 편집장은 강재진이라는 사람이었다. 재진 아저씨는 해직기자 출신이긴 했지만, 사실 기자로 근무한 경력은 육 개월에 불과했다. 고등학교 생물선생이던 그는 과학 전문 기자를 뽑는다는 구인광고를 보고 신문사에 입사했다. 일 개월 동안 적응기간을 거친 뒤, 기사 한 편을 쓰고는 검찰에 기소됐다. 그 기사에서 문제가 된 부분은 다음과 같았다.

한번 지나갔던 길에서는 절대로 잠을 자면 안 된다.

눈보다는 코가 앞에 있으니 눈보다는 코를 믿어라.

바람이 부는 쪽으로 달리는 짓은 멍청한 짓이다.

흐르는 시냇물은 많은 병을 치료해준다.

은폐물이 있는데도 탁 트인 곳으로 나가서는 안 된다.

되도록 직선으로 발자국을 남기지 않는다.

낯선 것은 일단 적으로 간주한다.

흙먼지와 물은 냄새를 지운다.

토끼가 사는 숲에서 쥐를 사냥하거나, 닭이 노는 곳에서 토끼를 사냥하면 안 된다.

풀밭에는 들어가지 않는다.

그를 구속한 검사는 그게 무장 유격대 활동을 고무 찬양하고 그 지침을 담은 글이 아니냐고 쏘아붙였다. 검사는 '적이 쫓아오면 달아나고 적이 쉬면 괴롭히고 적이 도망가면 뒤쫓는다'는 문장을 읽은 뒤 그에게 이 문장에 대해서는 어떻게 생각하느냐고 물었다. 그는 어떻게 생각하고 말 것도 없이 그건 만고의 진리라고 대답했다. 그런데 알고 봤더니 그 문장은 중국의 유명한 공산주의자인 마오쩌둥이 책에 쓴 게릴라 전술이었고, 결과적으로 그는 공산주의를 진리로 생각하는 좌경분자가 되어버렸다. 자기가 기사에 쓴 금과옥조들은 공산주의 유격대 전술이 아니라 어미여우에게서 어니스트 톰슨 시튼이 배운 것이라고 수차례 말했지만, 검사는 전혀 귀를 기울이지 않았다. 누구라고? 어니스트 톰슨 시튼. 동물기를 쓴 그 사람 말이다. 취조를 받을 때, 그의 옆방에서 취조를 받던 사람 중에 강토 형이 있었다고 했다. 강토 형은 그 취조실에서 고문을 받으며 죽음을 경험했다. 강토 형과 함께 끌려간 약혼자도 결국 고문을 받다가 죽은 게 틀림없는데도 그 시체는 취조실이 아니라 충남의 어느 해안에서 발견됐다. 온몸이 멍투성이였음에도 경찰은 부검조차 해보지도 않고 자살로 처리해버린 뒤, 가족의 동의 없이 강제로 화장시켰다. 그러니까 그게 광주에서 군인들이 시민들에게 총을 쏘는 큰 사건이 벌어지고 난 뒤 몇 개월 지나지 않았을 때, 그러니까 무공 아저씨가 유치장에서 쇠창살을 휘어버릴까 말까 망설이던 때의 일이었다.

재진 아저씨의 변호사는 변론을 따로 준비한 게 없었다. 변호사는 『시튼 동물기』한 권만 달랑 들고 법정에 들어왔다. 그 책 한 권이면 충분했던 것이다. 검사는 시튼을 어떻게든 공산주의에 경도된 인물로 만들어보려고 했지만, 그건 여우를 법정에 세우는 것만큼이나 어려웠다. 재진 아저씨는 무죄 판결을 받았다. 신문사로 돌아간 그는 '생활의 지혜'라는 연재 코너에 '익사체를 구분하는 방법'이라는 제목의 기사를 썼다. 이 기사에서 그는 물에 빠져서 죽은 사체, 얻어맞아서 죽은 사체, 스스로 목숨을 끊은 사체, 약물로 죽은 사체 등으로 사체를 구분한 뒤, 다 쓰고 싶지만 지면 관계상

물에 빠져서 죽은 사체를 구분하는 방법에 대해서단 쓰겠다고 밝힌 뒤, 익사한 사체의 특징에 대해서 장황하게 늘어놓았다. 그러면서 그는 가장 최근의 예라며 죽은 강토 형의 약혼자의 시신에서 볼 수 있는 특징을 들었다. 기사 내용과 실제 사례가 갈랐기 때문에 누가 봐도 그 기사는 모순에 가득했다. 그리하여 편집국으로는 항의가 빗발쳤는데, 그는 그런 항의전화를 하나도 받지 않을 수 있었다. 왜냐하면 기사가 실린 그날 아침에 집으로 찾아온 수사관들에게 체포됐기 때문이었다. 같은 검사가 이번에도 그를 취조했다. 검사는 재진 아저씨를 씹어먹을 듯 으르렁대며 무슨 의도로 그런 기사를 썼느냐고 캐물었다. 그는 그건 독자들에게 과학 상식을 제공하는 기사라고 맞받아쳤다. 그 코너에는 그간에도 과학적 상식, 즉 "여름철에 맥주가 미지근할 때는? 얼음을 넣어서 마시면 좋다"거나 "음식이 싱거울 때는? 소금을 좀더 뿌린다" 따위의 기사가 연재되고 있었다.

그러자 검사는 기사의 모순점에 대해서 지적했다. 익사체의 특징과 그가 최근의 예라며 든 사체의 특징은 일치하지 않았다.

"기사를 이딴 식으로 쓰면 안 되는 거 아니야!"

검사가 소리쳤다. 그는 그건 자신의 잘못이라고 인정했다.

"제대로 확인하지 않고 기사를 쓴 건 전적으로 제 잘못입니다."

그가 말을 이었다.

"그래서 정정보도를 낼 생각이었습니다. 아마도 오늘자 신문에는 실렸을 겁니다."

검사는 수사관이 가져온 신문을 보고서 그를 체포한 다음날 다음과 같은 정정보도가 실려 있는 것을 보게 됐다.

'생활의 지혜―익사체를 구분하는 방법'에서 최근의 예로 든 이수형씨(23세, 대학생)의 경우는 익사체가 아닌 것으로 밝혀져 바로잡습니다. 요즘은 익사체의 특징을 보이지 않으면서 바다에서 발견되는 경우가 잦아서 이런 일이 발생했습니다. 앞으로는 좀더 확인한 뒤에 기사를 쓰겠습니다.

이번에는 검사도 결코 물러서지 않았다. 결국 그는 명예훼손죄로 유죄 판결을 받고 교도소에서 복역했다. 익사체를 익사체가 아닌 것으로 적시해 익사체의 명예를 훼손했다는 것이었다. 그렇게해서 그는 신문사에서도 해직됐다. 해직된 뒤 그는 출판사를 차려서 자신의 뜻을 펼치려고 했으나 1981년부터 서울에서는 출판사를 새로 만드는 일이 법적으로 금지돼 있었다. 그래서 등록은 됐지만, 사실상 폐업상태인 출판사의 명의만 빌려와서 『시튼 동물기』를 펴냈다. 『시튼 동물기』가 도서출판 선사상에서 나오게 된 사연은 이와 같았다. 도서출판 선사상이 아니라 도서출판 순복음이라고 해도 재진 아저씨로서는 선택의 여지가 없었겠지만, 나름 '사상'이라는 단어가 들어가니 그 정도면 괜찮은 편이라고 생각했다.

강토 형이 기사를 써줘서 고맙다는 말을 전하기 위해 정체불명의 일인 출판사인 선사상으로 찾아간 건 두 사람이 취조실에서 스치듯 지나가고 이 년이 흐른 뒤의 일이었다. 처음에 재진 아저씨는 강토 형을 알아보지 못했다고 한다. 처음 만났을 때와는 완전히 다른 사람이 돼 있었기 때문이었다. 짧게 깎은 헤어스타일과 남자 옷을 입은 것으로도 모자라 허영만의 만화에서 이름을 따 강토라고 자신을 불러달라고 했기 때문이었다. "빛을 보고 난 뒤에 다시 태어났거든요. 이건 두번째 삶이에요"라고 강토 형은 말했다. 재진 아저씨에게 그 이야기를 듣는데, 어쩐지 마음이 쓸쓸해졌다. 가능하면 두번째 삶 같은 건 없는 게 좋다는 걸 이제는 잘 알기 때문이다. 그리고 왜 강토 형이 내게 우리가 서로 닮았다고 말했는지도 이해했다. 그건 불면의 밤을 지날 때, 우리가 두 눈을 뜨고 꾸는 꿈 때문이었다.

"매일 밤 강토는 환한 빛 속으로 약혼자가 떠나는 모습을 무기력하게 지켜본다고 하더라고. 그럴 때마다 강토는 외쳤다고 해. 죽지 마. 죽지 마. 죽지 마…… 하지만 그런 절규에도 불구하고 약혼자는 강토를 향해 마지막으로 손을 흔들고는 그 빛 속으로 떠난다고 했어. 그러다가 간절한 소망이 이뤄졌다고나 할까. 어느 밤엔가는 마침내 시간이 멈췄다고 했어. 나는 그런 강토를 바라보며 생각에 잠겼어. 불쌍하다거나 안됐다거나, 그런 측은한 마음 같은 건 전혀 들지 않았지. 나는 가능성에 대해서 생각했어. 시간이 멈출 수 있는 가능성. 이미 죽은 사람과 아직 산 사람이 서로 만나는 공간에 대한 가능성. 그때 갑자기 강토가 나를 보더니 '그렇게 생각해줘서 고마워요!'라고 말했어. 자기의 이야기에 귀를 기울여줘서 고맙다고. 또 가능성에 대해서 생각해줘서 고맙다고. 그때 나는 레이먼드 무디 박사가 쓴 임사체험에 관한 보고서를 생각하고 있었거든. 과학적으로 증명할 수는 없지만, 삶과 죽음의 경계선까지 갔다가 돌아온 많은 사람들이 강토가 본 것과 같은 빛에 대해 말하는 건 사실이야. 또 그 빛을 보고 난 뒤에 다른 사람들의 생각을 읽을 수 있게 되거나 열병에 걸린 사람처럼 깊은 황홀감을 지속적으로 경험하는 경우가 종종 보고된다는 것도 알고 있었어. 그러니 강토가 내 생각을 읽는다고 해도 놀랄 일만은 아니었지. 그리고 강토는 강해지고 싶다고 말했어. 결여된 존재가 아니라 온전한 존재가 되고 싶다고. 그래서 내가 말했지. 너는 이미 온전해. 우린 완벽하기 때문에 여기 살아 있는 거야. 생명이란 원래 온전한 것이니까."

*

서울로 올라간 바로 그날, 나는 강토 형의 소개로 도서출판 선사상의 사환이 됐다. 사무실에서 숙식을 해결하기로 하고 나는 강토 형에게 녹음기와 타자기 사용법, 그리고 녹취 푸는 요령 등을 배웠다. 잠잘 곳도, 돈도 없던 내게 그보다 더 좋은 일은 없었다. 어느 정도 생활이 안정되면, 공부를 계속해서 검정고시를 치를 마음도 먹었다. 이 모든 변화가 강토 형 덕분이었다. 하지만 고마우면서도 의문은 남았다.

"왜 저를 이렇게까지 도와주는 건가요?"

내가 묻자, 강토 형이 나를 물끄러미 쳐다보더니 내 손을 잡았다. 한참 있다가 그가 말했다.

"이젠 알겠지? 내가 무슨 마음으로 너를 돕는지. 너는 벌써 다 느꼈을 테니까."

"아, 그래서……"

나는 멍청한 표정으로 입을 벌리고, 마치 이제 다 알겠다는 듯 고개를 끄덕이면서도 모르겠다. 정말 그의 마음이 뭔지 모르겠다고 생각했다. 내가 느낄 수 있는 건 내 몸에 닿는 그의 손길과 그럴 때면 전기가 통하는 것처럼 온몸이 짜릿해진다는 사실뿐이었다. 이따금 출판사에 들렀다가 돌아갈 때, 형이 나를 살짝 안을 때가 있는데, 그때는 전기 정도가 아니라 꽃향기를 내뿜는 폭풍에 맞서 혼자 버티는 듯한 느낌마저 들었다. 일단은 그래야만 할 것 같아서 버티기는 하지만, 왜 그런 달콤한 향기를 내뿜는 폭풍에 맞서 버텨야만 하는지 이해되지도 않고, 설사 이해한다고 해도 오래 버티지 못하리라는 걸 잘 알고 있는 사람의 심정이랄까. 그렇게 모두 퇴근하고 나면, 사무실에는 나 혼자 남았다. 처음에는 일을 잘하는 모습을 보여줘야겠다는 생각으로 밤에도 강토 형이 녹음한 테이프를

185

들곤 했다. 얼마간 테이프가 돌아가고 나면 스피커에서는 이런 목소리들이 흘러나왔다.

옛날에 했던 거 지금 기억력이 하나도 없어서…… 아니유. 나는 손자들한테 절대 이런 말 안 해유…… 나는 아들한테도 그런 말 못 했어요. 뼈아프게 뭐하러 그런 얘기 하느냐구 아들한티두 그런 얘기 안 했어유. 나 혼자만 고통 겪고 마는 거지 뭐하러 자식까장. 나는 안 했는디 우리 동생이 우리 아들한티 얘기해서 알더라구. 나는 입두 벙꿋 안 했지, 아들한테두…… 나는 아들한티 여적지 니 아버지가 어떻게 해서 죽었다, 나 어떻게 살아나왔다, 느그들을 살릴라구 내가 밥바가지 들구 밥 얻어다 느그 먹여가면서 살렸다, 절대 안 했어유, 여적지 안 해유, 내가 안 해유.

아버지가 돌아가시고 난 뒤 중학교를 가려고 하니까 출생신고를 하지 않아 호적에 없는 거예요. 이미 그때는 엄마가 개가를 하신 상태여서 제 호적을 만들기 위해 엄마를 다시 저의 집안 호적에 올렸다가 다시 개가한 김씨 호적에 옮겼습니다. 모든 것이 다 억울합니다. 아버지 재산도 다 잃어버렸습니다. 그 이야기를 어떻게 말로 합니까. 호적에 저를 올려놓지도 않았으니 오죽했겠습니까. 호적이 비어 있는 시간 동안 모든 것이 사라진 것입니다. 다른 것은 없습니다. 자식들이 따로 피해를 보거나 그렇지만 않으면 됩니다.

출판사의 맞은편 건물에는 '용궁'이라는 이름의 스탠드바가 있었는데, 그 업소의 간판은 맨 위쪽부터 순서대로 글자들이 깜빡거렸다. 나는 타자기에 종이를 넣고 "나는 아들한테도 그런 말 못 했어요. 뼈아프게 뭐하러 그런 얘기 하느냐구"라거나 "그 이야기를 어떻게 말로 합니까" 같은 문장을 치다 말고 그 졸멸하는 간판을 바라봤다. 나는 녹음기를 끄고 서가에 꽂혀 있는 다른 책을 꺼내 읽었다. 괴테의 『젊은 베르테르의 슬픔』, 스탕달의 『적과 흑』, 에밀리 브론테의 『폭풍의 언덕』 같은 소설들이었다. 테이프 속 여자들이 차마 말하지 못하는 일들, 그래서 누구도 받아적을 수 없는 말들, 또한 그러므로 누구에게도 전달할 수 없는 그 문장들보다 소설 속의 문장들에 더 마음이 끌렸다. "아니야, 괜찮아! 모든 게 괜찮아! 내가 그녀의 남편이라면! 오, 하느님, 저를 만들어주신 당신께서 그런 축복을 제게 마련해주셨다면 저의 인생은 평생 그침 없는 기도가 됐을 겁니다. 시비를 가리자는 게 아닙니다. 이 눈물을 용서해주십시오, 이런 헛된 소망을 용서해주십시오! 그녀가 내 아내라면! 태양 아래 가장 사랑스러운 그녀를 내 가슴이 안을 수만 있었더라면!" 이런 문장. 혹은 또 이런 문장. "난 한 가지만 기도하겠어. 내 혀가 굳을 때까지 되풀이하겠어. 캐서린 언쇼! 당신은 내가 살아 있는 동안은 편히 쉬지 못한다는 것을! 당신은 내가 당신을 죽였다고 했지. 그러면 귀신이 되어 나를 찾아오란 말이야! 죽은 사람은 죽인 사람에게 귀신이 되어 찾아온다면서! 난 유령이 지상을 돌아다닌다는 것을 알고 있어. 언제나 나와 함께 있어줘. 어떤 형체로든지, 차라리 나를 미치게 해줘!"

정신없이 소설을 다 읽고 나면 언제나 열대야의 밤이었고, 흥분인지 더위인지 분간하지 못할 열기를 견디지 못하고 나는 바깥으로 뛰쳐나갔다. 종로4가까지 걸어가면 열기가 조금 가라앉았으므로 다시 길을 건너 되돌아갔다. 여름밤의 종로는 술에 취해 비틀거리는 사람들의 공화국이었다. 상점들이 문을 닫아 어두컴컴한 거리에서 조금이라도 반짝이는 것들은 모두 그들을 위한 것들이었다. 비어홀과 포장마차와 국밥집의 조명들, 거꾸로 매달린 채 오븐 속에서 돌아가는 털 뽑힌 닭들과 산 채로 프라이팬 위에서 타들어가는 바닷장어들과 시뻘건 국물을 뒤집어쓰고 먹음직스럽게 익어가고 있는 아귀들, 어둠을 살피는 경광등의 차가운 불빛과 골목 안쪽 전봇대에 매달린 보안등의 따뜻한 불빛, 막차 버스를 기다리는 사람들의 초조한 눈빛들…… 어둠 속, 여름밤의 사람들은 마치 집이 없는 고아처럼 거리를 걸어다녔다. 종로5가 쪽으로, 혹은 종로1가 쪽으로. 을지로 쪽으로, 또 율곡로 쪽으로. 걷다보면 멱살을 잡고 밀고 당기는 취객들도 있었고, 중년의 남자들과 십대 소년들을 모아놓고 정력제를 자랑하는 노점상도 있었다. 그렇게 걸어가노라면 불법복제한 가요테이프를 파는 리어카 노점에서는 밤이 늦도록 유행가가 흘러나왔다. 나이를 불문하고 지나가는 사내들의 소매를 움켜쥐고 놔주지 않는 여자들도 있었고, 골판지를 바닥에 깔고 잠자는 거지들도 있었다. 그렇게 약간 미지근한 밤공기를 쐬며 파고다공원까지 가면 나는 걸음을 멈추고 삼일문 너머 은행나무 한 그루를 올려다보곤 했다. 그 여름밤, 나는 그 은행나무를 바라보며 수많은 다짐을 했다. 배우고 또 배우리라! 공부하고 또 공부하리라! 검정고시에도 합격하고 대학교에도 들어가리라! 반드시 훌륭한 사람이 되리라! 돈을 많이 벌리라! 나도 다른 사람들을 도우면서 살리라! 그리고 이런 다짐도 했다. 엄마를 찾으리라! 엄마를 만나리라! 단 한 번만이라도 엄마라고 불러보리라! 하지만 물론 이런 다짐은 하지 못했다. 그녀의 남편이 되리라! 그쯤에는 나도 모든 사람들의 마음속에는 말하지 못하는 일이 하나쯤은 있다는 걸 알고 있었다. 더불어 말하지 못한 그 마음을 이해받기란 무척 힘들다는 사실도.

*

　여름이 끝나갈 무렵, 제13호 태풍 비러가 한반도에 상륙했다. 방송마다 1959년 사라 이후 최대 피해가 예상된다고 떠들어대더니 과연 엄청난 바람이 불었다. 온종일 출판사 유리창들이 바람에 덜

컹거렸다. TV 안테나가 꺾이고 가로수가 뽑혀나간 곳도 많았다. 그즈음에는 인터뷰 녹취작업이 이미 끝났기 때문에 딱히 내가 할 일은 없었다. 나는 사무실과 화장실을 청소하고 쓰레기를 치우는 등의 잡무와 국립중앙도서관에 가서 논문을 복사하거나 필자에게 원고를 받아오는 등의 심부름을 했다. 태풍 비러가 찾아온 날은 종로서적에 있었는데, 갑자기 정전이 됐다. 서점 직원들이 군데군데 촛불을 켰다. 촛불을 들고 다니며 간신히 책을 찾아서 계산한 뒤, 밖으로 나오니 오후 네시쯤인데도 사위가 어두컴컴했다. 출판사로 돌아가느라 잠깐 걷는 사이에 온몸이 다 젖어버렸다. 한 손에는 빗물이 뚝뚝 떨어지는 우산을 들고, 다른 손에는 책꾸러미를 들고 종로2가 뒷골목으로 들어갔다. 출판사가 있는 2층으로 올라가니 문이 조금 열려 있었고, 그 안에서 강토 형의 목소리가 흘러나왔다.

"절망적이에요. 옆에서 사람이 죽어나가는데도 누구 하나 괴로워하질 않잖아요. 권력의 무자비한 폭력에 대해서는 경외하면서도 타인의 고통에 대해서는 애써 눈을 감죠. 왜냐하면 이 나라에서는 타인의 고통에 공감하는 것 자체가 탄압의 대상이고 이적행위니까요. 그러니 고통받는 사람들은 더욱 고독해질 수밖에요. 어떻게 그럴 수가 있나요? 국가는 왜 자기 안에 고통이 있다고 말하는 사람을 적으로 간주하는 건가요? 그게 아니라면 가난하고 핍박받는 사람들의 고통에 공감하는 사람들을 이적행위자로 몰 이유가 없지 않나요? 우리에게는 이런 국가 말고 다른 국가를 선택할 권리가 없는 건가요? 만약 그런 권리가 우리에게 없다면, 무자비한 국가 폭력에 겁을 먹고 타인의 고통에서 눈을 돌리는 사람들에게 우리가 할 수 있는 일이 과연 무엇일까요? 그건 타인의 고통을 공포보다 더 강하게 느끼게 만드는 일이에요."

"타인의 고통을 공포보다 더 강하게 느끼게 만든다니, 그게 무슨 뜻이지?"

그건 재진 아저씨의 목소리였다.

"모든 고통은 공포보다 더 강해요. 그게 자신의 고통인 한에는. 하지만 아무리 엄청난 고통이라고 하더라도 나의 고통이 다른 사람에게 고스란히 전달되는 경우는 없어요. 그게 우리의 한계예요. 그 한계 때문에 우리는 이런 국가를 가지게 된 거예요. 만약 우리가 다른 사람의 고통을 고스란히 느낄 수 있었다면, 어떤 국가나 권력도 개인을 억압할 수 없었을 거예요. 타인의 고통을 공포보다 더 강하게 느껴야만 한다는 건 그런 뜻이에요. 지금과 다른 국가를 원한다면 우리는 타인의 고통을 자기 것처럼 여겨야만 해요. 만약 그게 불가능하다면, 다른 방법도 있을 거예요. 그건 사람들에게 압도적인 고통을 보여주는 일이겠죠."

"예를 들면?"

잠시 대화가 끊어졌다. 그래서 내가 들어가려고 하는데, 다시 강토 형이 말했다.

"예를 들면, 분신 같은 것이겠죠."

분신? 분신이 뭐지? 나는 생각했다. 분신술을 뜻하는 것인가?

"오, 말도 안 돼! 그럴 순 없어."

재진 아저씨의 말투가 갑자기 빨라졌다.

"그건 타인의 고통을 이해하는 일과는 거리가 멀어. 그건 인간의 고통을 스펙터클화하는 일이야. 희생을 물화시키는 것이야. 고통이란, 희생이란 절대 볼거리가 되어서는 안 돼. 볼거리가 되는 순간, 나머지 모든 사람들을 구경꾼으로 만들어버릴 테니까. 그들을 원치 않은 구경꾼으로 만들어놓고 표값을 요구해선 안 돼. 그건 공포보다 강한 고통이 아니라 공포보다 강한 공포일 뿐이야."

"모든 사람들이 영향을 받을 필요는 없어요. 그중 일부만 바뀌어도 상관없는 일이겠죠. 국가 폭력에 대한 공포보다 타인의 고통을 더 강하게 느낄 수 있는 사람들이 계속 나타난다면, 그것으로 충분해요."

재진 아저씨가 길게 한숨을 내쉬었다.

"그래서 정훈이란 애도 여기에 데려온 거야? 걔에게는 다른 사람의 마음을 그대로 느낄 수 있는 능력이 있으니까? 그래서 걔를 분신이라도 시키려고?"

아니, 도대체 분신이 뭐지? 나를 하나 더 만든다는 것인가? 궁금증은 더해갔다.

"걔에게는 다른 할일이 있어요. 걔는 사람들의 고통을 온전히 이해하고, 또 그걸 다른 사람들에게 그대로 전달할 수 있는 능력이 있으니까."

강토 형이 말했다.

"하지만 내가 보기에 정훈이는 다른 아이들과 별반 다르지 않아. 걔한테 초능력이 있든 없든 그건 중요하지 않아. 이걸 봐. 걔가 풀어놓은 거야. 녹음된 목소리도 제대로 이해하지 못해서 잘못 받아적은 게 수두룩해. 증언하는 사람의 입장이 되어서 주의깊게 두세 번 반복해서 들으면 대충 비슷하게라도 적을 수 있을 텐데, 여기 보면 완전 딴 이야기야. 네 말대로라면 주파수에 동조하는 라디오 튜너처럼 타인의 감정과 속마음에 동조하는 능력이 있다는 건데, 그런 능력이 있다고 하더라도 인간이 과연 무엇인지 이해하지 못한다면 아무런 소용도 없는 거잖아. 마음속을 샅샅이 들여다본다고 해도 아직 나이가 어리고 경험이 부족하기 때문에 그 마음을 이해할 능력은 없는 거야."

재진 아저씨가 도움이 안 되니 나를 내보내야겠다고 말할까봐 걱정된 나머지 문을 활짝 열어젖히며 내가 외쳤다.

"앞으로는 정신차리고 잘하겠습니다. 녹취도 다시 풀겠습니다!"

정전으로 캄캄한 사무실 안에 두 사람의 실루엣이 보였다. 두 개의 실루엣은 하나였다가 나를 보고는 두 개로 나누어졌다. 나는 책과 우산을 바닥에 내려놓았다. 그러고는 돌아서서 밖으로 뛰어갔다. 뭐라고 부르는 소리가 들렸던 것 같은데, 계단까지 달려가자 빗소리에 묻혀버렸다. 우산을 가져왔어야만 했는데…… 그런 생각도 들었다. 하지만 어차피 태풍 때문에 빗줄기가 옆으로 떨어졌으니 우산은 소용없었다. 그렇지만 분신이 뭔지는 물어봤어야 했는데…… 그건 다음에 물어보기로 하고. 일단 나는 달렸다. 뭐가 뭔지 알 수 없었지만, 아무튼 부끄러웠다. 부끄러워서 그 사람들이 모두 퇴근할 때까지는 사무실로 돌아갈 수 없을 것 같았다. 빗속을 달려가는데 어쩐지 태풍에 맞서 혼자 버티는 듯한 느낌이 들었다. 왜 태풍에 맞서 버텨야만 하는지도 잘 모른 채, 또 그래봐야 오래 버티지도 못한다는 걸 잘 알면서.

*

그리고 나는 열병에 시달렸다. 처음에는 머리 한쪽이 다른 쪽보다 조금 무겁다는 느낌으로 시작했다. 조약돌만한 크기의, 그래봐야 한 십 그램 정도밖에 무게가 나가지 않는 쇳덩어리가 머릿속에 들어 있는 것 같았다. 그 쇳덩어리가 살아 있는 생명체일지도 모른다는 생각이 든 것은 모두들 퇴근한 저녁, 혼자 소파에 누웠을 때였다. 쇳덩어리는 이제 왼쪽 눈썹 부근까지 내려와서는 내 움직임과는 무관하게 날카로운 끝으로 머리 안쪽의 부드러운 살들을 찔러댔다. 예기치 않은 그 통증보다도 더 무서운 건 그 쇳덩어리가 점점 커지고 있다는 사실이었다. 쇳덩어리의 크기에 비례해서 체온도 상승했다. 나는 이불을 친친 감고 누워 헛소리를 늘어놓았다.

사고를 당할 때와는 전혀 다른 의미에서 나는 죽음을 예감하고 있었다. 그때가 환희에 찬 하얀 죽음이었다면, 이건 어둠이 가득한 검은 죽음이었다. 사고를 당할 때는 후회 같은 건 하나도 없었는데, 열이 나서 누워 있는 동안에는 후회와 미안함뿐이었다. 그중에서도 가장 후회되는 건 엄마를 기억하지 못하는 일이었다. 태어났다면, 나는 분명 한 번은 엄마의 얼굴을 봤을 것이다. 그런데도 나는 그 얼굴을 기억하지 못했다. 나는 엄마에게 미안하다고 사과했다. 미안해요. 정말 미안해요. 그러자 눈물이 주르르 흘러내렸다. 귓속으로 땀인지 눈물인지 알 수 없는 액체가 차올랐다.

그 뜨거운 열기 속에 얼마나 누워 있었을까? 그 귓속 어딘가 아득하게 먼 곳에서 희미하게 북소리가 들렸다. 개구리들이 두들기는 듯 아주 작은 소리들. 북소리는 조금씩 점점 커졌고, 나는 그 소리에 귀를 기울이며 서서히 잠에서 깨어났다. 자세히 들어보면, 거기에는 플루트 소리도 있었고 나팔 소리도 있었고 또 웃음소리도 있었다. 그 소리들을 들자니 가슴이 설레기도 하고 또 마음이 아프기도 했다. 눈물이 흐를 것만 같았고 또 온몸이 간지럽기도 했다. 눈을 떴더니 거기는 여전히 한 글자씩 깜빡이는 쿵쿵 스탠드바의 간판이 보이는 출판사 사무실 안이었다. 검정 가죽소파와 이불은 내가 흘린 땀과 눈물로 축축했다. 그런데 창밖이 이상하게 밝은 느낌이었다. 어떻게 된 일인가 싶어 나는 소파에서 돋을 일으켰다. 이불을 젖혔더니 누군가 다른 사람의 몸, 그게 아니면 완전히 새로 만든 몸을 처음 입은 것처럼 살갗에 와 닿는 공기 하나하나가 또렷하게 느껴졌다. 나는 오른손을 들어 이마의 열을 한 번 짚어봤다. 뜨거운 것인지, 아니면 차가운 것인지 전혀 분간할 수 없었다. 그러는 사이 음악소리는 점점 가까워졌다. 얼른 자리에서 일어나려고 했지만, 힘이 없어 처음에는 비틀거렸다. 왈칵 눈물이 쏟아졌다. 나는 다시 몸을 일으켰다.

마침내 창가로 가서 창문을 열고 내다봤을 때, 종로2가 뒷골목, 평소라면 인적이 끊어진 깊은 밤, 퍼레이드가 지나가고 있었다. 어느 집에선가 아기가 태어났는지, 어떤 아줌마가 강보에 싸인 갓난아기를 안고 맨 앞에서 걸어가고 있었다. 아기의 뒤에서는 고적대가 탄생을 축하하는 노래를 조용조용 연주했다. 이 세상에 오기까지의 여행이 얼마나 고단했는지 음악소리에도 아랑곳하지 않고 아기는 깊이 잠들었다. 아기가 지나가고, 고적대가 지나가고, 나지막한 축하곡이 지나갔다. 그리고 사람들이 그 뒤를 따라 걸었다. 나는 창가에 서서 지나가는 사람들을 하나하나 쳐다봤다. 누군가는 웃었고, 누군가는 울었다. 어떤 연인은 서로 손을 꼭 잡은 채 걸었고, 한 남자는 고개를 숙이고 뭔가 중얼댔다. 피투성이 얼굴로 걸어가는 청년이 있었고, 얼마나 울었는지 눈 화장이 번져서 얼굴이 아주 흉하게 변한 아가씨도 있었다. 더이상 걷지 못해서 휠체어를 타고 가는 할머니도 있었고, 앞이 보이지 않아 지팡이를 두들기며 걷는 중년 남자도 있었고, 까까머리에 마스크를 하고 줄무늬 환자복을 입은 국민학생도 지나갔다. 그 뒤를 젠투펭귄과 오랑우탄이, 북방쇠찌르레기와 알락할미새와 직박구리와 어치와 개똥지빠귀와 꼬까참새가. 그밖에 죽어간 다른 모든 동물들과, 마지막으로 아빠가 내 앞을 지나갔다. 이제 나는 아빠를 부르거나 손을 뻗지 않고 가만히 지켜보기만 했다. 그들이 골목을 완전히 빠져나가고, 그들과 마찬가지로 아기가 깰까봐 뒤꿈치를 들고 걸어가는 듯 조용조용 울리던 고적대의 연주음이 아련하게 멀어질 대까지. 그렇게 숨죽인 북소리가 다시 아련해질 때 나는 엄마, 라고 소리내어 불러봤다. 한때는 엄마의 모든 기쁨이었을 내가, 어떤 경우에도 아프지 말고, 다치지 말고, 울지 말고, 슬퍼하지 말아야 했을 내가 아픈 몸으로, 우는 얼굴로, 다시 한번 더, 엄마, 라고 소리내어 불러봤다.

성장은 평범한 인간의 일, 사랑은 국력의 엄청난 손실

　누군가 내 앞을 가로막고 인생이 무엇이냐고 물어본다면, 먼저 그 사람에게 내 꼴―이제 겨우 사타구니와 겨드랑이에 거뭇거뭇 털이 돋아나기 시작했으며 양쪽 코 옆으로 여드름이 사흘돌이로 번갈아가며 피어나는, 밤마다 키가 자라는 바람에 팔다리만 쭉 뻗은 원숭이라고나 할까―을 보여주면 될 일이다. 바로 이런 몰골이 인생의 참모습이라는 의미에서가 아니라 지금 내게 그런 질문을 던지는 건 이제 막 나무를 기어오르는 법을 배운 꼬마 원숭이에게 왜 그렇게 기를 쓰고 나무를 기어올라야만 하느냐고 묻는 일과 마찬가지라는 점에서. 그런데 반년 만에 다시 만난 이만기는 온몸으로 내게 그런 질문을 던지는 것 같았다. 마치 최동원의 강속구와도 같은 질문. 과연 녀석은 답을 알고 그런 질문을 던졌던 것일까? 그럴 리야 없었을 것이다. 내가 보기에 녀석은 오직 문제, 자기 존재 자체가 그런 문제를 만들어낸다는 사실조차 알지 못하는 문제일 뿐이었으니까. 숟가락이나 구부려 밥을 못 먹게 만드는 골첫덩어리이자, 인생에서 내가 만난 최대 미스터리. 그 문제에 대해서 억지로 뭔가 말해야만 한다면, 나는 이렇게 대답하리라. 인생이란 한강과 같은 것이라고. 해가 지는 쪽을 향해 그 너른 강물이 흘러가듯이, 인생 역시 언젠가는 반짝이는 빛들의 물결로 접어든다. 거기에 이르러 우리는 우리가 아는 세계와 우리가 알지 못하는 세계 사이의 경계선을 넘으리라. 그 경계선 너머의 일들에 대해서 말하면 사람들은 그게 눈을 뜨고 꾸는 꿈속의 일, 그러니까 백일몽에 불과하다고 말하겠지만, 그렇기 때문에 단 한 번도, 그 누구에게도 내가 본 그 수많은 눈송이들에 대해서 말한 적이 없었지만, 나는 알고 있었다. 시간이 지나면 인간은 누구나 아이에서 어른으로 자라고, 결국 생의 마지막 순간에 이르러 그 빛들을 경험한다는 사실을.

하지만 반년 만에 식기업체의 영원한 골칫거리긴 초능력소년 이만기를 보신각 앞에서 다시 만났을 때, 나는 반갑다기보다는 어쩌면 내 생각이 틀렸을 수도 있으리라는 사실에 좀 당황스러웠다. 어른이 된다는 게 단순히 키가 자라 예전보다 몇십 센티미터 위쪽의 공기를 마실 수 있게 됐다는 것만을 뜻하지는 않을 것이다. 그렇긴 해도 이 년 전 〈원더보이 대행진〉 때나 반년 전 양복을 차려입었을 때나 지금이나 세월을 비껴간 사람처럼 조금도 달라지지 않았다는 건 너무한 일이었다. 다른 그림 찾기를 바라볼 때처럼 내 기억 속의 이만기와 보신각 앞에 나타난 이만기 사이의 차이점을 찾는다면, 음, 하나도 없었다. 굳이 나아진 점을 꼽으라면 소심한 양친처럼 녀석의 뒤에 선 쌍둥이들과 마찬가지로 검은 양복을 입고 있었다는 점이랄까. 어쨌든 검은 양복은 중요했다. 권대령을 따라 청와대에 들어가 늘 변함없는 아이에게 주는 표창장 따위를 받고 부상으로 얻어입은 게 아니라면 그 검은 양복이란 언젠가 그 녀석이 말한 대로 나라에서 그 변함없는 아이를 먹여주고 입혀준다는, 그러니까 검은 양복의 쌍둥이들과 합숙훈련을 시작했다는 뜻일 테니까. 사실은 이만기가 내 어깨를 잡았을 때 이미 나는 검은 양복의 쌍둥이들을 떠올리고 있었다. 녀석의 생각이 잘 읽혔기 때문이 아니라, 아무 생각도 읽히지 않았기 때문이었다. 내가 생각을 읽을 수 없는 사람이 이제 하나 더 늘어난 셈이었다. 이로써 도합 네 명.

"아직도 그 미친 머리통은 고장난 라디오처럼 저 혼자 마구 떠들어대는 거냐, 엉?"

내가 손을 뿌리치자, 이만기가 나를 바라보면서 말했다.

"넌 그 많던 숟가락 이제 다 부러뜨렸냐? 그래서 밥 한 끼 제대로 얻어먹지 못한 모양이지? 그동안 니 머리통은……"

나는 농구공을 잡듯이 두 손을 모았다가 양옆으로 펼쳤다.

"옆으로만 자랐네."

내 말에 이만기는 허리를 꺾어가며 웃음을 터뜨렸다. 이만기가 웃는 것을 보고는 검은 양복의 쌍둥이들도 이를 드러내며 웃었다.

내가 쌍둥이들을 바라보는데, 갑자기 웃음을 그친 이만기가 내 목덜미를 잡고 나를 한쪽으로 밀어붙이기 시작했다. 나는 그 손을 뿌리칠 겨를도 없이 한쪽 건물 벽까지 밀려나갔다. 아니, 그럴 겨를이 있었다고 하더라도 이만기의 손을 뿌리치지는 못했을 것이다.

"내가 너한테 무슨 미친 원한이 있어서 이러겠느, 엉? 그 미친 방송에 나가지 못했다고, 엉아가 이러는 거 아니야. 미친 조동아리를 조심할지어다. 한 번만 더 내 앞에서 미친 키 얘기 떠들어대면, 그때는 아주 쥐포로 만들어버릴 거야, 엉?"

말은 그렇게 하면서도 이만기는 당장이라도 나를 죽여버릴 것처럼 목을 졸랐다. 내가 손발을 벽에 치면서 몸부림을 치자, 이만기가 손아귀의 힘을 조금 뺐다.

"쥐포…… 먹고 싶겠지…… 근데…… 그건…… 거짓말……이었지?"

숨을 헐떡이며 간신히 내가 말했다.

"무슨 미친 거짓말, 엉?"

"나라에서…… 평생…… 먹여준다던 그 말…… 제대로…… 먹여주진…… 않았으니까…… 땅꼬마……"

그 말에 이만기는 다시 세게 목을 조르며 다른 손으로 내 가슴을 서너 차례 때렸다. 저절로 입이 벌어지면서 나도 모르게 신음이 흘러나왔다. 눈앞이 흐려지면서 종로의 풍경이 아득해졌다. 거리를 지나가는 사람들 중 몇몇이 걸음을 멈추고 서서 나와 이만기를 바라보았다. 검은 양복의 쌍둥이들이 가라고 손을 내저었지만, 무슨 약장수나 차력사 같은 느낌이 들었는지 구경꾼들은 점점 모여들었다. 그 모습이 서서히 멀어지더니 야구장 풍경이 펼쳐졌다. 단상에 올라가서 춤을 추던 치어걸들, 사자 얼굴을 머리에 뒤집어쓰고 양손으로 V자를 만들어 보이던 캐릭터 인형들, 캔맥주를 마시며 안타를 칠 때마다 주먹을 휘두르며 소리를 지르던 어른들, 그들이 내뱉던 욕설들. 그러다가 파울볼이 내가 앉아 있는 쪽으로 날아왔다. 그 공을 바라보자 잠자리채를 들고 지하철을 기다리고 있을 때, 괜히 남들의 시선을 신경쓰며 "가을에 무슨 벌레 잡을 일 있냐?"며 편잔을 주던 아빠 생각이 떠올랐다. 나는 번갈아, 누군가와 부딪힐까봐 앞을 보면서, 또 공이 어디까지 날아갈까 신경쓰느라 하늘 높이 뜬 공을 바라보며 잠자리채를 들고 관중석 사이를 달렸다. 사람들이 지르는 고함소리가 쩌렁쩌렁 울렸다. 그러다가 나는 그 모든 일들이 꿈에 불과하다는 사실을 깨달았다. 갑자기 떠오른 아빠 생각도 내가 만든 것이었다. 내가 그렇게 졸랐는데도 아빠는 한 번도 나를 야구장에 데려간 적이 없었으니까.

*

다시 눈을 떴을 때, 역시 보이는 것은 아무것도 없어서, 나는 여전히 꿈속에 있는 것이라고 생각했지만, 그게 아니라 나는 눈에 가리개를 두른 채 악덕업자가 만든 불량 햄버거 패티처럼 두 사람 사이에—두말할 것도 없이 검은 양복의 쌍둥이들—납작하게 끼어 있었다. 자동차 안이었는데, 거기는 앞으로 살아가면서 심신이 지칠 때마다 반드시 내가 찾아가야만 할 절간처럼 고요했다. 웅웅거리는 엔진 소리와 어딘가 틈으로 새어드는 바람소리를 빼면 아무런 소리도 들려오지 않았다는, 다시 말해서 그 차 안에는 아무런 생각도 하지 않고 살아가는 사람들만 타고 있었다는 뜻이다. 귀로나 머리로나 오로지 침묵. 매장에 오래 전시하는 틈에 흠집이 좀 생겼을 뿐, 사용하는 데는 전혀 지장이 없는, 하지만 할인해서 판매할 게 분명한 침묵이라고나 할까.

"원래 나는 창밖을 보지 않으면 멀미를 하는데……"

"이게 무슨 꽃놀이 관광버스인 줄 아나?"

누군가 말했고, 여러 사람들이 웃었다. 웃음소리를 통해서 나는 앞자리에는 이만기와 운전수가 타고 있다는 사실을 알아차렸다. 나는 끔찍한 장면들을 상상했다. 핵폭탄이 떨어진 서울의 거리 같은 것. 눈과 코와 입이 녹아내려 끈적끈적해진 사람들의 피부 속으로 수백만 마리의 구더기가 머리를 처박고 기어들어가는 장면이나 저녁에 내리는 어스름처럼 쥐떼들과 바퀴벌레들이 이미 죽은 사람들의 틈에 쓰러져 있는 내 몸 위로 몰려들어 코로, 또 입으로 마구 기어들어가는 장면 같은 것들. 쥐 털의 그 뻣뻣하면서도 까칠까칠한 촉감을 입안으로 느끼는 일, 혹은 바퀴벌레의 껍질이 터지면서 나오는 진액이 목젖을 살살 간질이며 식도를 타고 내려가는 걸 느끼는 일. 하지만 그것만으로도 부족했기 때문에 나는 더 많은 것들을 상상했다. 그런데 뜻밖에도 효과가 있었던 건 주변에 수염이 돋아난 어떤 입술을 상상했을 때였다. 간의 상태가 좋지 않아서 선홍색과는 거리가 먼, 거무튀튀한 자주색 입술이 이빨 사이에 끼어 있던 고깃덩어리 같은 걸 다시 꺼내 오물거리면서 내 눈앞으로 다가와 말했다. 나는 이제부터 너를 내 아들로 생각하겠다. 나는 그 입술의 매끈한 부분과 주름 부분이 어떻게 벌어지고 오므라드는지 모두 볼 수 있었다. 마침내 나는 보이지 않는 조수석을 향해서 내 의사를 표현할 수 있었다. 꾸룩꾸룩, 꺽꺽.

"차 차"   "세워."

양쪽에서 쌍둥이 남매가 변성기를 거치지 않아, 운동장 스탠드에서 응원가나 부르면 딱 좋을 소년소녀들의 스테레오 사운드 목소리로 외쳤다.

"꽃구경하자는 얘기 아니었다니깐. 난 원래 쌍둥이를 싫어해서 근처에만 가도 토한다니까."

입을 쩝쩝거리며 내가 말했다. 열병으로 먹은 게 하나도 없었기 때문에 나오는 건 노란 액체뿐이었지만 다 게워내고 나니 속이 편했다.

"넌 나하고 무슨 미친 원수가 졌기에 만날 때마다 이러는 거냐, 엉?"

조수석에 앉은 이만기가 거의 울듯한 목소리로 말했다.

"난 토하는 제일"   "차에서 사람이 싫어."

쌍둥이들이 다시 스테레오로 말했다. 자동차가 멈추자, 쌍둥이들은 나를 끌어내고 가리개를 벗겼다. 환한 빛에 눈을 뜨고 돌아보니 멀리 노을이 저무는 강이 내려다보였다. 언덕길 아래쪽으로는 고급주택들이 모여 있었고, 그 너머로는 시퍼런 하늘 높이 솟구친 남산타워가 보였으므로 나는 그 강이 한강이라는 걸 알았다. 나는 머릿속으로 사회과부도를 펼치며 서울지도를 떠올렸다. 내 짐작이 맞다면 거기는 용산구, 더 정확하게는 한남동이었다. 이미 토할 만큼 토했기 때문에 내게는 입에 묻은 토사물을 손으로 닦아내고 양옆에서 몸을 수그린 채 구역질을 하는 쌍둥이들을 돌아볼 여유도 있었다.

"또 도망갈 미친 생각을 하는 건 아니겠지, 엉? 도망가면 저 미친 쌍둥이 언니오빠들이 맴매할 거야."

조수석에 앉은 이만기가 잠자리 눈 같은 검은색 선글라스를 끼고 나를 바라보며 말했다.

"이 언니오빠들은 멀미가 심해서 장거리 출장은 어렵겠는걸. 넌 어린이 요금으로 다닐 수 있겠지만."

"뭐라고, 엉?"

내 말이 떨어지자마자 곧바로 이만기가 소리쳤다. 막 태권도 검은 띠를 따고는 어디 시비 걸 만한 애 없냐는 듯이 골목 구석구석을 돌아다니는 꼴통 같았다. 하는 짓이 꼭 그렇다는 뜻이었다. 그렇다고 지난 반년 동안 이만기가 국립초능력학교라고 부르면 좋을 만한 곳에서 원더보이 속성과정을 밟았다는 사실을 인정하지 않는 건 아니었다.

"돈을 아낄 수 있다면 좋은 거잖아."

"불쌍한 녀석, 미친 키가 자란다는 게 무슨 의미인지도 모르고."

이만기가 혀를 찼다.

"키가 자란다는 건 어른이 된다는 소리지."

내가 자랑스럽다는 듯이 말했다.

"그건 하찮으나마 무료로 라디오를 들을 수 있었던 네 미친 대가리가 평범해지고 있다는 소리이기도 하지."

"욱, 저 아래에 수많은 애들이랑"　　　　　　　"너는 욱, 사춘기"

"하나도 없이 욱"　　　　　　"욱 다를 바 욱 평범해졌어."

"욱"　　　　　　　　　　　　　　　　　　"욱"

"욱욱"　　　　　　　　　　　　　　　　"욱욱"

검은 양복의 쌍둥이들도 간신히 우리 사이에 끼어들어서 한마디씩 거들었다. 나는 이만기의 선글라스에 비친 내 모습을 뚫어져라 쳐다봤다. 규칙적으로 들리는 스테레오 사운드의 구역질 소리 사이로 바람소리만이 귓전을 때렸다. 그저 바람소리만이.

*

지난 반년 동안, 이만기의 동기동창생으로 국립초능력학교 속성반이라도 다녔다는 것인지 권대령은 만나자마자 내게 이제 자신은 전지전능해졌다고 으스댔다. 조국에서 일어나는 모든 일을 알고 있으며 국가를 보위하기 위해서는 어떤 일이라도 할 수 있다고. 처음 만났을 때부터 한 번도 제정신이라고는 생각하지 않았건만, 이제는 아예 네스 호의 괴수처럼 물에 빠져서도 입으로 불을 내뿜을 수 있는 경지에까지 오른 것 같았다. 우리 모두가 네스 호를 둘러싸고 싸운다면 과연 누가 더 괴로울까? 그 사람이 괴로움 같은 인간적 감정을 알 리는 만무했으니 누군가 괴로워한다면 그건 결국 호수는 물론이거니와 요괴 자리마저 빼앗길 그 불쌍한 짐승임에 틀림없었다. 어쨌거나 적어도 나는 아니라는 얘기다. 나는 괴로워하기보다는 원한의 불꽃을 번뜩이며 권대령을 노려보고 있었다. 그 입술을 바라보는 일은 여전히 속을 울렁거리게 만들었지만.

"제가 드리고 싶은 이야기의 요점은 간단해요. 아빠 수첩을 돌려주시기만 하면 되는 거예요."

내가 선제공격하자 권대령은 무척 당황스럽다는 표정을 지었다.

"군, 여기 잡혀온 건 군이란 말이다. 내가 아니라."

권대령이 말했다.

"어쨌든 먼저 연락한 사람은 저니까요. 그것 말고 우리가 이렇게 따로 만나서 할 얘기는 없잖아요."

권대령은 생트집을 잡으려는 성형외과 의사처럼 내 얼굴을 빤히 쳐다봤다. 뭐, 그 정도로 내 얼굴이 완벽했다는 말을 굳이 하려는 건 아니지만.

"최근에 누군가를 사랑한 일이 있는가?"

느닷없이, 법정에서 생명존중을 주장하는 연쇄살인범처럼 권대령이 '사랑'이라는 단어를 꺼냈다.

"지금부터 한번 해볼까 해요. 예수님이 원수를 사랑하라고 말씀하셨으니까."

"그런 사랑 말고."

권대령이 내 말을 잘랐다.

"세상에는 그런 사랑도 있고, 저런 사랑도 있나부죠. 저는 아직 어려서 그런지 잘 모르겠네요."

거긴 권대령의 집무실이었다. 권대령이 앉아 있는 책상 뒤로는 저녁이 내리는 용산구를 묘사한 풍경화라고 말해도 속을 만큼 거대한 창이 있었다. 그 거대한 창은 권대령이 정보 계통에서는 제1인자가 됐다는 사실을 암시했다. 이로써 권대령도 소원을 성취한 셈이었다. 책상 위의 스탠드 불빛만 밝혀놓아서 창을 등지고 앉은 권대령의 표정은 잘 보이지 않았다. 권대령은 책상 위에 쌓인 서류를 자세히 읽어보지도 않고 기계적으로 결재란에 서명하고 있었다.

"여자 말이다, 이 녀석아. 군의 꼬추를 꼴리게 만드는. 여자를 사랑한 적이 있느냐고!"

"무슨 말씀인지……"

실내가 어두워서 다행이라는 생각이 들었다. 그렇지 않았다면 내 얼굴빛이 붉게 변했다는 걸 권대령도 알아차렸을 테니까.

"순진한 척 굴어도 그 시커먼 속을 내가 모를 줄 아는가? 남의 머릿속 생각까지 읽던 군이 입으로 하는 말을 못 알아듣겠다고? 왜? 귀가 멀었는가? 다시 한번 묻겠다. 최근에 여자를 사랑한 적이 있는가?"

"표면적으로 봐서 남자를 사랑한 적은 있습니다만……"

딴소리를 한다는 게 나도 모르게 사실대로 말한 꼴이 돼버려 얼른 입을 다물었다.

"군의 부친 말고."

휴우, 다행히도 권대령은 내 생각까지는 읽지 못했다.

"아무리 딴소리를 해도 나는 다 안다. 왜냐? 지금 군의 꼴을 보라. 머리카락은 엉망진창으로 자랐고 목젖은 툭 튀어나온데다 목에서는 쉰 목소리가 난다. 까보지 않아도 겨드랑이와 사타구니에는 시커먼 털도 솟았을 것이다. 그 추잡한 꼴이라니. 쌍둥이들의 보고서를 들춰보지 않아도 군이 평범해지고 있다는 건 누구라도 알 수 있다. 이게 다 무슨 소리인지 아는가? 이제 군은 더이상 다른 사람의 생각을 읽을 수 없게 된단 말이다. 군이 순수함을 잃어가면서 군의 초능력은 점점 사라지고 있다는 말이다. 그게 다 사랑 때문이다. 그 빌어먹을 놈의 사랑!"

첫사랑에 크게 데인 적이 있는 사십대 노총각처럼 권대령은 그렇게 말하며 결재서류를 책상 한쪽으로 휙 던지고는 자리에서 일어났다. 그런 노총각의 배경이라면 역시 그렇게 서산으로 해가 다 넘어간 캄캄한 풍경이 제일 적당했겠다.

"그간 내가 그토록 군을 찾아 헤맸던 까닭은 군이 그딴 짓이나 하고 다닐까봐 걱정됐기 때문이었다. 그래, 계집애를 사랑하는 기분이 어떻던가? 굴러온 복을 발로 걷어차면서 제 인생을 스스로 망치는 짓인 줄도 모르고 신바람이 났겠지. 어디까지 해봤는가? 입이라도 맞춰봤는가?"

"지금…… 질투하시는 건가요?"

어이가 없어서 내가 되물었다. 그러자 권대령은 책상을 돌아나와 집무실의 불을 켰다.

"멍청하기 짝이 없는 자식. 이건 군이 미워서 때리는 게 아니라 이제는 그냥 인생 선배로서 정신을 차리라고 때리는 것이다. 이를 악문다. 실시!"

그래놓고서는 이를 악물기도 전에 권대령은 내 오른쪽 뺨을 두 번 때렸다. 정신을 차리기에는 다시 정신을 잃을 정도로 무척 아팠다고나 할까. 눈물이 핑 돌았다. 권대령이 그렇게 질투가 심한 사람일 줄이야.

"군은 세상에서 군이 제일인 줄 알고 으스대겠지만, 군보다 더 뛰어난 초능력을 가진 사람들이 숱하게 많았다는 사실을 알아야 한다. 그중에는 인력을 이용해서 달을 지구로 끌고 오겠다는 녀석도 있었다. 그런 어마어마한 녀석들도 죄다 그 손마디보다 작은 꼬추가 가리키는 대로 미친개처럼 뛰어다니다가 모두 평범해졌다. 평범해진다는 게 남자에게 무슨 의미인지 아는가? 그건 힘을 잃는다는 것, 권력을 잃는다는 뜻이다. 남은 평생 누군가 다른 사람의 지갑을 채워주기 위해 노예처럼 일하게 된다는 뜻이다. 우리 만기를 봐라. 키는 작고 목소리는 앵앵거리지만, 그 작은 몸뚱어리 안에 누구도 무시하지 못할 힘을 지녔기 때문에 이제는 수사관들도 걔를 함부로 못 대한다. 그에 비해 군은 이제 아무런 쓸모도 없는, 쓰레기 같은, 세상에서 제일 형편없는 인간이 됐다. 시간이 지나면 마음이 변할 계집애 따위를 사랑하고, 그 변덕스런 마음을 얻지 못해 안달하는 동안 군의 위대한 능력은 모두 사라졌단 말이다. 이제는 군이라고 부를 값어치도 없다. 이 멍청한 자식아. 그게 얼마나 큰 국가적 손실인지 아는가?"

말하다보니까 예기치 않은 국력 손실에 서러움이 더욱 북받치는 모양인지 권대령이 다시 내 뺨을 때리려고 손을 들었다. 하지만 이번에는 그 손을 내가 잡았다.

"인구를 늘리는 것으로 조국에 보답하겠습니다."

그 말이 마음에 들었는지, 아니면 나에 대한 기대를 완전히 접은 것인지 권대령은 들었던 손을 내리더니 다시 책상으로 돌아갔다.

"이제 그만 꺼져라. 고아로 살다가 일용직 노동자가 되어서 어느 쪽방에서 죽든지 말든지 군 마음대로 하라. 국가의 따뜻한 품을 박차고 나간 건 바로 군이라는 걸 명심하고, 남은 여생 자신의 경솔함을 반성하면서 살도록 하라."

하지만 나는 움직이지 않았다. 권대령이 나를 쳐다봤다.

"더 듣고 싶은 게 있나?"

"예. 아빠의 수첩은 돌려주셔야죠."

"아하, 수첩. 그렇지, 부친의 수첩을 받으러 오신 몸이지. 그게 어디 있더라."

권대령은 책상 서랍을 뒤지더니 노란색 고무줄로 한데 묶인 아빠의 수첩들을 꺼냈다.

"알다시피 직장을 옮기고 어쩌고 하는 통에 다 없어지고 남은 건 이것들뿐이다. 오해는 하지 말기를 바란다. 어쨌든 내가 다 읽기는 읽었으니까 궁금한 게 있으면 기억을 되살려보겠다. 남은 건 이것뿐이니까 가져가려면 가져가라. 참, 이 편지는……"

그러더니 권대령은 수첩 가운데에서 편지 한 통을 꺼냈다. 그러고는 내가 보는 앞에서 라이터를 꺼내 그 편지에 불을 붙였다. 나는 깜짝 놀라서 달려들었으나, 권대령은 나를 밀쳐냈다. 바닥에 쓰러졌다가 다시 고개를 돌렸을 때는 이미 편지는 재가 되어버린 후였다.

"군의 모친이 쓴 편지인가본데, 보시다시피 실수로 내가 태워버렸다. 정말 미안하다. 요즘 내가 이렇게 정신이 없다"

그러더니 권대령은 내게 수첩을 던지고는 인터폰을 눌러 사람을 불렀다. 나는 바닥에 떨어진 아빠의 수첩들을 바라봤다. 모서리가 너덜너덜, 두툼하니 배가 부른 수첩들을.

머릿속이 서정시처럼 고요해졌다

침묵까지 포함해서 25행의 시

다시,
고요한 오후가 돌아왔다.

노점과 행인 들로 가득한 종로 거리에서
배터리가 뽑힌 라디오처럼
나는 서 있었다.

권대령이 엄마의 편지를 불태웠다.
권대령이 엄마의 편지를 불태웠다.
권대령이 엄마의 편지를 불태웠다.

나는 두려웠다.
나는 피곤했다.
그 누구의 생각도 읽히지 않았다.

나는 평범해졌다.

원숭이, 나뭇가지에 매달려

"군이 사람들의 진심을 모르듯, 그들도 군의 속사정을 알지 못
한다. 군이 거기 행인들로 북적대는 보신각 네거리어 서 있다 한들
군을 눈여겨볼 사람은 이 세상에 단 한 명도 없다. 군은 그 누구와
도 연결되지 않은 외톨이니까. 거기가 어디든 군이 서 있는 그곳이
바로 땅끝이니까. 군은 이제 고아니까. 앞으로 군이 선택할 수 있

는 길은 두 개다. 다 함께 웃든지, 아니면 혼자 울든지."

그래서……

김포공항에 시한폭탄이 터져 다섯 명이 죽었을 때도,
금강산댐이 터지면 국회의사당이 완전히 잠긴다는 뉴스가 보도
될 때도,
우리의 국시는 반공이 아니라 통일이라고 말한 국회의원이 체포
될 때도,
건국대학교에서 농성을 벌이던 대학생 1289명이 구속될 때도,
김일성이 총격으로 사망했다는 호외가 나왔을 때도,

나는 웃었다.

다들 심각한 표정을 지을 때도 나는 혼자 웃었다.

왜냐하면,
혼자 울 수는 없는 일이었으니까.

말할 수 없는 것을 말할 수 없다고 말할 수도 없고

유일무이한 단 하나의 가을, 열일곱 살의 가을이 찾아왔다. 나는 자주 하늘을 올려다봤다. 가을 하늘의 종류는 다양했다. 시리도록 파란 하늘도 있었고, 구름이 높게 깔려 새하얀 하늘도 있었다. 지붕과 지붕 사이 손바닥만한 하늘도 있었고, 막 철새들이 무리지어 날아가고 난 뒤의 텅 빈 하늘도 있었다. 그중에서도 나는 곧 비가 내릴 것처럼 낮은 하늘을 좋아했다. 비가 내리면 빗소리를 들을 수 있을 테니까. 빗줄기의 한가운데 서서 눈을 감고 듣는 빗소리도 있었고, 바닥에 엎드려 가까이 듣는 빗소리도 있었고, 혼자 자다가 깨면서 듣는 빗소리도 있었다. 처음인 것처럼 생생하게 느낄 때, 이 세상에 아름답지 않은 것은 하나도 없었다. 깨진 유리처럼 날카롭게, 세밀화처럼 선명하게, 해와 달처럼 유일무이하게 내 눈과 코와 입과 귀와 몸에 와 닿는 모든 것들은 아름다웠다. 평범해지고 나서야 나는 이 세상이 얼마나 아름다운지 알기 시작했다. 그리고 그 아름다움은 나를 외롭고 가난한 소년으로 만들었다.

여름밤의 산책은 가을로 이어졌다. 고추잠자리처럼 나는 여전히 같은 자리를 맴돌았다. 보신각 옆 파이롯트에서 출발해 종로4가 세운상가 입구까지 걸어가서는 길을 건너 다시 종로2가 YMCA 앞까지. 가을 밤거리에서 만나는 사람들은 지난 계절의 사람들보다 말수가 적어 더 내성적으로 보였다. 마치 적도 부근의 나라에 있다가 위도가 조금 더 높은 나라로 이주한 듯한 느낌이었다. 파고다공원 앞에 이르면 잠시 멈춰 서는 일도 계속됐다. 은행나무를 올려다보노라면 이런저런 다짐을 마음속으로 외치던 여름밤의 기억은 희미해졌다. 대신에 나는 그 은행나무에게 질문을 던졌다. 아빠는 지금쯤 어디에 있을까? 나만큼이나 아빠도 나를 생각할까? 엄마와 나는 같은 우주에 있는 게 맞나? 내년에는 나는 어디에서 무엇을 하고 있을까? 십 년 뒤에는? 또 이십 년 뒤에는? 21세기는 과연 우리에게 찾아올까? 강토 형은 왜 자주 출판사에 오지 않는 것일까? 그녀는 나를 생각할까? 생각한다면 어떻게 생각할까? 분신이라는 건 뭘까? 강토형은 왜 내가 분신이라는 걸 하기를 바라는 것일까? 그녀는 정말 재진 아저씨를 사랑하나? 정말 좋아해요, 라고 말하면 뭐라고 대답할까? 내 안에 여자 같은 건 없어, 라고 말할까? 검정고시에 붙으면 대학에 갈 수 있는 것일까? 과연 나는 어떤 사람이 될까? 내 질문이 버거웠는지 그렇게 궁금한 일들을 말할 때마다 은행나무는 점점 노랗게 물들어갔다.

파고다공원의 은행나무가 노랗게 물드는 동안, 나는 시간이 날 때마다 아빠의 글을 읽었다. 권대령이 내게 준 아빠의 수첩은 모두 다섯 권이었다. 1967년 군대에서 제대한 직후부터 1971년까지, 며칠 때로는 몇 달씩 건너뛰면서도 일기는 계속 이어졌다. 기록한 순서대로 먼저 네 개의 수첩에는 처음부터 끝까지, 나머지 한 개의 수첩에는 앞부분 열 장 정도에만 글이 쓰여 있었다. 누구나 신년이 되어 새 수첩에 일기를 쓰면 그렇듯이 처음에는 공들여 하루 동안 일어난 일들과 금전출납에 대한 기록을 꼼꼼하게 적었지만, 시간이 지날수록 내용은 점점 더 간단해져 나중에는 특별한 서술 없이 간단한 이름과 숫자들만 나열돼 있었다. 그 수첩을 순서대로 읽으면서 나는 아빠의 숨겨진 과거를 하나둘 알게 됐다. 가장 충격적인 건 젊은 시절에 아빠가 밀렵꾼이었다는 사실이었다. 그 부분을 읽는데 서울대공원에서 다른 오랑우탄들과 싸움을 벌이다가 도랑물에 빠져죽은 오랑우탄이 떠올랐다. 그때 아빠는 자기가 오랑우탄이라도 되는 양 슬픈 표정을 지었는데, 원래는 밀렵꾼이었다니. "선임이었던 김상혁 병장님께 전화" "김상혁 병장님의 소개로" "김상혁 병장님의 권유를 받아들여" 따위의 문장을 종합하면, 할아버지의 죽음으로 의가사제대한 뒤 아빠는 대학에 복학하는 걸 포기하고 군에서 알게 된 '김상혁 병장님'이라는 전군 밀렵꾼의 권유로 밀렵의 세계에 발을 들이게 됐다. 두 사람은 군 복무 시절에도 함께 꿩이나 뱀을 잡아서 나눠 먹을 정도로 절친한 사이였던 모양이다. 그다음에는 김상혁 병장이 구입한 중고 트럭을 타고 경기도와 강원도와 충청도의 산골을 오가면서 행한 갖은 모험담(이라고 해봐야 트럭이 모래에 빠지거나, 타이어에 펑크가 나거나, 불심검문에 걸려 파출소에 끌려가 하룻밤을 보내는 따위의 일들이었지만)이 적혀 있었다.

*

11월 중순, 도서출판 선사상은 한국전쟁 유가족의 고통스러운 삶을 다룬 증언집『지금도 말할 수 없다』를 펴냈다가 등록취소를 당했다. 재진 아저씨는 서울시에 출판사 등록취소처분을 취소해달라는 내용의 행정심판청구서를 제출했다. 아저씨는 별첨한 심판청구취지 이유에서, 자신이 출판한 도서『지금도 말할 수 없다』는 한국전쟁 당시 학살 피해자 유가족의 육성을 그대로 담은 증언집으로, 1) 여전히 남북 사이에 폭압적인 이념 갈등이 남아 있으므로 대부분의 유가족들이 당시의 자세한 사정에 대해서는 증언하기를 꺼려 "난 기억력이 원래 하나도 없다" "나는 입도 벙긋 안 했다" "그 이야기를 어떻게 말로 하나?" 등의 증언만 되풀이했고, 2) 이번에 등록취소의 근거가 된『지금도 말할 수 없다』의 편집과정에서도 그 증언을 어떤 왜곡이나 가감없이 그대로 수록했으므로, 3)『지금도 말할 수 없다』는 말할 수 없는 것이라 말할 수 없다고 하는 말을 듣고 가감없이 말할 수 없는 것이라 말할 수 없다는 말만을 출판한 것일 뿐인데, 4) 그런데도 아무런 내용도 없는 이 책이 이적표현물이라고 적시한 것은 사실관계를 오인해 재량권을 남용한 것이라고 밝혔다. 이 일로 서울시가 어떤 답변을 내놓은 것은 아니지만, 재진 아저씨가 따로 전해들은 말에 따르면 당국자는 말하지 못하는 것이 있다고 말하는 것 자체가 이적표현에 해당한다는 취지의 말을 했다고 한다. 어쨌거나 그 일로 나는 첫 직장에서 사 개월 만에 해직당하는 불운을 당했을 뿐 아니라 조만간 새로운 거처를 구해야만 하는 절박한 처지가 됐다.

출판사의 문을 닫는 날, 재진 아저씨를 위로한다며 많은 후배들이 밤이 늦을 때까지 연신 출판사를 들락거렸다. 사정도 모르는 옆 사무실에서는 새 책 내고 대박이 났느냐고 묻기까지 했다. 술이 다 떨어져 막걸리를 사서 돌아왔더니 선재 형이 와 있었다.

"원더보이! 하룻강아지 삼 년이면 〈장수 만세〉 나간다더니 정말 많이 컸구나. 어디 키 한번 재보자."

선재 형이 나를 안았다. 어디서 술을 마시다가 온 건지 술냄새가 났다.

"형은 어떻게 지내셨나요?"

선재 형은 포옹을 풀고 내 얼굴을 바라봤다. 한참을 그렇게 바라보더니 선재 형이 말했다.

"엉, 몰라? 이젠 내 말이 안 들려? 이거 참…… 말할 수 없는 것을 말할 수 없다고 말할 수도 없고. 친구 따라 건국대 갔다가 붙잡

혔는데, 거기서 우연히 권대령 만났어. 안 그래도 니 얘기 하더라."

나는 강토 형이 가까이 없나 살펴보고는 선재 형을 잡아끌었다. 혹시 내게서 초능력이 사라졌다는 말을 그녀가 들을까봐 걱정이 됐던 것이다. 다행히도 강토 형은 재진 아저씨랑 얘기하느라 우리 쪽은 신경쓰지 않았다.

"권대령이 무슨 얘기 하던 가요?"

내가 목소리를 낮춰서 물었다.

"너한테 벌써 자식이 생긴 것 같다고 하더라. 안됐대."

"예에?"

"인구를 늘리는 것으로 국가에 보답하겠다고 말했다며. 나중에 검사가 반성문 쓰면 내보내주겠다고 말해서 나도 그 말 베껴쓰고 나온 거야. 우리 지금 이러고 있으면 안 돼. 빨리 인구를 늘리자."

"에이."

내가 선재 형을 한 대 쳤다.

*

밤이 이슥해지자, 선재 형과 강토 형과 나만 남았다. 처음에는 심부름이나 하다가 선재 형이 권하기에("목불인견이라고 목은 축여야지, 고만두에서도 그만두라고 할 때까지 마셨잖아!") 몇 잔 마셨는데 입에 착착 달라붙는 것이었다. 하긴 누구의 아들인데, 무슨 술인들 입에 달라붙지 않겠는가! 따르는 대로 넙죽넙죽 받아마셨더니 나중에는 아주 취해버렸다. 앉아 있는데 맞은편에 앉은 선재 형의 얼굴이 세 개로 나누어지더니 빙글빙글 돌기 시작했다.

"지금 선재 형이 세 명이 됐어요! 여기 하나! 저기 하나! 또 여기 하나! 아하하하!"

"내가 삼위일체가 됐구나! 소주와 맥주와 막걸리의 이름으로 아멘이다! 아하하하!"

"저는 몇 명으로 보이나요? 저도 세 명?"

"아니야, 넌 아직 한 명이야."

"아, 형은 분신했는데, 아직 전 분신 못 했네요."

"아하하! 그런데 무슨 끔찍한 소리냐? 내가 왜 분신을 했냐?"

"선재 형이 세 명이 됐으니까 분신을 한 거죠."

"아하하, 그 분신."

"그럼 다른 분신도 있나요? 강토 형도 분신하고 싶은 모양이던데요."

"강토 형이, 뭐라고?"

선재 형이 졸린 눈을 비비며 말했다.

"그런 이야기는 그만하지 그래?"

말없이 담배를 피우던 강토 형이 끼어들었다. 담배도 세 개, 연기도 세 줄기, 강토 형도 세 명이었다.

"너는 작가가 될 거야."

강토 형이 나를 보더니 말했다. 선재 형은 자리에서 일어나 아까부터 졸고 있는 재진 아저씨를 검정 소파에 뉘었다.

"네게는 고통받는 이들의 삶과 완벽하게 공감하는 능력이 있으니 이미 절반은 작가나 마찬가지지. 하지만 그보다 더 중요한 건 독자들에게 자신이 보고 듣고 맛보고 경험한 것들을 그대로 전달할 수 있는 재능이야. 넌 그걸 가지고 있어."

나는 고개를 저었다.

"난 그걸 안 가지고 있어요."

"넌 그걸 가지고 있어."

강토 형이 말했다. 그렇지 않아요. 초능력 때문에 날 데리고 있었으니까 분신도 못하는 평범한 소년이라면 이젠 필요없다고 말한대도 어쩔 수 없어요. 예전에는 그랬을 수도 있지만 지금은 그저 외롭고 평범하고 가난한 소년일 뿐이에요. 그렇게 말하려고 하는데, 선재 형이 나보다 먼저 말했다.

"작가는 모름지기 다상량인데, 원더보이가 좀 상냥하긴 하지. 게다가 가을엔 편지를 쓰겠어요, 라더니 누구라도 그대가 되어 이 원더보이가 쓴 편지를 읽어보란 말이야."

선재 형은 큰 소리로 편지를 읽었다.

"가을이 계절의 무대에서 내려가고 나자, 막간극에 나온 피에로처럼 무표정한 얼굴을 하고 11월이 찾아왔습니다. 새벽에 일어나 하얀 입김을 토해내며 뒷산에 올라가노라면 무대로 바짝 내려온 커튼처럼 두터운 안개가 계곡 쪽의 집들을 뒤덮은 풍경이 보입니다. 겨울이 찾아오기 전에 죽어야만 하는 귀뚜라디처럼, 불현듯 뒷모습을 보이는 가을이 나는 못내 서운하기만 합니다. 당신이 여기 없으니 잎을 모두 떨어뜨린 11월의 나무들처럼, 그리하여 초록빛을 잃어버린 산들처럼, 어스름 무렵이면 농가의 굴뚝에서 솟구치는 외줄기 연기처럼 나는 내 마음 속 가 닿을 수 있는 가장 깊은 곳의 그리움만큼 외로워집니다. 말라가는 시냇물처럼 내 말수는 줄어듭니다. 가난한 내 언어의 재산목록에는 보고 싶다는 말, 그저 보고 싶다는 그 말만 달랑 남았을 뿐입니다. 오늘도 노을이 지는 저녁 하늘로 새들을 자유롭게 풀어놓습니다. 당신이 오지 않으니 새를 잡아서 무엇하겠습니까? 속히 돌아오세요. 연천에서 기다리겠습니다."

"저 편지, 네가 쓴 거니?"

강토 형이 물었다. 하지만 나는 당황스러워서 어쩔 줄을 몰랐다. 선재 형이 그 편지를 읽는 동안, 무던히 애를 썼지만 아빠 얼굴이 생각나지 않았기 때문이다. 어떻게 생겼었는지 전혀 생각나지 않았다. 아빠의 얼굴은 생각나지 않고 아빠가 했던 말은 금방 떠올랐다. 어떤 얼굴을 잊고 싶어서 술을 마신다던 그 말. 그 말이 사실이었네.

*

그 편지는 내가 쓴 게 아니었다. 누가 쓴 편지인지 알려면 아빠의 수첩을 다시 읽어야만 한다. 김상혁 병장은 새들이 어디에 많은지 손바닥을 들여다보듯이 잘 알고 있었기 때문에 트럭을 타고 이동해 한 지역에 며칠씩 머물면서 새들을 싹쓸이했다고 아빠는 썼다. 꿩, 오리, 멧비둘기, 들꿩, 댕기물떼새 등 먹을 수 있는 조류는 물론이고 어치, 콩새, 직박구리, 노랑지빠귀, 개똥지빠귀, 멧새 등 잡아봐야 그다지 큰돈이 되지 않는 작은 새들과, 심지어는 두루미 같은 천연기념물까지 닥치는 대로 잡아들여 종로5가와 숭인동 등지의 밀매업자들에게 마대째로 팔아넘겼다. 김상혁 병장은 새잡이 전문이라 총 대신에 그물과 독극물만을 사용했는데, 아빠는 그를 따라다니면서 열심히 기술을 익혀 일 년 만에 조류 밀렵의 세계에 완전히 눈뜨게 됐다. "중요한 것은 정확한 포획 지점과 인내심, 오직 인내심뿐이다"라고 아빠는 수첩에 적어놓았다. 훌륭하시도다. 그 시절에 수첩을 꼬박꼬박 적을 수 있었던 건 그렇게 인내심을 발휘할 시간이 많았기 때문일 것이다.

하지만 그 일 년 동안, 아빠 몫으로 돌아오는 돈이 그다지 많지 않았으므로(아빠의 기록에 따르면, 일을 배우는 입장이었기 때문에 그 비율은 2대 8이었다), 시간이 흐르면서 두 사람은 종종 이익을 분배하는 일을 두고 말다툼을 벌이기 시작했다. 불법행위를 직업으로 삼는 사람들이 흔히 그렇듯이 그런 일에는 말보다 주먹이 앞서게 마련이었고, 아무래도 군대에서 선임이자 일을 가르치는 쪽이었던 김상혁 병장이 주먹을 휘두르는 것으로 그 다툼은 끝나곤 했다. 그러나 일 년이 채 지나기 전에 장비를 챙겨두는 아지트 삼아 두 사람이 머물던 양평의 비닐하우스에서 아빠는 그 문제를 다시 꺼냈고, 역시 주먹으로 그 문제를 풀려던 김상혁 병장의 머리통을 양동이로 내려쳐 실신시키고 말았다. 그길로 든 37,650원과 제일 좋은 그물과 독극물 여러 병을 챙겨서 도망치는 것으로 아빠는 밀렵계에서 독립하는 데 성공했다.

이야기가 이상해지는 건 그때부터다. 그러니까 1968년 9월부터의 일기다. 아빠에게 가장 큰 문제는 아무리 많은 새를 잡는다고 해도 그걸 서울의 밀매업자들에게 운송할 방법이 없다는 점이었다. 일 년 동안 자기 몫도 제대로 챙기지 못하고 머슴처럼 묵묵하게 일했으니, 퇴직금으로 김상혁 병장의 트럭 정도는 가져갔다면 좋았으련만. 그래서 아빠는 전국으로 돌면서 조금씩 새를 잡아서 인근 시장 상인들이나 술집에 파는 방법을 택했다. 어차피 수요가 제한적이니 돈을 많이 벌 수도 없었고, 그저 하루하루 먹고사는 정도에 불과했다. 그런 주제에 아빠는 "적수공권의 청춘이지만, 사나이 포부는 하늘을 뒤덮고도 남는다. 내일은 오늘과 다르리라 희망하며 죽는 날까지 화이팅"이라고 일기에 썼다. 그러다가 새 잡는 사업이 비약적으로 확장하기 시작한 것은 연천군 전곡읍의 다방에서 한 여자를 만나면서부터다.

임진강과 비무장지대가 가까운 그 일대는 경계를 서는 군인들이 많아 밀렵 도중에 붙잡히거나 지뢰나 기타 폭발물로 다칠 위험도 많았지만, 그런 만큼 인적이 드물어 좀체 잡기 힘든 고가의 새들을 잡기도 쉬웠다. 커피를 마시는데, 멀쩡하게 생긴 젊은 여자가 다방 레지들을 상대로 새를 전문으로 잡는 밀렵꾼을 수소문하고 있었다. "경찰이라기에는 좀 예뻤고, 설사 경찰이라고 하더라도 일단 말이나 붙여보자는 생각에", 아빠는 자기가 남한에서 제일 유명한 새잡이를 알고 있다며 대화에 끼어들었다. 여차하면 김상혁 병장을 소개할 생각이었는데, 여자는 반색하며 자기가 좀 어려운 처지에 놓여 도움이 필요하니 그 사람을 소개해달라고 부탁했다. 그 환한 눈빛에 반해서 아빠는 그만 자기가 바로 그 사람이라고 대답했다. "환한 사람, 밝고 환한 사람." 그날 일기의 마지막 구절이었다. 밝고 환한 사람. 어떤 여자.

그 여자를 만난 뒤부터 아빠는 아주 꼼꼼해졌다. 예를 들어 1968년 9월 19일, 하루 동안 두 사람이 잡은 새들의 이름과 마리 수는 다음과 같았다. 알락할미새 153마리, 제비 203마리, 꼬까참새 31마리, 멧새 251마리, 흰배멧새 51마리 등등. 그전까지는 불법적인 사냥이었으니까 그런 건 적고 싶지 않았을 것이다. 하지만 그 여자를 만나고 난 뒤부터 아빠는 성실한 밀렵꾼이 됐으니 그 이유야 따져서 무엇하겠는가. 하루치 일기에 적은 양이 그 정도였으니 그날부터 스무 날 남짓 아빠가 수첩에 적은 새들의 숫자를 모두 합하면 1만 마리는 넘을 것이다. 휴전선을 넘나들며 민간인 출입통제지역의 평화를 만끽하던 텃새와 철새 들은 전쟁보다 더한 날벼락을 맞은 셈이었다. 적수공권의 청춘이지만 사나이 포부는 하늘을 뒤덮고도 남는다더니, 그 포부를 펼쳐 새란 새는 다 잡아들일 모양이었다.

그리고 10월, 여자는 서울로 돌아갔다. 새들의 이름과 마릿수를 적은 수첩의 여백에는 나중에 쓴 것으로 보이는 글자가 적혀 있었다. "인생에서 가장 행복한 시절을 보내고 있다는 사실을 그때 알았더라면." 그리고 갈피에는 그 여자에게 보내지 못한 그 편지가 들어 있었다. 그 편지를 읽는데 눈물이 나는 건 어쩔 수 없었다. 그런 일들은 그냥 모르고 살았으면 좋았을 것을. 권대령이 원망스러웠다. 이런 내용이 담긴 수첩일랑 편지를 태울 때 같이 없애버리면 좋았을 것을. 나도 새들처럼 그때 병원에서 독극물을 마시고 죽었으면 좋았을 것을. 그러면 이런 뒷이야기 같은 건 몰랐을 텐데 말이다. 오매불망 꿈에서도 그토록 그리던 엄마인데, 그런 엄마와 아빠가 부부 밀렵꾼이었다니. 엉엉.

어떻게 새들은 집단학살을 피해 저 하늘을 자유롭게 날아다 닐 수 있게 됐는가?

겨울의 초입, 서울의 아침은 그 서늘한 공기만큼이나 내게 선명한 인상으로 남아 있었다. 입김이 서린 버스 유리창, 빨간불이 바뀌길 기다리며 서 있는 한 무리의 직장인들, 엇비슷한 헤드라인을 달고 가판대에 얌전하게 꽂혀 있는 조간신문들, 하얀 김이 모락모락 피어오르는 샌드위치 노점, 이따금 새파란 하늘을 가로질러 날아가는 검은 새들…… 그 풍경이 내 기억 속에서 흐릿하거나 희미한적은 단 한 번도 없었다. 이런저런 생각 끝에 내복 차림의 아빠가이를 닦으며 우물우물 뭐라고 소리치면서 잠에 취한 나를 깨우던, 어느 평범했던 12월의 아침이 떠올랐다. 이제 나는 그때 아빠가 칫솔을 입에 물고 뭐라고 말했는지 무척 궁금했다. 뭐 대단한 말은아니었을 것이다. 아마도 게으름을 피우지 말라거나, 이러다가는지각한다거나, 뭐 그런 말이었을 것이다. 혹은 나는 새벽부터 일하느라 고생하는데 아드님은 이렇게 잠만 퍼질러 주무신다? 모르겠다. 다시 그 시절로 돌아간다면 얼른 일어나 아빠의 손에서 칫솔을 뺏은 뒤, 똑똑하게 말씀하시라구요, 라고 얘기할 것 같다. 그런 사소한 일들까지도 이렇게 아쉬움이 남을 줄 알았다면 말이다.

"그건 네가 글을 읽을 줄 몰라서 그런 거지."

강토 형의 충고대로 재진 아저씨에게 아빠의 수첩을 보여주자, 다섯 권의 수첩을 속독으로 다 읽고 나더니 그는 무슨 소리인지 알겠다며 알 듯 말 듯한 표정을 짓고는 같이 가볼 데가 있다고 내게 말했다. 횡단보도 앞에 서서 초록 신호를 기다리는 동안, 그 일이 생각나, 그건 우리 아빠의 수첩인데 왜 나는 아저씨처럼 모든 게 명확하지 않느냐고 물어보자, 그런 대답이 돌아왔다.

"해직당할 때는 다 이유가 있었던 모양이네요. 매사에 성의 있게 말씀하시면 좀 좋아요? 아니, 스페인 말도 아니고 멕시코 말도 아닌데, 제가 왜 글을 읽을 줄 모른다는 거죠?"

"그게 그거야. 스페인 말이나 멕시코 말이나."

"제 말이. 그런데 왜 제가 읽지 못한다는 건가요?"

"한국말이라고 해서 무슨 뜻인지 다 알 수 있는 건 아니니까. 그건 네가 더 잘 알 텐데. 다른 사람의 마음을 들여다본다고 해서 그 사람이 뭘 원하는지 알 수 있는 건 아니라는 걸. 그건 이런 이유 때문이야. 대부분의 사람들은 자기가 뭘 원하는지도 모르고 살거든. 일단 나한테 책 읽는 방법부터 배우는 게 좋겠어. 이걸 배우려면 십 년은 내 밑에서 밥 짓고 걸레질해야 하지만, 지금 네 처지가 부모님을 원망할 정도로 불우하게 됐으니까 특별히 속성으로 가르쳐

주마. 이건 내가 평생을 바치고 나서야 알게 된 비법이야."

신호가 바뀌어 길을 건너는 동안 재진 아저씨가 말했다.

"나는 그런 거 싫은데…… 평생을 바치는 일 같은 거. 이삼 년 정도면 모를까, 평생이라면 너무 지겹지 않을까요?"

"좋아하는 게 하나라면 평생이라도 짧지."

"이상하네. 좋아하는 게 많아야 평생이 짧은 거 아닌가요? 하나뿐이라면 지겨울 정도로 길 것 같은데요."

"그러니까 너는 하나만 알고 둘은 모르는 것이고, 한국말을 읽어도 무슨 소리인지 알지 못하는 것이지. 어쨌든 오늘 우리가 해야 하는 일과도 관계가 있으니까 잠깐만 귀를 빌려주길 바란다. 책을 잘 읽는 첫번째 방법. 책 읽기 전에 먼저 자기가 아는 것은 무엇이고 모르는 것은 무엇인지 알아야만 한다."

재진 아저씨가 덜덜 떨면서도 오른손 집게손가락을 들고 말했다.

"아는 것을 아는 것이야 누워서 떡을 먹는 일이지만, 모르는 것을 안다는 건 도대체 무슨 껌 씹는 소리인가요?"

"비유가 모두 먹는 이야기로 돌아가는 걸 보니 네가 지금 배가 고프긴 한 모양이구나. 조금만 기다려라. 서울에서 제일 맛있는 순댓국밥을 먹여줄 테니까. 계속 말하자면, 책을 잘 읽기 위해서는 책을 읽기 전에 최소한 자기가 뭘 모르는지 알고 있어야만 한다는 얘기다. 그래야지 보통은 가는 거야. 자, 세 사람이 있다고 치자. 바보와 모범생과 천재."

"그러니까 선재 형과 아저씨와 천재적인 저."

"아무려나. 책을 읽을 때 바보는 자기가 아는 것만을 읽고, 모범생은 자기가 모르는 것까지 읽는다. 그리고 천재는……"

"안 읽어도 다 알기 때문에 그 시간에 잠을 잔다."

내가 자꾸 끼어드는데도 화를 내지 않고 아저씨가 계속 말했다.

"저자가 쓰지 않은 글까지 읽는다. 보이지 않는 겹들을 보고, 말하지 않은 것들을 듣는다."

"아, 아저씨하고 강토 형은 초능력에 너무 관심이 많다니까요. 육백만불의 사나이와 소머즈라도 되는 양."

"그런 얘기가 아니야. 책을 읽는 방법에 대한 이야기지. 책이 있으면 먼저 그 책을 만져보는 거야. 킁킁대며 냄새도 맡아보고, 한 귀퉁이를 찢어서 씹어보기도 하지. 그러면 대충 어떤 책일지 감이 올 거 아니겠니? 그러면 책을 펼쳐서 작가의 말을 읽어보고 목차도 살펴보지. 대부분의 책에는 앞뒤 표지에다가 뭔가 적어놓았을 텐데, 거기 적힌 글들을 읽으면 대개 무슨 내용인지 90퍼센트 정도는 알게 돼. 그다음에는 책을 덮고 상상하지. 그 책의 주제와 관련해 내가 알고 있는 건 무엇이고, 모르는 건 무엇인가? 만약 내가 이렇게 목차를 정하고 글을 쓴다면 어떤 내용으로 면을 채울 것인가? 그렇게 궁리하고 난 뒤에 책을 읽게 되면, 자기가 무엇을 몰랐는지 더욱 명확하게 알게 되지. 그런 점에서 책을 읽는 일차적인 목표는 자신이 뭘 모르는지 확실하게 아는 일이야."

방패를 들고 선 전투경찰들 사이를 빠져나간 뒤, 아저씨는 말을 끊고 길을 살폈다. 아저씨가 큰길의 한쪽으로 놓인 골목으로 들어갔다.

"그다음부터는 자기가 몰랐던 부분만을 반복해서 읽는 거야. 한 글자 한 글자 놓치지 않고. 완전히 이해할 때까지. 여기까지는 모범생들이 하는 책 읽기지. 그런데 이 방법을 적용하지 못하는 위대한 책들이 있어. 그건 바로 문학작품들이야. 그래서 어떤 책을 썼든 문학작품을 쓰지 못한 모든 저자들은 실패한 작가라는 말도 있는 거야. 그다음 단계로 나아가면 이 문학작품들도 이해하는 데 아무런 문제가 없지. 그러니까 천재의 책 읽기. 천재적으로 책을 읽으려면 작가가 쓰지 않은 글을 읽어야만 해. 썼다가 지웠다거나, 쓰려고 했지만 역부족으로 쓰지 못했다거나, 처음부터 아예 쓰지 않으려고 제외시킨 것들 말이지. 그것까지 모두 읽고 나면 비로소 독서가 다 끝나는 거야. 책을 다 읽는 일은 하루면 끝나는 것인데, 평생 읽어도 다 읽지 못하는 책이 이 세상에 수두룩한 까닭은 바로 그 때문이지."

"그럼 『지금도 말할 수 없다』는 천재적인 책이 되겠군요."

"이제 말이 좀 통하네."

골목을 한참 걸어간 아저씨는 종로구청 뒤 골목길에 있는 허름한 식당으로 들어갔다. 순댓국과 파전을 파는 집이었다. 이른 점심을 먹으러 온 직장인들이 벌써 구겨진 넥타이처럼 몸을 구부리고 의자에 앉아서 신문을 읽거나 라디오에 귀를 기울이고 있었다. 아저씨는 순댓국을 두 그릇 주문했다.

"그럼 이제 네 아빠의 수첩을 읽어보자. 1968년드 수첩을 줘봐라."

내가 수첩을 건네자, 아저씨는 중간 부분을 펼쳤드.

"먼저 나는 바보의 방식으로 여기 적힌 걸 읽어보겠다. 여기, '꼬까참새 31마리 HONGKONG C7655'에서 'HONGKONG C7655'라는 이 부분. 이게 뭘 뜻할 것 같으냐?"

"혹시 그 참새들을 잡아서 홍콩에다가 팔았다는 뜻일까요?"

"들기로는 홍콩에서는 안 파는 게 없다고 하더라마는, 그렇다고 꼬까참새를 한국에서 수입할 정도로 형편이 궁하지는 않을 거야."

"그럼 이건 뭘까요? 홍콩반점 같은 데다가 몰래 팔았던 걸까요? 암튼 아빠는 뭐든 팔았으니까요. 그건 제가 잘 알아요."

내 말에 재진 아저씨는 웃음을 터뜨렸다.

"이게 뭔지는 내가 아니까 얘기해주지. 이건 알루미늄 가락지를 말하는 것이다."

"알루미늄 가락지? 그게 뭔가요?"

"말하자면 철새들의 주민등록증이라고나 할까. 조류학자들은 이동경로를 연구하기 위해서 철새들의 다리에 알루미늄 가락지를 부착하지. 너는 어디서 와서 어디로 가니? 철새들에게 그렇게 물어볼 수는 없는 노릇 아니겠니? 그렇게 가락지를 부착해놓으면 다음에 계절이 바뀌어 철새들이 어디론가 이동하더라도 경로를 추적할 수 있지. 조류학자들은 탐조활동을 하다가 가락지가 부착된 철새를 발견하면 그 가락지를 부착한 사람에게 철새가 어디까지 날아왔는지 통보해준다. HONGKONG이라고 표시됐다면, 그건 1960년대 후반에 남한, 그러니까 우리나라에서 부착한 가락지라는 뜻이다. 그때는 공산권 학자들과 원활하게 소통하기 위해서 홍콩에다가 가락지를 회수하는 사서함을 두고 있었거든. 그러니까 네 아빠는 네가 엄마라고 생각하는 그 여자와 동업으로 밀렵사업을 한 게 아니라 철새를 포획해 가락지를 부착하는 일을 했던 것이지. 여기까지가 바보의 글 읽기다. 어, 밥 나오네."

"그런 게 바보의 글 읽기라면, 모범생은, 천재는 도대체 어떻게 글을 읽는단 말인가요?"

내가 눈을 동그랗게 뜨고 되물었다. 내 눈앞으로 수천수만 마리의 새들이, 발목에 가락지를 매단 알락할미새, 제비, 꼬까참새, 멧새, 흰등밭종다리, 흰눈썹울새 들이 대지를 박차고 하늘 높이 솟구쳐오르는 광경이, 그리고 그 새들 아래로 두 사람이, 그 새벽의 약속처럼 오래전부터 서로 만나기로 돼 있었던 두 젊은 남녀가 서 있는 모습이 보였다.

"일단 배부터 채우고 모범생과 천재의 단계로 넘어가도록 하자."

"정말 대단하네요."

그때 재진 아저씨가 무슨 말을 했든, 나는 그렇게 대답했을 것이다. 정말 대단하네요.

*

그해에도 어김없이 봄은 다시 찾아오고 벚꽃은 만발했다. 아니, 만발했을 것이다. 솔로 앨범을 준비하던 폴 매카트니는 비틀스가 해산했다고 공식적으로 발표했고, 그다음 날 끔찍한 우주선 사고가 예정돼 있다는 사실을 알지 못한 채 아폴로13호는 케네디 우주센터를 출발해 달로 향했다. 또 뭐가 있었더라? 아, 이스라엘의 전투기가 수에즈 운하 근처의 국민학교를 폭격했고, 일제시대 때 세브란스 병원의 초청으로 한국에 들어온 뒤 평생 한국인들을 도우면서 살았던 캐나다인 의사 프랭크 스코필드 박사가 운명했다. 세상에서 그런 일들이 일어나는 동안, 나는 엄마의 뱃속에서 이리저리 몸을 배배꼬면서 편안한 나날을 보내다가 마침내 세상 속으로 나와 목 안에 가득했던 엄마의 양수를 토해내면서 첫번째 울음을 터뜨렸다. 그리고 내 몸은 신비스러운 지구의 공기로 가득 찼을 것이다. 그 엄청난 생명의 기운으로. 그 안에 든 질소와 산소와 이산화탄소 같은 것들이 원자와 분자의 형태로 내 입안에 밀려들었을 것이다. 당연하게도 나는 그 첫번째 공기의 맛을 기억하지 못한다. 첫번째 눈물과 첫번째 웃음을, 그리고 처음으로 본 엄마의 모습을 기억하지 못하는 것처럼.

그때, 나는 어떤 스타디움을 생각하고 있었다. 그 스타디움은 클 것이다. 엄청나게 거대할 것이다. 그 기둥은 웅장하고 위엄이 넘칠 것이며 천장은 하늘에 가 닿을 것이다. 지구만큼 거대한 그 스타디움의 관중석에는 지금까지 지구에서 살다가 죽은 모든 생명체가 앉아서 경기를 관람하고 있다. 거기에선 지금 살아 있는 모든 사람들이 모여서 이어달리기 경기를 펼치는 중이다. 나는 이제 막 첫번째 공기를 들이켠 아이들 사이에 서 있다. 내 옆에 선 아이를 향해 달려오는 사람은 한국 이름 석호필, 다름아닌 내가 태어날 무렵에 죽은 그 캐나다인 의사다. 81세가 된 그의 몸으로는 삶의 기쁨과 슬픔과 행복과 고통이 모두 지나가 이제는 점점 고요해지고 있다. 나는 고개를 빼고 내게 배턴을 건네줄 선수가 누구인지, 내게도 삶의 기쁨과 슬픔과 행복과 고통을 전해줄 사람이 누구인지 찾는다. 아휴, 빨리 빨리 빨리. 빨리 좀 오지. 나는 소리친다. 그리고 저 멀리서 우는 듯 웃는 듯 한 사람이 이상한 표정을 지으며 다가온다. 마침내 내 얼굴을 봤다는 사실이 기뻐서, 하지만 그게 이번 생에서 보는 마지막 얼굴이라는 걸 깨닫고 고통으로 마비된 채. 엄마가. 나의 엄마가.

"안 돼!"

내가 고개를 흔들면서 소리치자, 옆에 앉아 있던 재진 아저씨가 깜짝 놀란 눈으로 나를 쳐다봤다. 우리는 한 신문사 자료실에 앉아서 내가 태어날 무렵에 발행된 신문과 잡지들을 훑어보고 있었다. 아저씨의 말에 따르면, 그런 게 모범생의 글 읽기란다. 왜 모범생들에게 가장 잘 어울리는 패션이 알이 두꺼운 안경인지 분명히 깨닫게 된 순간이었다. 양쪽 눈의 시력이 2.0인 내가 모범생이 되는 일은 절대로 없을 것만 같았으므로 나는 모범생 단계는 생략하고 곧장 천재의 글 읽기로 넘어가려던 참이었다. 그러니까 아빠가 수첩에 썼다가 지웠거나, 쓰려고 했지만 역부족으로 쓰지 못했거나, 처음부터 아예 쓰지 않으려고 제외시킨 것을 읽는 일. 모든 인류가 들어가서 이어달리기를 하는 스타디움 같은, 꿈속에서만 읽을 수 있고, 마음으로만 들을 수 있는 이야기들. 점심으로 재진 아저씨의 순대까지 다 먹고 난 뒤에 한문투성이 옛날 신문을 읽다가 나는 그런 식으로 천재의 글 읽기를 실천하고 있었다.

"잠이 부족한 모양이구나."

"그게 아니라……"

겸연쩍은 마음에 나는 하품을 하면서 침이 묻은 옛날 신문을 가리켰다.

"여기 이스라엘 전투기가 이집트의 국민학교를 폭격했다잖아요. 모범생의 글 읽기가 이미 우리가 알고 있는 정답에 대한 질문을 찾아가는 과정이라면, 이건 과연 무슨 질문에 대한 대답일까요? 말씀해보시죠, 모범생 아저씨."

"응, 그건 말이지, 우리가 사는 세계는 몇개인가에 대한 대답이야. 어느 날, 우리 머리 위로 전투기가 날아와서 폭격하게 되면, 그렇게 해서 우리의 가족이나 친구들이 죽는 걸 목격하게 되면, 우리는 비로소 그 질문에 대한 대답을 알게 되지. 우리가 사는 세계는 단 하나뿐이라는 걸. 다른 세계가 있으리라는 건 환영일 뿐이야. 우리에겐 오직 이 세계뿐이야."

"머리 아파요."

"자다가 두통이 생겼나보구나. 그래서 난 원래 초능력 같은 건 믿지 않아. 네가 텔레비전에 출연한 걸 보고 강토가 내게 와서 너에 대해서 말할 때도 나는 왜 죽음에 가까이 간 사람들은 공통된 감각의 변화를 겪는지에 대해서만 궁금했을 뿐이야. 후천적으로 시력을 잃은 사람들의 사례를 살펴보면 시력을 완전히 상실한 뒤에도 계속 뭔가를 본다고 해. 감각을 담당하는 기관은 사라져도 감각을 수용하는 능력은 살아 있으니까. 입을 틀어막고 있어도 우리는 끊임없이 뭔가를 말하잖아. 마찬가지 일이지. 예를 들어 쇼스타코비치 같은 작곡가는 왼쪽 뇌실腦室 관자뼈 부분에 탄환 부스러기가 들어 있어서 머리를 한쪽으로 기울일 때면 늘 음악소리를 들을 수 있었다고 하지. 그 사람은 그 음악소리를 들으며 주옥같은 곡들을 작곡했던 거야."

아저씨가 알이 두꺼운 안경을 추어올리면서 말했다.

"정말 머리가 빠개지는 것 같아요."

"사람들이 너에 대해서 말하는 걸 여러 번 들었다. 그건 초감각이라고 하는 거야. 몇 단계를 뛰어넘는 감각이지. 입을 통하지 않고 말한 소리가 귀를 통하지 않고 들리는 것과 마찬가지지. 감각기관을 통하지 않고 감각하는 거야. 사람들은 정말 대단한 능력이라고 말하겠지만, 그건 어떤 경우에는 누구나 가질 수 있는 능력이기도 해. 아무나 어두운 밤에 혼자서 공동묘지를 찾아가면 반드시 뭔가를 보고 듣지. 공포로 마비된 감각기관들이 엉망진창으로 움직이게 되니까. 하지만 이 세계가 하나뿐이라는 사실을 경험하고 나면, 그런 환상의 감각에서 벗어날 수 있어."

"하지만 아저씨는 출석부 같은 것으로 머리통을 후려치지 않아도 이렇게 머리 빠개지게 만들 수 있는 능력을 가졌잖아요. 이런 고통도 환상이라는 말씀인가요?"

"아직 너의 초능력을 과학적으로 밝힐 수 있는 이론들은 하나도 설명하지 않았는데?"

"잘못했어요. 차라리 이 신문을 한 글자도 빼놓지 않고 다 읽겠어요."

"좋아. 그럼 다음에 설명해주지. 어쨌든 네가 왜 이 세상에 태어났는지에 대한 질문은 찾아냈니?"

아저씨가 물었다. 순댓국에서 순대를 건져내면서 그는 모범생의 글 읽기란 답이 아니라 질문을 찾아내는 것이라고 말했다. 전국의 모든 열일곱들이여, 그게 무슨 귀신 씻나락 까먹는 스리냐고 내게 항의하지 말기를 바란다. 그렇다고 그 아저씨에게 그게 무슨 뜻인지 자세히 설명해달라고 말했다가는 여러분들도 골이 빠개지는 고통을 겪을 것이다. 아저씨가 한 말을 그대로 옮기자면, 다음과 같았다. "정답이야 세상에 널려 있잖아. 네 아빠의 비망록에도 이미 다 나와 있고. 1968년에 네 아빠와 엄마는 처음 만났고, 그래서 네가 태어났어. 그게 정답이지. 우리가 모르는 건 그 정답에 대한 질문이야. 네가 태어난 게 정답이라면 원래 질문은 뭐였을 것 같니? 세상의 모든 비밀들은 그렇게 거꾸로 거슬러올라가야지 밝혀낼 수 있는 거야." 정답이 세상에 널려 있다고요? 그럼 그 수많은 시험문제들은 도대체 뭐란 말인가? 그게 아니라면 결코 짧지 않은 내 열일곱 인생 동안 맞닥뜨린 그 수많은 문제들은 또 무엇인가? 국가와 민족을 위해 자기 재산을 불려나가는 권대령이며, 늘 스테레오 사운드로 말해야 하는 검은 양복의 쌍둥이들, 혹은 아직도 자기가 영어회화를 제대로 하지 못해서 미국 유학을 떠나지 못하는 것이라고 철썩같이 믿고 있는 이만기까지. 게다가 이제 자기 안에 여자 같은 건 없다면서도 점점 예뻐지기만 하는 강토 형의 존재는 또 무엇이며, 서울에서 제일 맛있는 순댓국집에 가서는 순대를 건져내고 국물만 먹는 그 아저씨의 정체는 또 무엇인가? 그 무엇보다도 내게는 온 인류의 머리를 총동원해도 풀 수 없는 가장 큰 문제, 그러니까 엄마는 누구냐는 질문이 남아 있지 않은가? 그 질문을 모두 피해간다고 해도 마지막 질문은 남아 있었다. 도대체 나는 왜 이 세상에 태어났는가? 그건 답이 아니라 질문이란 말이다. 제기랄.

"제가 태어났다는 사실이 정답이 되는 질문이라던 아주 간단한 것이죠."

"뭔데?"

"무지무지 예쁜 여자애들이 한데 모여서는 이렇거 외치는 거죠. 내가 사랑할 미래의 남자는 누구입니까? 정답은 막 태어난 나."

"음, 네가 태어난 게 답이라면 원래 질문은 무엇이었을까를 추론하는 일은 절대로 초능력이 아니지만, 한편으로 그것은 너의 초감각처럼 말하지 않은 소리를 귀가 아닌 머리로 듣는 일과 다르지 않은데……"

"아, 제발, 제발, 제발. 잘못했어요. 농담이었어요. 진짜 제가 생각한 질문은 이거예요. 엄마와 아빠의 인생이 불행해진 이유는?"

내가 말했다.

"너라는 사랑의 열매가 태어났기 때문이라는 건가?"

"풋, 사랑의 열매. 열매라면 슬프고 우울한 열매겠죠. 이런 꼴이 되려고 태어나겠다고 생각하는 아기는 없을 테니까요."

"이런 꼴이라면 어떤 꼴을 말하는 거지?"

나는 아저씨를 보면서 우는 듯한 표정을 지어 보였다.

"태어나자마자 엄마는 죽고, 평생 술 취하기만 하면 새 잡던 독극물을 아들 앞에서 흔들며 엄마를 찾아가겠다고 소리치던 아빠와 고작 십사 년을 살다가 나무에서 뚝 떨어진, 설익은 열매 말이죠."

"그럼 그건 정답이 아니지. 장차 설익은 열매 꼴이 되리라고 생각하며 아이를 낳는 엄마는 이 세상에 없을 테니까."

"맞아요. 제 인생은 오답투성이였어요. 시험기간마다 뼈저리게 느꼈던 사실이에요."

"그건 답이 잘못된 게 아니라 질문이 잘못된 것이겠지."

"그럼 모범생 아저씨는 어떤 질문을 생각하시나요?"

"지금 한참 읽고 있는 중이었다. 아주 예전에 본 기사라 가물가물했지만, 확실히 내가 본 게 맞기는 맞다. 이 기사에 따르면, 올바른 질문은 이런 거야. 벚꽃은 왜 피는 것일까?"

읽고 있던 잡지를 가리키며 아저씨가 말했다.

"벚꽃은 왜 피는 것일까? 내가 태어날 줄 알고. 뭐, 그런 이야기인가요? 모범생의 정신세계는 역시 상상을 초월하는군요."

그렇게 나는 말했지만……

*

벚꽃은 왜 그토록 아름답게 피어나는 것일까? 그 질문에 대한 답을 구하기 위해서는 다음과 같은 사실들을 알아야만 했다. 봄바람에 실려서 하나둘 하얀 꽃잎들이 눈송이처럼 떨어지고 나면, 숲은 녹음의 시절로 들어간다. 그 푸른 그늘 아래에서는 수많은 생명체들이 첫 숨을 들이켠다. 그중 하나가 여름을 북쪽 지방에서 보내는 북방쇠찌르레기들이다. 머나먼 남쪽 바다를 건너서 한국까지 날아온 북방쇠찌르레기들은 5월 중순이 되면 암수가 함께 둥지를 틀어 그 안에다 알을 낳는다. 달이 차오르는 시간 정도 어미가 알을 품고 나면 새끼들은 세상 바깥으로 하나둘 나오기 시작한다. 암놈과 수놈은 힘을 합쳐 그 새끼들을 십팔 일 정도 기른다. 그러면 이제 달력은 한 장이 넘어가 시간은 6월로 접어들고 시원한 빗줄기와 뜨거운 햇살이 번갈아 크고 작은 나무와 풀을 기르는 계절이 찾아온다. 하지만 북방쇠찌르레기 새끼들을 기르는 건 전적으로 어미의 몫이다. 어미는 명나방의 유충이나 기타 곤충들을 물고 와 배가 고프다고 졸라대는 새끼들의 부리 속으로 밀어넣는다. 이때 누군가 둥지 속의 새끼들이 얼마나 자랐는지 궁금하다며 나무를 기어올라간다면 그를 끌어내린 뒤 벚나무를 보라고 충고하는 게 좋을 것이다. 버찌가 점점 검게 익어간다면 이제 새끼들이 둥지를 떠날 만큼 충분히 자랐다는 뜻이다. 이때가 되면 어미는 새끼들이 혼자 찾아서 먹어야만 할 먹이인 버찌를 물고 오기 시작한다. 배가 고픈 새끼들은 노란 부리를 벌리고 어서 둥지로 들어와 먹이를 달라고 어미에게 소리치지만, 먹이를 이용해서 둥지 바깥세상으로 새끼를 나오게 하려는 어미의 노력이 실패하는 일은 거의 없다. 그렇게 해서 북방쇠찌르레기 새끼들은 처음으로 날갯짓을 하며 날아오른다. 그렇게 해서 새끼들은 그동안 어미가 물고 오던 버찌를 스스로 찾아 먹는 법을 배우고, 어미와 마찬가지로 남쪽 바다를 건너갈 준비를 마치게 된다. 그러니까 봄에 아름답게 피었다가 진 벚꽃의 열매를 먹으며.

벚꽃이 그토록 아름답게 피는 까닭은 바다를 건너갈 수 있을 정도로 여름의 북방쇠찌르레기 새끼들을 건강하게 키우기 위해서라는 사실을 내게 가르쳐준 사람은 재진 아저씨가 아니라, 그 아저씨가 기억해낸 잡지 기사 속, 흐린 망점으로 찍힌 흑백사진의 어느 대학원생, 그러니까 1968년 무렵 연천군 부근에서 북방쇠찌르레기를 비롯한 수많은 철새들의 다리에 가락지를 부착하는 작업을 하던 젊은 여자였다. 나는 아무런 마음의 준비도 없이 방심한 상태에서 아저씨가 내미는 그 사진을 보게 됐다. 사진 속에서 그 여자는 수줍은 표정으로 미소를 지으며 둥지에서 꺼낸 새끼 북방쇠찌르레기 세 마리를 두 손에 올려놓고 사진기 렌즈를 향해 내밀고 있었다. 새끼들은 눈을 감은 채, 하늘을 올려다보며 입을 벌리고 있었다. 아마도 그 여자의 머리 위에서는 어미가 그 곁을 떠나지 못하고 연신 울어대고 있었을 것이다. 나는 그 사진을 보고 또 봤다. 마치 내 눈앞에 그 얼굴이 있기라도 하다는 듯이 손끝으로 사진을 만지고 또 만졌다. 세 번에 걸쳐서 글자 하나, 구두점 하나 빼놓지 않고 그 기사를 읽고 또 읽었다. 그러고 나는 아무 말 없이 자리에서 일어나 문을 열고 바깥으로 나갔다. 아직 불이 들어오지 않은 복도는 어둠침침했고, 그 끝 창가에는 한 사람이 창밖을 내다보면서 담배를 피우고 있었다. 나는 좌우를 두리번거리다가 비상구의 문을 열고 나갔다. 거기 계단으로 차가운 바람이 불어왔다. 나는 계단에 앉아서 양팔로 무릎을 감싸고 거기에 얼굴을 묻었다. 이따금 계단의 아래쪽에서, 혹은 위쪽에서 누군가 문을 열고 나와서는 계단을 올라가거나 내려가는 소리가 들렸고, 다시 문이 닫히는 소리가 들렸다. 어딘가에서 문이 열리고 닫힐 때마다 마치 보이지 않는 끈으로 연결된 것처럼 내가 열고 나온 문이 들썩거렸다. 바람이 지나간 자취를 따라 소리들이 움직였다. 그 소리들을 들으며, 그리고 그 소리들이 희미해져 사라지는 동안, 나는 고개를 수그린 채, 쏟아져내리는 하얀 꽃잎 같은 것들을 생각하며 앉아 있었다. 마침내 재진 아저씨가 문을 열고 나를 찾아올 때까지.

"수고하셨지만, 나하고는 하나도 안 닮은 사람이네요. 나는 저렇게 웃는 법을 모르거든요. 난 잘 우는 사람이지, 웃는 사람이 아니에요. 게다가 새라면 통닭 빼고는 딱 질색이에요."

내가 고개를 들고 말했다. 목소리가 잘 나오지 않았다.

"그런데도 지금 아저씨는 그분이 우리 엄마라고 말하고 싶어서 입이 근질거리겠죠?"

"일단 이것부터 받아라."

아저씨는 뒷주머니에서 손수건을 꺼내서 내게 내밀었다. 나는 그 손수건으로 얼굴을 닦았다. 손수건에는 땀냄새가 배어 있었다.

"지금으로서는 나도 그분이 네 엄마가 확실하다고 주장하고 싶은 생각은 없어. 다만 예전에 네가 보여줬던 것과 똑같은 종류의 필드스코프를 가진 사람을 알고 있을 뿐이지. 그러든 네 아빠의 수

247

첩을 읽고 당시에 이런 기사가 실렸다는 걸 생각해낸 거야. 학교 다닐 때, 한번 만난 적이 있었거든."

나는 더이상 아무 말도 할 수 없었다. 하고 싶은 말이 없어서가 아니라, 그 상황에서 내가 할 수 있는 질문은 하나뿐이었기 때문에. 하지만 그 질문은 내가 감당할 수 없을 정도로 압도적이었기 때문에.

"학교는 달랐지만, 그때 나도 학생 신분으로 조류도감을 만드는 일에 참여하고 있었으니까. 우리 힘으로 처음 만드는 한국의 조류도감이었기 때문에 정말 좋은 책을 만들어보자고 해서 다들 의욕이 대단했었지. 그 일에 참여했던 다른 학생들은 잘 기억나지 않지만, 그 사람은 분명하게 기억이 나. 독일제 필드스코프를 가지고 있었거든. 새들을 쫓아다니는 사람이라면 무슨 수를 써서라도 손에 넣고 싶어하는 장비라고나 할까. 나중에 학교에 취직해서 일 년 동안 적금을 부은 뒤에야 나도 마침내 그런 필드스코프를 살 수 있었어. 한동안 주말이면 늘 시외버스를 타고 새들을 찾아다녔지. 수풀 속에 텐트를 치고 앉아서 필드스코프로 새들을 관찰하고 있으면, 시간 가는 줄을 몰랐어."

내가 아무 말도 하지 않자, 아저씨가 혼자서 중얼중얼 이야기를 이어갔다. 배낭 속에 필드스코프를 넣고 다니다가 헌병들의 검문에 걸려서 간첩으로 오인받아 하루 동안 잡혀 있었던 일이며 갖은 고생 끝에 찍은 노랑부리저어새의 사진이 사진관 주인의 실수로 모두 하얗게 인화됐을 때 자신도 모르게 눈물을 흘렸던 일, 혹은 앨범에 종류별로 새들의 사진을 꽂아 자신만의 조류도감을 만들어 나가던 평일의 숙직실에 대해서. 그 이야기들을 잠자코 듣고 있다가 마침내 내가 물었다.

"그분의 목소리는 어땠나요?"

"목소리?"

내 질문에 아저씨는 잠시 난감한 표정을 지었다.

"음, 뭐랄까. 그냥 말하고 있어도 노래를 부르는 듯한. 조금 톤이 높은."

나는 아저씨의 눈을 쳐다봤다.

"목소리는 나도 잘 기억나지 않는구나. 미안하다. 이게 미안한 일인지는 나도 모르겠지만 아무튼. 어쨌거나 그 사람이 네 엄마가 맞는지 아닌지는 나도 몰라. 하지만 다행히도 확인할 수 있는 방법은 있어. 일단 우리는 기사에 실린 그 사람의 이름을 알고 있으니까. 그리고 네 엄마와 아빠도 서로 힘을 합쳐서 아주 오랜 세월이 흐른 뒤에도 네가 자신들을 찾아올 수 있도록 암호를 남겨뒀으니까."

"암호라니요? 무슨 암호가 남아 있다는 건가요?"

"HONGKONG C7655. 꼬까참새의 다리에 부착한 그 인식번호. 철새의 다리에 부착한 인식번호는 이후 이동경로를 파악하기 위해서 국제조류보호학회에 등록하지. 그때 그 가락지를 부착한 사람의 이름도 등록하게 돼 있으니까 만약에 그 인식번호를 등록한 사람의 이름이 기사에 나온 이름과 같다면, 두 사람은 동일인물이 되는 셈이지."

아저씨가 그렇게 말하는 동안에도 내 머릿속에는 온통 하얗게 흩날리는 꽃잎, 꽃잎들뿐이었다.

*

하얀 꽃잎들의 이야기는 계속된다. 그 사람이 엄마든 아니든, 북방쇠찌르레기 새끼들을 손바닥에 올려놓고 수줍게 웃던, 사진 속의 얼굴을 보고 난 뒤부터 나는 부쩍 외로워졌다. 내게는 눈과 귀와 코와 입이 있기 때문에 외로운 것이었다. 출판사가 문을 닫은 뒤 재진 아저씨가 사무실을 부동산에 내놓자마자 한 번역업체가 새로 임대계약을 맺어 12월 20일까지는 나가야만 했다. 그후에는 강토 형의 소개로 '베드로의 집'이라는 곳에 나는 들어가기로 했다. 강토 형의 말에 따르면, 나처럼 집이 없는 소년들이 모여서 생활하는 공동체라고 했다. 그때까지는 달리 할 일이 없었기 때문에 낮 동안에는 재진 아저씨와 둘이서 책상에 앉아서 책을 읽거나 공부를 했다. 출판사는 YMCA 건물 옆으로 난 길을 따라 조금 들어가다가 다시 오른쪽으로 이어지는 좁은 골목의 중간쯤에 위치한 3층 건물에 있었다. 그 골목에는 음식점들이 즐비해 언제나 고갈비나 돼지갈비, 삼겹살이나 빈대떡 같은 것을 굽는 냄새가 풍겼다.

오후 다섯시가 되면 어김없이 입에서는 침이 넘어가고 뱃속에서는 꼬르륵 소리가 들렸다. 하지만 재진 아저씨를 조르고 졸라 식당에 들어가 앉아 있노라면 그 강렬하던 식욕이 사라져 밥을 먹는 둥 마는 둥 숟가락을 내려놓아 가뜩이나 돈이 없어서 힘들어하던 아저씨를 실망시켰다.

그런 밤이면 나는 사무실에 숨겨둔 아저씨의 위스키를 훔쳐 마시며 아빠의 말을 떠올렸다. 어떤 얼굴을 잊고 싶어서 술을 마신다던 그 말. 아빠가 그토록 잊고 싶어하던 얼굴이 바로 그 얼굴이었을까? 그 지워지지 않는 얼굴을 생각하다가는 아들이 다리를 잡는데도 죽어버리겠다고 소리치던 아빠의 심정을 1백만분의 1 정도는 이해할 수 있을 것 같다고 생각하는 일 자체가 내게는 고통이었다. 모든 게 사진 속의 그 미소 때문이었다. 그 사진을 본 뒤로 내가 살아가는 세계는 훨씬 더 명확하고 분명하고 또렷해졌고, 그러면서 내가 느끼는 감각은 차가운 물에 손을 담그는 것처럼 날카로웠다. 내 코를 자극하던 음식 냄새와 마찬가지로 골목을 걸어가노라면 검은 지붕들 사이로 가슴이 시리도록 냉정한 겨울 하늘이 더욱 선명하게 눈에 들어왔고, 잠을 자려고 누워 있으면 창문에 외풍을 막으려고 덧댄 비닐이 우는 소리가 또렷하게 들렸다. 그럴 때면 나는 멍하니 비닐 너머 용궁 스탠드바의 간판 글자들이 깜빡이는 풍경을 바라보고, 비닐이 우는 소리를 들었다. 멍한 상태가 조금 더 계속되면 이내 그 풍경과 소리는 멀어지고 얼굴 하나만 또렷하게 떠올랐다.

　신문사를 다녀온 뒤, 재진 아저씨와 나는 며칠에 걸쳐서 국제조류보호협회에 보내는 영문 편지를 작성했다. 그렇게 해서 알게 된 국제조류보호협회의 영문 이름은 'Bird Life International'이었다. '새의 삶'까지는 나도 해석할 수 있었지만, 그 뒤에 붙는 'International'까지는 잘 모르겠어서 아저씨에게 물어봤더니 그는 그 단어는 '국제', 그러니까 여러 나라를 뜻하는 단어라고 설명해주었다. 나는 내 멋대로 그 이름을 '여러 나라를 날아다니는 새들의 삶'이라고 생각해버렸다. 멋있었다. 국경이 없이 수많은 나라를 넘나드는 새들의 삶. 내게는 영어로 문장을 만든다는 게 나무로 자동차를 만드는 것과 마찬가지였지만, 언제나 해박한 지식을 자랑하던 그 아저씨마저도 그렇게 영어를 못할 줄은 미처 몰랐다. 처음에 우리는 간곡하고 절박한 편지를 쓸 작정이었지만, 정작 쓰게 된 편지는 간단 명료, 그 자체였다. 책상 앞에 앉아 끙끙대며 편지지에 삐뚤삐뚤 알파벳을 적어가던 아저씨가 투덜댔다.

　"꼭 필요할 때는 없단 말이야."

　"뭐가요?"

　내가 물었다.

　"희선이 말이야. 네이티브처럼 영어를 잘하는데."

　"네이티브가 뭔가요?"

　"응? 토박이."

네이티브나, 토박이나. 내게는 그 두 단어가 모두 낯설게 들렸다.

"그럼 그 편지는 완전 안 토박이가 쓰는 건가요? 완전 안 토박이가 뭐지? 이방인? 떠돌이?"

"ET."

그렇게 말하고는 스스로 재미있다고 생각했는지 아저씨는 낄낄거렸다.

"아저씨도 머리가 크니까. 아저씨, 그런데 방금 희선이라고 그랬죠? 맞죠?"

"아차, 내가 그랬나? 강토 얘기야."

"알아요."

"그랬어?"

아저씨가 심드렁하게 말했다.

아저씨가 작성하고 내가 베껴쓴 영문 편지는 다음과 같았다.

여러 나라를 날아다니는 새들의 삶 귀중

하이.

내 이름은 김정훈입니다. 나는 한국 소년입니다. 나는 열일곱 살입니다. 나의 아버지는 이 년 전에 교통사고로 죽었습니다. 나의 엄마는 더 오래전에 죽었다고 나는 생각했었습니다. 아버지는 나의 엄마가 나를 낳다가 죽었다고 말했습니다. 하지 만 최근에 나는 아버지의 일기를 우연히 발견했습니다. 그 일기를 통해 나는 나의 엄마가 당신들의 '여러 나라를 날아다니는 새들의 삶'에 가락지를 등록했을 수도 있다는 사실을 알게 됐습니다. 그 번호는 HONGKONG C7655입니다. 가능한 한 빨리 이 번호를 등록한 사람에 대해서 알고 싶습니다. (거기까지 쓴 뒤, 아저씨는 좀 불쌍하게 보여야 그 사람들이 빨리 답장할 것이라는 의견을 내놓았다. 듣고 보니까 그럴듯해서 우리는 다음과 같은 문장을 덧붙이기로 했다.) 나는 고아가 되고 싶지 않습니다. 나는 나의 엄마가 살아 있다고 믿고 있습니다. 나는 엄마를 꼭 찾고 싶습니다. 제발 나를 도와주십시오. 가능한 한 빨리 그 번호를 등록한 사람에 대해서 알고 싶습니다. 꼭 답장해주십시오.

당신의 충실한,
김정훈

아저씨는 'PS'가 빠진 영문 편지는 디저트가 빠진 돈가스와 같다고 말한 뒤, 편지 맨 아래에다가 'PS'와 '12월 15일 이후에 회신할 곳'이라며 서울 외곽에 있는 베드로의 집 주소를 적었다. 다음 날 우리는 조금이라도 배달되는 시간을 단축시키기 위해서 중앙우체국까지 찾아가서 속달 항공우편으로 편지를 부쳤다. 우체국 여직원은 저울에 편지를 올려놓고 무게를 잰 뒤에 의자 뒤에 있는 상자에 편지를 집어넣고는 우리에게 영수증을 끊어줬다. 중앙우체국을 나와 을지로를 향해서 걸어가는데 자꾸만 빨간색과 파란색 띠로 번갈아가며 테두리를 두른 그 봉투가 생각났다. 나는 왜 봉투에 그런 띠를 인쇄한 것이냐고 물었다. 아저씨는 항공우편용 봉투이기 때문에 그렇다고 대답했다. 그런 빨갛고 파란 줄무늬 옷, 그러니까 항공의상 같은 게 있다면 재미있을 것 같았다. 그 항공의상을 입기만 하면 우리도 하늘을 날 수 있다면. 바다를 건널 수 있다면. 새들처럼. 우리도 여러 나라를 날아다닐 수 있다면. 그런 게 우리의 삶이라면. 나는 하늘을 올려다봤다. 아주 머나먼 곳에서 새하얀 것들이 몰려들고 있었다.

"어, 눈이 내리네요. 와와와!"

내가 소리쳤다.

"눈 처음 맞아보는 하룻강아지 꼴이구나."

"진짜, 진짜로요! 꼭 처음 맞아보는 눈 같아요."

내 얼굴 위로 눈들이 떨어져 녹아내렸다. 눈의 몸이 얼음에서 물로 바뀌는 게 고스란히 느껴졌다.

"어디 가서 정종 대포나 한잔하면 딱 좋겠다."

"뭐라구요? 대포라구요? 정종 대포라구요?"

그 말에 이상하게 웃음이 터져 혼자 깔깔거리며 웃으면서도 나는 계속 하늘을 올려다보며 그 하얀 눈송이들을 바라봤다. 눈송이들은 점점이 가볍게 내려오다가 바람이 불면 다시 하늘로 솟구쳤다. 그게 봄의 하늘에서 떨어지는 벚꽃 같기도 했고, 처음으로 날아오르는 6월의 북방쇠찌르레기 새끼들 같기도 했고, 또 멀리 바다를 건너 여러 나라를 날아다니는 새들의 삶을 찾아서 비행하는 항공우편 같기도 해서 나는 하얀 입김으로 감탄하면서 계속 하늘을 올려다보며 걸었다. 하이. 내 이름은 김정훈입니다. 나는 한국 소년입니다. 나는 열일곱 살입니다. 그렇게 나는 그 눈송이들 하나하나에 인사했다. 나는 고아가 되고 싶지 않습니다. 나는 나의 엄마가 살아 있다고 믿고 있습니다. 나는 엄마를 꼭 찾고 싶습니다. 제발 나를 도와주십시오. 제발.

눈으로 보고, 귀로 듣고, 입으로 말하는 용기

나는 이 세상에 꼭 필요한 사람인가?

베드로의 집으로 들어가기로 한 날은 토요일이었다. 짐이라고 해봐야 옷가지, 베개, 필드스코프, 그때까지도 다 읽지 못한 『베니스에서의 죽음』과 기념으로 한 권 챙긴 『지금도 말할 수 없다』, 그리고 참고서 등이 전부였다. 재진 아저씨가 준 여행가방에 그 짐들을 챙겨넣고 소파에 앉아서 강토 형을 기다렸다. 재진 아저씨가 가구와 책 들을 모두 옮겼기 때문에 사무실은 휑뎅그렁했다. 나는 소파에 누워서 창문 너머 용궁 스탠드바의 간판을 바라봤다. 낮의 간판은 꼭 화장을 씻은 술집 여자의 맨얼굴처럼 창백하면서도 어딘가 거무스름했다. 사무실에서 생활한 오 개월 동안, 밤이면 규칙적으로 깜빡이던 그 간판을 보면서 잠들었기 때문에 다른 곳에서, 아마도 불빛이 없는 캄캄한 곳에서, 그것도 낯선 아이들과 함께 잠을 잘 수 있을까 걱정됐다. 그러자 용궁 스탠드바라는 여섯 글자가 벌써부터 그리웠다. 그 불빛을 바라보며 잠들 수 있었던 오 개월은 내 인생에서 얼마나 아름다운 시절이었던가. 아름다운 시절이란 늘 추억 속에서만 찾을 수 있는 모양이었다. 그런 생각을 하다가 나는 설핏 잠들었다. 오래는 아니고 한 오 분 정도 잠들었을까, 누가 흔들어 눈을 뜨니 강토 형이 서 있었다. 평상시처럼 면바지에 헐렁한 티셔츠가 아니라 청바지에 갈색 스웨터, 그리고 군청색 반코트를 입고 있었다. 마지막으로 본 게 보름도 더 전이었기 때문에 어딘지 서먹했고, 그게 또 서운했다. 사무실 문을 잠그고 나오는데, 갑자기 마음 한쪽이 내려앉는 느낌이 들었다.

"이럴 줄 알았다면 좀 자주 볼걸 그랬어요."

가방을 끌고 골목을 빠져나오면서 내가 말했다.

"이럴 줄 알았다는 건 뭐야?"

강토 형이 물었다.

"이제 베드로의 집으로 들어가고 나면 우린 다시 보기 어렵겠죠. 책도 다 만들었으니 이제 더이상 제가 필요하지 않을 테니까. 우리 얼굴도 닮아가기는커녕 점점 달라지고 있잖아요. 결국에는 내가 어떻게 생겼었는지 기억조차 못 하겠죠."

그러자 강토 형이 걸음을 멈추고 양손으로 내 어깨를 잡았다.

"난 사람을 잘 잊어버리고 그러는 사람 아니야. 태어나서 지금까지 만난 사람들은 모두 내게 소중해. 누구도 잊지 않을 거야. 너한테도 고맙다고 말하고 싶어. 나 혼자가 아니라는 걸 알려줬으니까."

"뭐가요?"

"사랑하는 사람을 잃고 힘들어하는 게 말이야. 네게는 자기 마음을 남들에게 그대로 전달할 수 있는 능력이 있어. 너는 이 세상에 꼭 필요한 사람이 될 거야. 많은 사람들에게 그건 큰 도움이 될 거야. 내가 없더라도…… 베드로의 집으로 가. 거기 가면 대학생들이 공부를 가르쳐. 그들에게 배워서 꼭 대학교에 들어가. 그다음에는 다른 사람의 마음을 그대로 느낄 수 있는 그 능력으로 이 세상을 바꿔. 지금과는 완전히 다른 세상을 만들어."

이미 내겐 그런 능력이 없어졌지만, 그래서 어떤 마음으로 강토 형이 그런 말을 하는지는 알 수 없었지만, 나는 그러겠노라고 대답했다. 그가 바꾸라는 세상이 어떤 곳인지도 아직 제대로 모르면서도 다른 세상이라는 말이 내 마음을 잡아끌었다. 그건 아빠가 말한 다른 우주, 여기서 일어나지 않은 일들이 일어난다는 그 다른 우주라는 말처럼 들렸으니까. 그러니까 다른 세상을 만든다는 건 어둡고 광활한 공간을 가로질러 다른 우주로 여행하는 일과 비슷했다고나 할까.

"남자처럼 입고 다닐 땐 좋은 점이 딱 하나 있었지. 길을 걸어가면서 담배를 피워도 누가 뭐라고 하지 않는다는 점. 남자들은 길에서 다른 사람 눈치 안 보고 담배를 피울 수 있으니까. 세상에 그런 자유도 있다는 걸 모르겠지. 마지막으로 우리 그 자유를 만끽해볼까?"

골목을 빠져나와 대로에 서자, 강토 형이 말했다. 강토 형은 담뱃갑을 내게 내밀었다. 우리는 걸음을 멈추고 서서 담배를 피웠다.

"이젠 비틀거리지 않네."

"좋아하는 사람 앞에서 약한 모습을 보일 수는 없으니까."

"제법인걸. 언제까지 나를 좋아할지는 한번 두고 보겠어."

강토 형이 담배연기를 내뿜었다.

"이건 1986년에만 맛볼 수 있는 자유야. 여자가 종로 한복판에서 담배를 피워도 아무도 뭐라고 하지 않는 날이 곧 올 테니까. 네게도 이 자유는 곧 끝날 거야. 이 년만 있으면 넌 어른이 될 테니까. 그러니 이제 아무리 많은 시간이 흐른대도 1986년에 우리가 종로2가 YMCA 건물 앞에서 담배를 피우는 자유를 누렸다는 사실을 잊어서는 안 돼."

"풋, 마음만 먹으면 담배는 얼마든지 피울 수 있어요."

"어쨌든 나랑 피우는 담배는 이게 마지막이야."

"왜 자꾸 마지막이라고 말하는 거죠? 정말 다시는 절 안 만날 건가요?"

내가 물었다.

"글쎄, 난 결심했거든."

강토 형이 말했다.

"무슨 결심을 했다는 거예요?"

"나, 어딘가 좀 달라진 것 같지 않아?"

대답 대신, 강토 형이 내게 되물었다. 나는 강토 형을 바라봤다.

"잘 모르겠는데요."

강토 형이 달라진다는 게 어쩐지 느낌이 안 좋아서 그렇게 대답했다. 하지만 확실히 어딘가 달라 보였다.

그을린 검은 십자가

역이 가까워지면서 전철이 서서히 속력을 줄이기 시작했다. 그러자 객차에 앉아 있던 사람들이 탄식을 내뱉었다. 선로 옆 철제 기둥들 사이로 융단폭격을 맞은 듯 폐허가 된 동네가 보였다. 군데군데 연기가 피어올라 전쟁터를 방불케 했다. 제대로 서 있는 것이라고는 전봇대뿐이었는데, 그마저도 끊어진 전선이 얼키설키 꼬인채 땅바닥에 늘어져 있었다. 강토 형은 입을 벌리고 그 모습을 바라봤다. 전철에서 내리니 전투경찰들이 줄지어 서서 우리를 쳐다봤다. 나는 돌멩이가 굴러다니는 차도로 여행가방을 끌면서 강토형을 따라 걸었다. 조금 더 걸어가니 무전기를 든 경찰이 거기 아가씨, 지금 어디가? 라고 외쳤다. 강토 형이 걸음을 멈추고 그를 바라봤다. 그가 말하는 아가씨는 강토 형이었다. 베드르의 집에 갑니다, 라고 강토 형이 말했다. 거기 있는 사람들은 집을 비우고 다 나갔어, 라고 경찰이 말했다. 며칠 전에만 해도 내년 봄까지는 여기 계속 있을 거라고 했는데요, 라고 강토 형이 말했다. 내년 봄까지라고, 라고 말하며 경찰은 고개를 내저었다. 여기서 해 넘기면서까지 이 짓거리를 계속 하고 싶어하는 사람은 빨갱이들밖에 없어. 그럼 베드로의 집에 있던 아이들은 어디로 갔나요? 강토 형이 물었다. 그야 모르지. 경찰이 대답했다. 안 나가고 버틸 때나 걔들이 눈에 보이지, 여기서 나가면 고아들이야 어디로 가든 우리가 알 게 뭐야! 경찰은 턱끝으로 나를 가리키면서 물었다. 걔도 고아야? 나는 강토 형을 쳐다봤다. 강토 형은 못 들은 척 앞으로 걸어갔다. 방패를 든 전투경찰들이 우리를 막아섰다. 비켜요. 강토 형이 외쳤다. 전투경찰들은 꼼짝도 하지 않았다. 비켜요. 강토 형이 다시 말했다. 무전기를 든 경찰이 보내주라는 명령을 내린 뒤에야 그들은 길을 내줬다. 길이 트이자 헬멧을 쓴 철거반원들이 굴삭기 뒤에 서 있는 모습이 보였다. 길 옆으로는 박살이 난 슬레이트, 무너진 채 나뒹구는 담벼락 더미, 찢어진 천막, 뒤집어진 탁자와 찢겨나간 소파, 부서진 밥상, 산산조각이 난 거울, 누더기가 된 옷가지, 깨진 기와 부스러기와 항아리 조각, 막걸릿병과 식용유통, 먹다 버린 라면 등이 아무렇게나 뒤엉켜 있었다. 멀리 철거반원들 뒤쪽으로 이상한 기둥이 있어서 뭔가 궁금했는데, 가까이 가보니 무덤처럼 봉긋하게 쌓인 잔해들 위에 불에 검게 그을린 서까래로 만든 십자가가 서 있었다. 그 십자가를 바라보며 철거반원들이 서 있었다. 우리가 다가가자, 그들이 돌아봤다. 나는 그 사람들이 당장이라도 손에 든 망치로 우리를 후려칠까봐 겁이 났다. 그들의 옆에서는 불길이 타오르고 있었다. 그때까지도 철거반원들은 그저 우리를 바라볼 뿐이었다. 그들은 그날 할 일을 모두 끝냈기 때문에 우리를 그냥 내버려둔 것이었다. 우리는 십자가 옆을 지나갔다. 십자가 너머에는 부서진 폐허 위에 이십여 채의 비닐 천막이 서 있었다.

우리 머리 위에 그저 하늘만 있다면

"무슨 소리가 들리지 않아?"

철거민들에게 들은 대로 베드로의 집에 있던 소년들이 임시로 거처한다는 성당을 찾아갈 때였다. 강토 형이 갑자기 걸음을 멈추고 말했다. 나도 걸음을 멈추고 귀를 기울였다. 거기에서 철거민들과 철거반원들이 검은 십자가를 사이에 두고 대치하고 있는 마을까지는 지하철로 한 시간도 걸리지 않았지만, 완전히 다른 세상이었다. 세밑 가까운 명동 거리는 음반가게의 스피커에서 요란하게 흘러나오는 크리스마스캐럴과, 연인들과 가족들의 관심을 끌려고 서로 질세라 소리치는 장사꾼들의 호객 소리와, 토끼나 원숭이 따위의 인형들이 좌판 위에서 작은 양철북을 두들기는 소리와, 멀리서 사람들이 합창하는 소리 등으로 시끄러웠다.

"저 노랫소리 말인가요?"

"아니, 노랫소리 말고. 잘 들어봐. 전자음 같은 멜로디가 들리지 않니?"

다시 나는 귀를 기울였다. 그랬더니 정말 희미한 소리, 전자음 같은 게 들리기 시작했다. 조금만 딴생각을 하면 금방 귀에서 멀어질 정도로 미약한 소리였다. 그 멜로디는 우리 왼쪽, 성탄절을 앞두고 크리스마스카드와 연하장을 진열해놓고 파는 리어카 노점에서 흘러나오고 있었다. 우리는 그쪽으로 걸어갔다. 거기에는 다양한 종류의 카드가 놓여 있었다. 익살스러운 산타클로스와 코가 빨간 루돌프, 근하신년이라는 글자 옆의 소나무와 학 등 평범한 카드가 대부분이었지만, 펼치면 커다란 크리스마스트리가 세워지는 입체카드나 좌우로 카드를 움직일 때마다 산타클로스가 탄 썰매를 끄는 사슴들의 발이 부지런히 움직이는 홀로그램 카드도 있었다. 멜로디는 세워둔 카드에서 흘러나왔다. 우리가 그 카드를 바라보자, 귀덮개가 달린 모자를 쓴 상인이 그 카드를 접었다. 그러자 멜로디가 사라졌다. 상인이 다시 카드를 펼치자, 멜로디가 다시 흘러나왔다.

"요즘 인기있는 노래하는 카드입니다. 구경해보세요."

상인에게 카드를 건네받은 강토 형은 멍한 표정으로 멜로디를 들었다. 나도 같은 카드를 집었다. 표지에는 눈 내린 마을의 평화로운 정경이 그려져 있었다. 삼각지붕 벽돌집의 창문은 노란 빛으로 반짝였다. 폭설을 맞으며 걷다가 그런 집을 발견하면 누구라도 꽤 행복할 것 같았다. 카드를 펼치니 같은 멜로디가 흘러나왔다. 비밀은 카드 안에 부착한 동그란 장치에 있었다. 그게 전자음을 연주하는 장치였다. 대단한 걸 발견했다는 듯 강토 형 쪽으로 고개를 돌린 나는, 하지만 한 마디도 못하고 그저 그 얼굴만 바라봤다. 어딘가 달라졌다더니, 어떻게 달라졌는지 그제야 알 것 같았다. 나는 그 이마와 눈을 바라봤다. 이제 그는 더이상 강토 형이 아니었다. 희선씨로 돌아온 것이다. 그녀는 오른손으로 눈가를 문지르더니 상인에게 얼마냐고 물었다. 그녀는 노래하는 카드를 두 장 사서는 내게도 하나 건넸다. 하지만 카드를 보낼 만한 곳이 내게는 없었다.

"바람이 매워서."

묻지도 않았는데 희선씨가 말했다.

"누가 바람에 고춧가루라도 뿌렸나?"

짐짓 무슨 소리인지 모른다는 듯 내가 말했다.

"길바닥에 최루탄 냄새가 아예 배었나보다. 그 노래 들어본 적 있니?"

희선씨가 내게 물었다.

"좋아하는 노래인가요?"

"존 레논이라는 영국 가수가 부른 〈이매진〉이라는 노래야. 이매진. 상상해봐. 이 사람, 내가 대학교 1학년 때 뉴욕에서 암살당했지. 이맘때였어. 자기 집으로 돌아가다가 다섯 발의 총알을 맞고 사랑하는 사람의 눈앞에서 죽었어."

희선씨가 시키는 대로 나는 상상했다. 어떤 남자가 사랑하는 여자와 집으로 돌아가다가 다섯 발의 총알을 맞는 장면을. 의식을 잃은 남자의 귀에다 대고 사랑한다고, 정말 사랑한다고 여자가 말하는 장면을.

"너보고 지금 상상해보란 말이 아니라 'Imagine'이라는 제목의 뜻이 '상상해봐'라는 말이었어. 그 사람이 죽었다는 소식을 듣고는 얼마나 울었는지 몰라."

"아는 사람이었나요?"

희선씨가 나를 물끄러미 쳐다봤다.

"나는 그 사람을 알았지만, 그 사람이야 나를 알 리가 없었겠지. 나도 이 세상에 그런 사람이 있다는 걸 알긴 알았지만, 그를 위해서 울 생각은 전혀 없었어. 그냥 아직 젊은 사람이 아깝게 죽었구나, 그 정도였지. 그런데 그날 저녁에 라디오를 듣다가 추모방송에서 흘러나오는 그 노래를 듣게 된 거야. 나도 모르게 가사를 따라 불렀지. 'Imagine there's no heaven'이라고. 그런데 갑자기 눈물이 쏟아지는 거야. 천국이 없으면, 우리 위에 하늘뿐이라면 그 사람은 어디로 갔는가 싶어서. 어디에도 없는 사람이 됐구나. 죽는 건 그런 것이구나. 이제 다시는 그 사람을 볼 수 없는 것이구나. 그제야 나는 한 사람이 죽는다는 게 어떤 건지 실감했던 거지. 그게 1980년 12월의 일이야."

"아하, 1980년 12월이라면……"

거기까지 말하고 나는 입을 다물었다. 1980년이라면 취조실에 끌려간 재진 아저씨와 희선씨가 처음으로 만난 해였다. 존 레논이 암살당한 그해에 희선씨의 약혼자는 서해의 어느 바닷가에서 변사체로 떠올랐다. 더 듣지 않아도 나는 알 것 같았다. 희선씨가 말하는 죽음이 그 영국 가수의 암살을 뜻하는 게 아니라는 걸. 그러므로 희선씨가 그날의 뉴스 때문에 운 것도 아니라는 걸. 또한 그러고 나서도 오랫동안 그 노래를 들을 때면 조금 전처럼 눈시울이 붉어졌으리라는 걸. Imagine. 그렇게 1980년 12월, 희선씨의 마음을 상상하는 일. 아마도 재진 아저씨가 옆에 있었다면 그게 바로 천재가 하는 일이라고 말했을 것이다. There's no heaven. It's easy if you try. No hell below us. Above us only sky····· 희선씨가 노래를 불렀다.

"그런데 너, 지금 얼굴이······"

희선씨가 나를 쳐다보며 말했다.

"내 얼굴이, 왜요?"

손으로 만져보니 눈에서 눈물이 흘러내리고 있었다. 나는 걸음을 멈추고 쇼윈도 유리창에 얼굴을 비춰봤다. 상점가의 화려한 불빛들 사이로 눈물에 젖은 얼굴이 보였다. 고통도 없이 흘러내리던 그 눈물.

"하하하, 이게 다 뭐죠? 지금 내가 왜 울죠?"

그렇게 웃으면서 말하는데도, 아무튼 눈물은 주룩주룩.

퍼레이드가 한번 더 지나갔다.

내 기억은 현실과 다를지도 모른다. 나는 이렇게 기억한다. 그해 12월은 따뜻했다. 전혀 겨울답지 않았다. 얼어붙은 곳도 없었고, 처마 밑에 매달린 고드름도 없었다. 미국과 유럽의 유명 상표를 부착한 가방들을 찬바람이 부는 바깥에 매단 가방가게, 눈부시도록 환한 조명 아래 머리띠와 귀고리 따위를 파는 노점이 늘어선 골목과 그 골목을 가득 메운 여자들, 랩으로 감싼 김밥과 설탕 범벅인 도넛을 켜켜이 쌓아놓고 줄맞춰 쪼그리고 앉은 할머니들, 장사치와 행인 들에게 팔 인스턴트커피와 유자차와 율무차와 뜨거운 물이 담긴 보온병 따위가 실린 카트가 울퉁불퉁한 바닥에 끌리는 소리, 비닐창으로 김이 잔뜩 서려 내부가 보이지 않는 오렌지빛 포장마차에서 연신 빠져나오는 하얀 연기, 저마다 마스크를 하거나 모자를 쓰고 먼 훗날 따뜻했던 겨울로 기억될 1986년 12월의 거리를 걸어가는 행인들을 바라보며 나는 〈이매진〉의 선율을 흥얼거렸다. 그들에게도, 또 내게도 1986년 겨울은 평생 단 한 번뿐이었지만, 이제 와서 생각하면 그들은 어떨지 몰라도 나의 1986년 겨울은 차라리 뜨거웠다고 할 수 있겠다. 길게 늘어선 대상 행렬의 맨 끝에서 바로 앞 낙타의 꽁무니만 쫓아가던 어린 낙타가 처음 맛보는 사막의 열기 같았다고나 할까? 아무튼 약간 들뜬 상태로 후끈후끈, 이글이글. 앞으로 그 낙타가 뜨거운 사막을 건너갈 일은 수없이 많겠지만, 자기 바깥의 뜨거움을 있는 그대로 느낀 건 그때가 처음일 테니까. 처음이란 마지막과 같은 말이다. 우리는 두 번 다시는 처음과 같은 느낌을 맛볼 수는 없다. 1986년 12월이란 내게 그런 의미였다. 내겐 처음이자 마지막인 겨울. 나더러 몽상가라고 부를지 모르겠지만, 나 혼자 그런 것만은 아니다. 당신도 언젠가는 우리처럼…… 그렇게 노래를 흥얼대는데, 앞쪽에서 사람들이 걸어왔다. 그건 침묵의 행렬이었다. 목소리도, 노래도, 외침도 없었다. 그저 인파로 발 디딜 틈이 없는 명동의 화려한 조명과 소음 들 사이를 묵언의 그림자처럼 스며들었다. 처음에는 곧 다가올 크리스마스를 축하하는 성당의 행사인 줄 알았다. 사제복을 입은 신부들이 앞장서서 걷고 있었기 때문이었다. 기나긴 들판을 지나온 강물처럼 행렬이 사람들 사이를 파고들자 하구처럼 길이 열렸다. 낯빛이 어둡고 행색이 추레한 사람들이 신부와 수녀 들의 뒤를 따라 걸었다. 아이처럼 왜소한 몸집에다가 얼굴과 목에는 주름뿐인 아저씨들, 하얀 상복을 걸치고 근심과 걱정에 가득한 표정으로 걸어가는 아줌마들, 국자처럼 굽은 손으로 지팡이를 짚어가며 팔자걸음으로 종종거리는 할머니들, 태어날 때조차도 울지 않았다는 듯 무표정한 시선으로 양옆에 선 사람들을 바라볼 뿐인 아이들, 그리고 그들의 맨 앞에서 검은 띠가 양쪽으로 늘어진 영정사진을 든 내 나이 또래의 소년이 우리를 스쳐갔다. 사진 속의 얼굴은 그처럼 중요한 행진에 자신만 빠지게 된 것을 유감스럽게 여긴다는 듯 굳은 표정으로 앞을 바라보고 있었다. 나는 이미 그런 행렬을 본 적이 있었다. 언젠가 열병에 걸렸을 때, 정신을 못 차리고 쓰러져 있었을 때, 아빠가 너무나 그리웠을 때, 또한 한 번도 보지 못한 엄마의 얼굴을 상상했을 때, 그때, 꿈인지 현실인지 알 수 없는 몽롱함 속에서, 어떤 환영의 열기에 휩싸여, 두 눈으로 보는 것을 믿지는 못하고, 그렇다고 아니라고 말하지도 못하고, 그저 바라보던, 그들이 다 지나갈 때까지 바라보기만 하던 그 퍼레이드, 젠투펭귄과 오랑우탄과 북방쇠찌르레기와 알락할미새와 직박구리와 어치와 개똥지빠귀와 꼬까참새와…… 죽어간 그 모든 동물들과, 그리고 마지막으로 아빠가 지나가던 그 퍼레이드.

그리고 나는 이렇게 들었다.

"예수님께서 물 위를 걸어서 제자들이 있는 배 쪽으로 가신 건 새벽입니다. 더없이 캄캄한 시각이었습니다. 아마 지금처럼 어둡고 어둡기만 한 시각이었을 것입니다. 그 몇 시간 전에 빵 다섯 개와 물고기 두 마리로 오천 명을 먹이시는 기적을 베푸는 것을 두 눈으로 똑똑히 지켜봤음에도 제자들은 그 모습을 보고 '유령이다!'라고 소리를 지르고 벌벌 떱니다. 아마도 어두워서 예수님인지 누구인지 잘 보이지 않았기 때문에 그랬을 것입니다. 그때 예수님이 말씀하셨습니다. 용기를 내어라. 나다. 두려워하지 마라. 두려워하지 마라. 이 말은 또 예수님께서 베드로와 야고보와 그의 동생 요한만 따로 데리고 높은 산에 오르셨을 때도 나옵니다. 그들 앞에서 예수님은 모습이 변해 얼굴은 해처럼 빛났고, 옷은 빛처럼 하얘졌습니다. 그때에 모세와 엘리야가 그들 앞에 나타나 예수님과 이야기를 나누자, 베드로가 나서서 예수님께 말합니다. 초막 셋을 지어서 하나는 주님께, 하나는 모세께, 하나는 엘리야께 드리겠다고요. 베드로의 말이 끝나기도 전에 빛나는 구름이 그들을 덮고는 이런 목소리가 들립니다. 이는 내가 사랑하는 아들, 내 마음에 드는 아들이니 너희는 그의 말을 들어라. 이 소리를 들은 제자들은 얼굴을 땅에 대고 엎드린 채 몹시 두려워했습니다. 그때, 예수님께서 그들에게 손을 대시며 말씀하십니다. 일어나라. 그리고 두려워하지 마라. 두려움이란 어떤 행동도 하지 않는 걸 뜻합니다. 얼굴을 땅에 대고 엎드리는 걸 뜻합니다. 눈이 보지 않고, 귀가 듣지 않고, 입이 말하지 않을 때 우리는 두려워하고 있습니다. 그러니 두려워하지 말라는 건 부정의 문장이 아닙니다. 그건 행동하라는 말입니다. 눈으로 보라는 것이고 귀로 들으라는 것이고 입으로 말하라는 것입니다. 용기를 내라는 말입니다. 일어서라는 말입니다. 아무리 캄캄하고 앞이 보이지 않는다고 하더라도 두려워하지 마십시오. 적어도 우리는 그 어둠을 지켜볼 수는 있습니다. 어둠 앞에서 용기를 내십시오. 그 자리에서 벌떡 일어서기라도 하십시오."

1980년, 우리 기억의 서울

　때로 한 편의 글이 우리 인생을 완전히 바꿔버리기도 하지. 젊은 시인이 옥중에서 보고 들은 것을 기록한 열세 장짜리 글이 바로 그랬지. 감옥에서 그 시인은 국가를 전복하고 혁명을 꿈꿨다는 죄목으로 잡혀온 사람들을 만났어. 그중에는 교사도 있었고, 기자도 있었고, 사업가도 있었어. 토요일 오후에 종로 거리를 걷다보면 흔히 만날 수 있는, 그런 부류의 사람들이었지. 그들은 시인에게 말했어. 자기들도 왜 거기 끌려간 것인지 어리둥절하다고. 맞으니까 없는 죄도 생기더라고. 하지만 자신들은 무죄라고. 신문과 방송은 그들을 죽이라고 떠들어대지만, 하느님만은 그 사실을 안다고. 심지어는 고문하던 자들도 알고 있다고. 창자가 몸에서 빠져나올 정도로 심하게 고문받긴 했지만, 곧 풀어준다는 말도 들었다고. 그러나 그들의 생각과 달리 대법원은 그들에게 사형선고를 내렸고, 다음날 형이 집행됐어. 배운 사람들이, 동서고금의 정의를 모두 공부했다는 사람들이, 헌법과 법률에 의해 그 양심에 따라 독립해서 심판

하겠다고 선언한 사람들이, 그런 사람들이 고작 망나니처럼 권력자를 대신해서 그의 귀에 거슬리는 소리를 했다는 이유로 사람들을 죽인 거야.

그들이 죽은 뒤, 젊은 시인은 망각 속에서 그들을 끄집어내려고 무던히도 애를 써. 그는 자신이 들은 말들을 완전히 외울 때까지 반복해서 되뇌어. 나중에 노역을 나가는 인쇄소에서 부스러기 종이를 구해 거기에다가 자신이 기억하는 것들을 모두 적어. 몇몇 사람들이 시인의 글을 외부로 반출하려고 시도했지만, 결국 정보부에 압수당하고 말아. 진실은 그렇게 묻히는가 싶었어. 그런데 그 글이 사흘에 걸쳐서 한 신문에 발표된 거야. 귀신이 곡할 노릇이라고 정보부는 생각했지. 압수당한 열세 장의 종이는 단 한 번도 복사되거나 정보부 바깥으로 나간 적이 없었으니까. 발칵 뒤집힌 정보부는 감찰실에 조사를 지시하지. 그렇게 감찰실이 조사한 사람 중에는 내무부에서 파견나간 이사관도 있었어. 조사 내용은 다음과 같았어.

질문 얼마 전, ○○고등학교 3학년 이수형군이 당신을 방문한 적이 있는데 사실인가?
대답 사실이다.
질문 이수형군의 방문 목적은 무엇인가?
대답 이수형군은 대학 후배의 아들로 ○○고등학교가 자랑하는 인재다. 장차 대학에 진학한 뒤, 정부 부처에서 근무하는 게 장래의 포부라 평소에도 자주 만나 내가 많은 조언을 했다. 그러던 차에 정보부에 대해서 좀더 알고 싶다는 청을 해 내가 불러서 이런저런 점들에 대해서 설명한 적이 한 번 있었다.

질문 구체적으로 어떤 점들에 대해서 설명했는가?

대답 내 기억으로는 당시 급히 사무실에서 나갈 일이 있어 왜 하필이면 지금 왔느냐고 이수형군에게 말한 것 같다. 그래서 만났다고 해봐야 십오 분 정도였을까? 달리 뭘 구체적으로 설명할 수 있는 시간도 아니었다. 정보부가 하는 일들에 대한 일반적인 설명과 보수에 대해서 들려줬다.

질문 설명에 대한 이수형군의 반응은 어땠는가?

대답 반응? 반응은 없었다. 그냥 듣고만 있었다. 원래 그런 학생이다. 남의 말을 잘 듣는다.

별다른 혐의점을 찾을 수 없었기 때문에 그 이사관에 대한 조사는 그쯤에서 끝났어. 아무런 성과도 얻지 못하고 감찰이 마무리되려던 차였는데, 과장 한 명이 어딘가 께름칙한 느낌이 든다며 의문을 제기했어. 시인의 그 글에서 왜 하필이면 첫 날 첫 문장의 첫 글자부터 오식이 났느냐는 점이지. 문선공이 실수하면 글자가 뒤집어지거나 오식이 날 수도 있지만, 판을 거듭하면서도 그 오식이 바로잡히지 않았다는 것은 어딘가 이상하다는 게 그의 주장이었어. 그의 말에도 일리가 있다고 생각해서 감찰반은 그 이사관에 대한 사찰을 계속했어. 그러다가 어느 날, 그의 집을 급습했어. 갑작스런 수색에서도 특이사항은 발견되지 않는가 싶었는데, 뜻밖의 장소에서 이상한 게 발견됐지. 그건 2층 딸의 방에서 발견한 신문기사였어. 과장이 눈여겨본 바로 그 신문기사, 즉 젊은 시인이 쓴 글이었어. 그제야 과장은 사흘간 연재된 그 글에서 오식된 부분이 한두 군데가 아니라는 걸 알게 됐지. 왜냐하면 누군가 그 신문기사에서 오식된 글자들을 찾아서 빨간색 사인펜으로 동그라미를 그려놓았기 때문이었지. 원본은 "악몽에서 막 깨어나 소름끼치도록 눈부신 흰 벽을 바라봤을 때의 그 기이한 느낌"으로 시작하는데, 신문에는 이 부분이 "이몽에서 막 깨어나 소름끼치도록 는부신 흰 벽을 바라봤을 때의 그 기이한 느낌"으로 돼 있었어. 두번째 오식은 "작은 풀포기마저 흔들리지 않는 저수받은 땅"에 있었고, 세번째 오식은 "이 지옥에 잘도 왔구나. 네 이름, 네 또하나의 고형"이라는 구절에 있었어. 처음에는 과장도 그 오식들이 무엇을 뜻하는지 알지 못했어. 그저 그 신문기사를 보관하고 있는 게 수상해서 딸을 불러 그 이유를 물어본 거야. 그러자 그 딸이 말했어.

"그거 되게 유치한 건데."

그녀가 말했어.

"뭐가 유치해?"

과장이 되물었지.

"그거 연결하면 자기 이름이 된다고 나한테 보낸 거예요."

"누가 보냈지?"

그제야 과장은 알게 된 거야. 그 오식들을 연결하면 이수형이라는 이름이 나온다는 걸.

"이수형? 이수형이 누구지?"

그러다가 과장은 깨달았어. 이수형이 이사관을 방문한 그 고등학생이라는 것을. 그래, 이제 솔직하게 말할게. 그 과장에게 신문에 실린 오식들을 연결하면 한 사람의 이름이 된다는 걸 일러준 이사관의 딸이 바로 나야. 이사관은 우리 아버지고, 이수형은 결국 내가 사랑하게 된 그 남자였어. 그 일이 없었다면, 지금쯤 우리는 어떻게 됐을까? 그의 호언대로 결혼했을까? 아이를 낳고 살고 있을까? 그날 이후로 나 자신에게 수없이 던진 질문이야. 그 늦여름 서늘한 밤, 그에게 신문에 이름이라도 나면 다시 한번 생각해보겠다는 말만 하지 않았더라도. 그 사람이 아버지의 사무실에서 십오 분만에 외운 그 젊은 시인의 글을 고치지 않고 그대로 자기 아버지에게 전달했다면. 아니면 과장이 내게 그 기사에 대해 물었을 때, 아무렇지도 않은 듯 이 땅의 젊은이라면 반드시 읽어야만 하는 글이기 때문에 오려둔 것이고, 빨간 동그라미는 잘못된 글자가 있어서 표시한 것일 뿐이에요, 라고 말했다면? 그랬다면 모든 게 달라졌을까? 이제는 알 수 없는 일이 되어버렸지. 한번 일어난 일은 돌이킬 수 없으니까.

그 사건에서 가장 끔찍한 일이 뭔지 알아? 그건 바로 그의 머릿속에 들어 있는 1974년 기억의 서울이야. 거기에는 아버지들이 주고받은 정보가 그대로 남아 있었거든. 반체제 세력에게 고급 정보를 제공하는 정부 내 관리들의 명단과 그들이 유출한 정보들, 수배자들의 뒤를 봐주고 있던 종교인들과 자금을 대주던 기업가들에 대한 정보 등등 어마어마한 것들이 그의 머릿속에 그대로 들어 있었던 거야. 이수형이 〈장학퀴즈〉 연말 장원을 한 기억력의 천재이며, 또한 토요일마다 아버지를 만나러 우리 집에 왔다는 사실을 알아낸 과장은 그를 정보부로 데려갔어. 이따금 다른 방에서 비명 소리가 들리곤 하던 그 끔찍한 방에 그는 갇혔지. 흐릿한 전등 아래, 어떤 무늬도 없이 그저 하얗게 칠한 벽. 공포로 그는 완전히 얼어붙었지. 그를 취조실로 부른 과장은 그에게 원주율을 외워보라고 했어. 그는 겁에 질려 입술을 떼지도 못했지. 과장이 부드러운 목소리로 말했어.

"떨지 말고 잘 생각해봐."

"삼점일사일오구이육오삼오팔구칠구."

거기까지 외웠지만, 그 뒤는 생각나지 않아.

"야, 너는 원주율 어디까지 외우냐?"

과장이 뒤에 서 있던 수사관에게 물었어. 수사관은 "원주율 말입니까? 삼점일사 말입니까?"라고 대답했지.

"봐, 우리는 원주율이라면 삼점일사밖에 몰라. 그런데 너는 천자리까지 외울 수 있잖아. 그런데 왜 그래? 원주율 못 외운다고 때리지는 않을 테니까 잘 생각해봐. 〈장학퀴즈〉에 나갔을 때처럼. 카메라 앞에서 했던 것처럼."

"삼점일사일오구이육오삼오팔구칠구."

하지만 여전히 그 뒤의 숫자가 기억나지 않았어. 그러자 과장의 목소리가 갑자기 험악해지기 시작했어.

"이 새끼가 보자보자 하니까, 사람 말을 말 같지도 않게 보는 건가? 원주율 외워보란 말이야! 〈장학퀴즈〉에 나갔을 때처럼! 카메라 앞에서 했던 것처럼! 빨리 외워, 이 빨갱이 새끼야!"

그는 필사적으로 생각했어. 뭘 생각했냐고? 시를. 그 시를. 세상에서 가장 아름다운 원주율을. 되새그림자흐리마리가려진마당의종려나무밤의목소리에드리워진마음이여오래전숲길을지날때누군가들려준우울한휘파람에발간눈두덩비비며한때뜨거웠던여름을떠올렸다네느릿느릿시냇물로재잘대며모여드는청둥오리들과눈동자어슴푸레올려다보는황조롱이들과검푸른주목의시간깊은밤의짙은둘레를지나조는듯새초롬하게밀려드는구름의첫마디무던하지않은눈동자는차갑게젖어드나니소용없는후회라고지나간희망의흔적이라고마음의지도에난분분하게떨어지던차디찬숨결여름의공원벤치에서혼자취해부르던노래어제는비가내렸고어제는비가내렸고어제는비가내렸고……

그는 그 취조실에서 자신이 기억하는 모든 것들을 다 털어놓았어. 1974년 기억의 서울에 저장된 모든 정보들을, 하나도 빠짐없이 모두 털어놓았어. 그건 정말 끔찍한 일이었지. 수많은 사람들이 그의 말 때문에 정보부에 끌려가서 고초를 겪어야 했으니까. 그들이 당한 고통이 얼마나 큰 것이었는지 나는 너무나 잘 알아. 왜냐하면 그 사건의 중심에 우리 아버지가 있었으니까. 지금까지도 아버지는 텔레비전의 쇼 프로그램을 보지 않아. 노래도 부르지 않아. 항상 굳은 표정이야. 아무리 기쁜 일이 있어도 아버지는 웃지 않아. 그때 정보부에 끌려갔을 때, 아버지의 일부는 거기서 죽었기 때문이야. 하지만 그렇다고 한들, 그에 비할까? 그의 고통에 비할까?

한 달 만에 그는 풀려났어. 하지만 그를 기다린 것은 아버지가 죽었다는 소식이었어. 친구들과 동료들이 모조리 정보부에 끌려가서 고문을 당하고 직장을 잃고 감옥에 갇히는 것을 지켜본 그의 아버지는 "모두에게 사죄드린다"는 유서를 남기고 자살한 거야. 이제 그는 자신의 기억력을 저주하기 시작했어. 한때는 아버지의 자랑거리였던 그 기억력을. 그는 1974년 기억의 서울을 부수기 시작해. 광화문 네거리에서 종로5가까지. 단 한 채의 건물도 남겨두지 않고 모조리. 아무런 흔적도 남지 않을 때까지 다 부숴버려. 1974년 기억의 서울은 서서히 허물어지다가 결국에는 완전히 폐허가 돼. 그는 술에 취해서 하루하루를 보내. 아무하고나 싸움을 벌이고 경찰서에 잡혀가. 순경이 이름을 물어봐도 기억이 나지 않는다고 버텨. 다시 순경에게 얻어터진 뒤에야 정신이 조금 돌아와. 거기가 어디인지 자신은 누구인지.

1980년 봄, 우리가 다시 만났을 때, 나는 그의, 폐허가 된 1974년 기억의 서울에 남아 있던 유일한 사람이었어. 정보부에 끌려가기 전에 만났던 사람들 중에서 그가 잊지 않으려고 애쓴 유일한 사람. 무과수제과점에서 서로 머리를 맞대고 울고 난 뒤, 나는 그에게 다시 해보자고 말했어. 다시 기억의 서울을, 이번에는 완전히 새로운 1980년 기억의 서울을 만들자고 했어. 그는 주저했지. 잊지 않는다는 것, 기억한다는 것, 그 자체를 두려워했지. 지금의 삶, 망각의 삶에 만족한다고 말했지. 하지만 나는 그를 설득했어. 그렇지 않다고 말했어. 지금의 삶으로는 부족하다고 말했어. 나한테는 그 정도 남자로는 안 된다고 말했어. 모든 걸 다 기억하는 남자 정도는 되어야 내게 어울린다고 말했어. 그가 내 눈을 바라봤지. 언젠가 76, 그 서늘한 밤에 그랬던 것처럼.

우리는 주말에 광화문 네거리에서 다시 만났어. 동아일보사부터 시작해 건물과 간판을 유심히 바라보면서 노트에 그 이름들을 적었어. 광화문우체국, 스타다스트 호텔, 유정낙지, 르네쌍스 다방, 공안과, 중소기업은행, 보신각, 보신주단, 파인힐, 보금장, 종로서적, 성서회관 등등 종로5가까지 하나도 빼놓지 않고 순서대로 쭉. 그리고 일주일 내내 그와 나는 노트에 적은 이름을 외웠다가 그다음 주말에 만나서 서로 외운 것을 확인했지. 신신백화점 맞은편 파출소까지는 둘 다 잘 외웠지만, 거기서 길을 건너 보신각 앞으로 가면 그때부터 헷갈렸어. 토요일의 종각역 부근은 언제나 인

산인해였으니까. 우리는 떨어지지 않으려고 서로의 손을 잡고 인파를 헤치며 나갔지. 넌 사랑이 뭐라고 생각하니? 그때 사람들 사이를 빠져나가며 우리가 맞잡은 두 손, 놓치지 않으려고 힘을 주던 그 뼈와 근육과 핏줄 들이 내가 아는 사랑의 거의 전부야. 그것 말고 또 무슨 사랑이 있을까? 다만 그 손을 놓을 수 없었다는 사실 말고. 종로5가까지 걸어갔다가 길을 건너 다시 광화문 쪽으로 돌아왔지. 돌아올 때는 늘 힘이 빠져서 간판을 외우기보다는 각자 자기 이야기를 많이 했어. 그래서 파고다공원 앞을 지날 즈음이면 일주일 동안 기뻤던 일이나 슬펐던 일들도 얘기하고, 자기 꿈도 얘기하고, 가고 싶은 곳도 얘기했어. 아마 그때였나봐. 여름이 되면 둘이서 강릉에 꼭 놀러 가자고 했던 게.

아마도 그 일이 아니었다면, 여름쯤 1980년 기억의 서울은 완성됐을 거고, 우리는 강릉에 놀러 갔겠지. 그는 다시 모든 걸 기억하는 남자가 됐을 테고, 그래서 소수점 아래 천자리까지, 아니 그보다 더 길게 원주율도 외웠을 테고, 그래서 기억력의 천재로 유명해져서 신문에 이름도 났겠지. 그다음 해에 대통령 선거를 해서 김대중이나 김영삼이나 김종필 중 한 사람이 대통령이 됐겠지. 그러나 김대중씨가 연행되고 그다음다음 날인가, 부처님오신날인가, 아침에 배달된 신문 1면을 봤더니 "光州 일원 데모 事態"라고, 검은 바탕에 흰색 글자 여덟 개가 인쇄돼 있더군. 제목 옆에는 광주 일원에 발생한 소요사태가 아직 수습되지 않고 있다는 계엄사령부의 발표뿐, 아무리 신문을 넘겨봐도 거기에는 수술 분만이 늘고 있다는 기사, 텔레비전 때문에 아이들의 놀이시간이 줄어든다는 기사, 남원에 춘향제가 한창이라는 기사뿐이었지. 주말이 되어 나는 광화문으로 나갔어. 하지만 그는 나타나지 않았어. 대신에 행인들의 숫자가 부쩍 줄어든 종로 뒷골목으로는 1천 명이 죽었다는 둥 2천 명이 죽었다는 둥, 기관총으로 쏘았다는 둥 대검으로 찔렀다는 둥, 끔찍한 소문들만 떠돌았지. 그러니까 1980년, 우리 기억의 서울에서는 말이야.

그뒤로 그를 만나지 못했어. 편지를 보내도 답장이 없었지. 그의 학교에 한 번 찾아갔지만, 교내에 진주한 계엄군과 장갑차를 먼발치에서 바라보다가 돌아왔을 뿐이야. 우리 인연은 거기까지인가보다는 생각이 들었어. 그를 만나지 못하는 토요일에도 나는 여전히 종로를 걸어다녔어. 걷다보니 공평동 근처를 재개발하기 위해서 인부들이 2층 건물을 철거하고 있었어. 그걸 보는데 마음이 먹먹하더라. 우리가 믿고 소망하고 사랑하는 것들이 얼마나 연약한지 너는 아니? 그것들은 곧 사라지게 돼 있어. 언제나 무너지고 부서지고 잊힐 뿐이야. 1974년 기억의 서울처럼, 주말마다 우리가 만들려고 했던 1980년 기억의 서울도 언젠가는 완전히 허물어져 폐허가 되겠지. 그 시절에 우리가 어떤 사람이었는지, 무엇을 두려워하고 무엇을 갈망했는지, 인파에 밀려 떨어지지 않기 위해서 얼마나 세게 우리가 두 손을 맞잡았는지 그런 기억들조차도 흔적도 없이 사라지겠지. 그러고 나면 그저 남는 것이라고는 으울과 멜랑콜리뿐. 신군부가 권력을 잡은 1980년 5월 이후의 종로란 내게 공포와 환희와 절망과 지복의 순간이 모두 지워지고 난 뒤의 흐릿한 공간, 무채색의 우울과 불투명한 멜랑콜리의 공간이었어.

다시 무과수제과점 이야기야. 7월, 뜨거운 햇살이 가로수의 잎들을 시퍼렇게 익히던 초여름, 그 제과점 앞을 지나가다가 황급히 버스에서 내리는 그를 만났어. 반갑다기보다는 미웠어. 그런데도 외면하지 못하고 그의 팔을 잡았어. 반쯤 넋이 나간 듯한 그는 나를 알아보고는 "일단 이야기는 조금 있다가"라고 말하더니 내 손을 잡았어. 그때 갑자기 무슨 기적처럼 하늘에서 종이조각이 흩날리기 시작하는 거야. 그걸 보더니 그 사람은 달리기 시작했어. 우울과 멜랑콜리의 거리를. 하얀 종이가 마구 흩날리는 거리를. 무슨 개선장군처럼. 올림픽 금메달리스트처럼. 한참 달려 어떤 골목에 들어섰고, 그가 양손으로 내 얼굴을 감싸고 입을 맞췄어. 나는 심장이 얼어붙는 것 같았지. 그 단 한 번의 입맞춤은 결정적이었어. 그 순간, 완전히 빠져든 거야.

"아까 그 종이들은 뭐였지? 하나 주워올걸 그랬어요."

그러자 그는 잘난 척하는 고등학생처럼 자기 머리를 가리켰어.

"모든 건 이 안에 다 들어 있어. 그건 우리가 버스 지붕 위에 올려놓은 유인물이야. 우린 가만히 있지 않을 거야. 뭐라도 할 거야. 가만히 있지 않을 거야. 우린 혼자가 아니야."

그가 말했지. 그는 그날 걸어가면서 자기가 외운 것들을 내게 들려줬어. 그건 광주에서 일어난 일들에 대한 이야기였어. 고통과 피와 눈물과 죽음에 대한 이야기. 지금도 종로 거리를 걷다보면 그때의 우울과 멜랑콜리가, 그다음에는 열에 들떠 자기가 들은 이야기들을 토씨 하나 틀리지 않고 그대로 내게 들려주던 그의 목소리가 떠올라. 뜨거운 여름이었지. 나도 뭔가에 홀린 것처럼 그의 이야기를 들었어. 그때 나는 뜨거운 여름 안에 있었지. 그때 나는 영원을 생각하고 있었어. 하늘이나 바다 같은 것, 혹은 시간이나 공간, 우주 같은 것. 어쩌면 사랑 같은 것.

심장에서 불과 몇 센티미터의 눈물

"오늘 베드로의 집을 찾아갔다가 그 동네를 포위하고 선 포클레인과 철거반원과 경찰 들을 봤어요. 집들은 이미 부서져 동네는 폐허가 됐구요, 주민들은 잔해에서 찾은 기둥과 서까래로 뼈대를 세우고 주위를 비닐로 두른 뒤 그 안에 바짝 엎드려 있더라구요. 그 천막을 다시 부수려고 헬멧을 쓴 철거반원들이며 방패를 든 전투 경찰들이 무리지어 서 있었어요."

희선씨가 말했다.

"그래서 지금 여러 신부님과 수녀님 들이 그들을 막아서고 있어. 그들은 제 눈이 어두운 줄도 모르고, 자기들이 하는 일을 누구도 못 볼 거라고 생각하지."

신부님이 말했다.

"실제로 우리는 보지 못해요. TV에서도, 신문에서도 그 일은 전혀 보도되지 않으니까요. 여기까지 지하철을 타고 와서 명동 거리로 나왔는데, 마치 딴 세상에 온 것 같았어요. 행복은 이토록 훤히

드러나는데, 고통은 꼭꼭 감춰져 있어요. 때리고, 부수고, 가두고, 불태우는 이유가 거기에 있죠. 어둠 속에 밀어넣고 감추기만 하면 되니까. 지금 우리는 차갑게 식어가는 캄캄한 밤 안에 있는 거나 마찬가지예요. 보이지 않으면 우리는 없다고 생각하죠. 그러니 그들의 고통도 이 세상에 없는 거예요. 신부님, 과연 이 고통이 사람들에게 보여질 수 있을까요?"

"자네는 이미 대답을 알고 있는 것 같은데…… 예수님은 네 눈은 네 몸의 등불이라고 말씀하셨지. 보는 건, 즉 보여지는 것이야. 환하게 볼 때, 우리도 환하게 보일 거야."

신부님이 희선씨에게 말하고는 내 쪽을 바라봤다.

"아직 이사할 곳을 구하지 못했는데, 갑작스레 강제철거가 이뤄져서 베드로의 집에 있던 사람들이 다들 여기로 왔어. 크리스마스는 지나야 갈 곳을 마련할 것 같아. 그때까지는 테니스장에 설치한 대형 천막에서 지내야만 하는데, 괜찮겠니?"

"워낙 야영하는 거 좋아합니다."

희선씨를 힐끔 쳐다보면서 내가 말했다. 희선씨는 무슨 생각엔가 잠겨 있었다.

"그래, 젊은 시절의 고생은 돈 주고도 못 산다고 했으니까. 그런 기백이면 얼음 위에 댓잎 자리를 깔고 자도 문제없을 거야. 앞으로 칠십 년도 더 살 테니까 이 성당에 올 일이 많을 거야. 그때마다 오늘 일을 생각하면 못 할 일은 없겠지."

신부님이 말했다. 나는 십 년씩 더해봤다. 1996년, 2006년, 2016년, 2026년, 2036년, 2046년, 2056년…… 과연 그때 나는 어디서 무엇을 하고 있을까? 나는 어떤 마음으로 1986년의 나를 떠올릴까?

"학생 이름이 김정훈이라고 했지?"

상념에 젖어 있는데, 신부님이 다시 내게 말을 걸었다.

"예."

"선물이 하나 있어. 아직 베드로의 집이 부서지기 전에 마지막으로 우편배달부가 다녀갔는데, 우편물 중에 김정훈이라는 사람에게 온 국제우편이 있었어. 우리 아이들 중에는 그런 사람이 없었기 때문에 그때는 잘못 배달된 편지라고 생각하고 반송할 생각이었는데, 이런저런 일들이 일어나서 내가 아직도 가지고 있어. 아까 둘이서 무슨 편지 얘기 했잖아. 지금 보니까 그 편지는 김정훈군에게 온 것인가보네. 사제관에서 편지를 가져올 테니까 정훈군은 일단 천막에 그 가방을 갖다놓고 다시 여기로 오게나."

"정말이요?"

나도 모르게 주먹을 움켜쥐면서 되물었다. 나는 알겠다고 말한 뒤, 여행가방을 들고 밖으로 나왔다. 조금 걸어가다가 나는 하늘을 올려다봤다. 명동의 불빛으로 환한 서울 하늘에 별 하나가 반짝이고 있었다. 나는 그 별을 향해 소리를 질렀다.

"하이! 내 이름은 김정훈입니다. 나는 한국 소년입니다. 나는 열일곱 살입니다."

내 목소리가 가 닿을 리도 없고, 혹 가 닿는다 하더라도 무슨 반응을 보일 리도 없었지만, 그 별이 밝아졌다가 어두워졌다가 반짝거리는 게 꼭 내 말을 알아듣는 것 같았다. 나는 테니스장으로 내려가는 계단 위에 섰다. 거기 서니 반짝이는 것은 그 별뿐만이 아니었다. 밤의 서울 역시 빛으로 환했다. 나는 계단을 밟고 내려갔다.

*

비닐을 두른데다가 석유난로도 있어서 천막 안은 생각보다 춥지 않았다. 한쪽에는 라면박스가 쌓여 있었고, 그 옆으로는 빨래들이 긴 줄에 매달려 있었다. 흐릿한 백열등 아래에서 아이들은 텔레비전을 보거나 숙제를 하고 있었다. 평소에도 드나드는 사람들이 많았는지 내가 들어갔는데도 다들 별로 신경쓰지 않았다. 여행가방을 한쪽에 내려놓고 천막을 나와 다시 문화관으로 돌아가기 위해 계단을 뛰어올라갔다. 그런데 계단 맨 위에 한 사람이 서 있었다. 끝까지 계단을 다 올라가서야 나는 그 사람이 누군지 알아봤다.

"진짜 맞네. 원더보이네."

이만기가 말했다. 나는 그 목소리에 놀라 몇 계단 밑으로 다시 내려갔다.

"내가 여기 있는 줄 어떻게 알았어?"

내가 물었다.

"우리가 모르는 게 어디 있겠냐?"

이만기가 성당 입구 쪽을 가리켰다. 두 개의 검은 그림자가 보였다. 나도 모르게 딸꾹질이 났다.

"쌍둥이들도 같이 온 거야? 끄윽."

내가 딸꾹질을 하자, 이만기가 뒤로 물러났다.

"또 토하려는 거냐? 두 번 당하지, 세 번은 절대로 안 당한다."

"아니야, 이건. 그냥 추워서 그러는 거야."

이만기가 미심쩍은 듯 나를 쳐다봤다.

"사실은 다른 일 때문에 왔는데, 아까 저쪽에서 들어보니까 '내 이름은 김정훈이다' 어쩌구저쩌구하는 소리가 들려서 한번 와본 거지. 그런데 정말 너네. 우리 인연도 참 끈질기다. 오랜만에 나 보니까 어떠냐?"

"꿈에 볼까 두려울 따름이지."

"달라진 게 없네. 난 어딘가 좀 달라진 것 같지 않냐?"

그러고 보니 어딘가 좀 이상했다.

"그렇네. 이제 '미친'이라는 말도 안 쓰고, '엉'이라는 말도 안 쓰네."

"나도 이제 철들어야지. 애들처럼 언제까지 그렇게 말하면서 살 수 있겠냐? 이젠 정신차려야지. 내년이면 나도 벌써 열일곱 살이다."

마치 내년이면 서른일곱 살쯤이나 된다는 듯, 회한에 찬 목소리로 이만기가 말했다.

"언제는 나랑 나이가 같다고 우기더니만."

"한 살이라도 젊은 게 낫지. 나이먹는 거 좋아하면 너나 많이 먹어라. 난 사양이다. 그런데 정말 모르겠냐? 내가 어디가 달라졌는지 모르겠냐?"

"목소리도 좀 달라졌네. 변성기네."

"이리 올라와봐."

이만기가 나를 불렀다. 나는 계단 위로 올라갔다. 이만기는 나더러 뒤로 돌아보라고 했다. 나는 약간 불안했지만, 뒤로 돌았다. 그러자 이만기가 내 등 뒤에 달라붙더니 손으로 내 뒤통수를 쳤다. 내가 몸을 홱 돌렸다.

"거의 비슷하지, 이제?"

이만기가 자기 키를 잰 손을 그대로 허공에 든 채로 말했다.

"이제 키가 크는 건가? 성장이 남들보다 느리네."

"대기만성이라고 했다. 이제 개발도상국에서는 탈피한 거고, 중진국에 진입한 셈이다."

"그런데 왜 갑자기 키가 크기 시작하는 거지? 너 혹시 최근에 여자를 사랑한 적이 있냐?"

권대령의 말투를 흉내내서 내가 물었다.

"내가 거기 안에 있는데, 여자를 어디서 만나냐?"

이만기가 말했다.

"하긴 그렇지."

그러다가 퍼뜩 생각이 났다.

"너, 설마? 저기 있는 쌍둥이 누나한테?"

내가 입구에 선 두 개의 그림자 중 하나를 가리켰다.

"야야, 확성기 달았냐? 목소리가 왜 그렇게 커?"

"드디어 돌았구나? 큰일났네."

"너, 다시 사람 마음 읽을 수 있게 된 거냐?"

이만기가 물었다. 나는 고개를 끄덕였다.

"그럼 지금 내가 무슨 생각하는지도 다 알고 있는 거야?"

"그래. 하지만 티 안 내고 그냥 평범하게 살기로 했지."

내가 말했다.

"그렇다면 어쩔 수 없지. 암튼 그렇게 됐어."

"이제 권대령이 그 사실을 알면 너 정신차리라고 다귀를 때리려고 할 거다. 그 사람, 젊었을 때 여자한테 많이 차인 모양이더라. 그러니까 맞기 싫으면 얼른 이렇게 얘기해라. 인구를 늘리는 걸로 국가에 보답하겠습니다. 라고."

인구를 늘리는 걸로 국가에 보답하겠습니다. 이만기가 중얼거렸다.

"잘했어. 난 이만 바빠서 가볼란다. 근데 여긴 웬일로 온 거야?"

"내일 여기 성당에서 대단한 걸 한다니까 잘 봐라 그래서 우리가 온 거야."

"대단한 게 뭔데?"

"내일 어떤 사람이 분신한다는 첩보가 들어왔어."

그 말을 들으니 갑자기 흥미가 끌렸다.

"우와. 정말 대단한 걸 하네."

"대단하지."

이만기가 말했다.

"그런데 그건 어떻게 하는거냐?"

내가 물었다.

"뭘?"

"분신 말이다. 그거 어떻게 하는 건지 아냐?"

"왜 알면 너도 한번 해보게?"

"뭐, 글쎄, 하는 방법만 안다면야."

"원더보이라고 하니까 하다하다 별걸 다 해보려고 하네."

이만기가 웃었다.

*

신부님이 건넨 16절지 크기의 항공우편 봉투 안에는 아래와 같
은 편지가 들어 있었다.

김정훈씨에게

안녕하십니까?

귀하가 문의한 철새 이동경로 관찰용 가락지 'HONGKONG C7655'를 꼬까참새에 부착한 사람은 남한의 이시인이며 회신 주소는 가락지에 표시된 대로 홍콩의 사서함 C7655로 확인됩니다.

그런데 가락지 등록대장을 살펴보던 중, 갈피에서 동봉한 편지가 발견돼 보내드립니다. 이 편지는 이새인이 국제즈류협회에 맡긴 것으로, 자신의 신원에 대해서 문의하는 사람이 있을 경우 그에게 이 편지를 전달해달라는 메시지가 붙어 있었습니다. 우리는 회의를 거친 끝에 이새인의 요구대로 이 편지를 귀하에게 보내드리기로 결정했습니다. 이 편지의 내용과 관련해서 국제조류협회는 아는 바가 전혀 없음을 양지하시기 바랍니다.

부디 행운을 빕니다.
국제조류협회 사무국장 마르코 람네르티니 박사

그리고 안에 함께 들어 있던 작은 봉투를 찢었더니 아래와 같은 편지가 나왔다.

그리운 아버지에게

　기적을 바라는 심정으로 이 편지를 씁니다. 저는 이새인이라고
합니다. 독특한 이름이죠. 새처럼 자유로운 영혼으로 살아가라고
아버지가 지어주신 이름입니다. 기억하시나요? 엄마에게, 할머니
에게, 고모들에게, 아버지가 얼마나 훌륭한 분이셨는지 많이 들었
습니다. 일본에 관비 장학생으로 유학을 간 이야기며, 돌아와서 젊
은 나이에 교직에 몸담게 된 이야기며, 탐조여행에 나서면 몇 주씩
소식이 끊어지던 이야기며. 제가 다섯 살 때 저희 곁을 떠나셨으니
까 제게는 아버지에 대한 기억이 많지 않아요. 사십대 중년 남자의
얼굴만 또렷하게 떠오르는데, 그게 직접 본 얼굴인지 아니면 사진
을 보고 상상한 얼굴인지 잘 모르겠습니다. 눈썹이나 눈매 같은 건
늘 비슷한 모양으로 떠오르는데, 이를테면 코 같은 건 생각할 때마
다 달라집니다. 그래서 어머니에게 "아버지 코가 좀 매부리코였었
지?"라고 물으면 어머니는 "그게 다 생각이 나냐?"라고 대답하십
니다. 하지만 그 말을 믿을 수 없는 게, 조금 있다가 제가 다시 "아
버지 코가 좀 뭉툭하지 않았나?"라고 물으면 "코는 인물만 못했어"
라고 말씀하시거든요. 어머니는 제가 묻는 말에는 무조건 그렇다고
대답하실 모양인데, 그건 아마도 아버지의 얼굴을 기억하려는 저를
격려하는 마음에서가 아니라, 어머니 당신도 아버지의 얼굴을 점점
잊고 있기 때문일 겁니다. 아버지는 우리 얼굴이 기억나나요? 우리

는 아버지의 얼굴을 점점 잊어가고 있습니다. 곧 돌아오실 거라던 아버지는 벌써 이십일 년째 집으로 돌아오지 않고 계십니다.

아버지가 떠난 뒤에도 1천 개가 넘는 조류 표본이 그대로 집에 보관돼 있었습니다. 그러다가 전쟁이 일어났고, 서울은 폐허가 됐습니다. 그 와중에 표본들도 대부분 사라지거나 버려졌습니다. 그럼에도 몇 개의 박제는 남아 있었는데 그중 하나가 금눈쇠올빼미였습니다. 그 새를 기억하시나요? 좌대에 보면 1946년 사리원에서 채집한 것이라고 적혀 있습니다. 금눈쇠올빼미의 그 노란 눈동자가 제 인생의 앞길을 비춰준 것이라고 저는 생각합니다. 아버지가 없는 사춘기는 혼란의 연속이었습니다. 왜 하필이면 제게 이런 불운이 닥쳤는가 이해할 수 없었죠. 그럴 때마다 그 작고도 노란 눈동자가 제게는 위안이 됐습니다. 제가 고등학교를 졸업할 무렵이 되자 큰오빠는 결혼을 했고 둘째오빠도 취직했기 때문에 집안의 사정이 조금 나아졌습니다. 오빠들이 강하게 권하는 바람에 대학에도 진학하게 됐습니다. 무슨 과를 갈 거냐고 물었을 때, 아무 생각 없이 새를 공부하겠다고 대답했는데, 그게 원래 제 운명이었나봐요. 제가 대학에 입학했을 때, 입학식에 온 큰오빠는 제게 도움이 될 거라면서 아버지가 남기신 독일제 필드스코프를 선물하더군요. 아버지의 손때가 묻은 필드스코프를 받으니, 꼭 아버지가 제 입학식에 오신 것 같아서 하염없이 눈물이 나왔습니다. 막내딸이 당신의 뒤를 이어서 새를 연구한다는 사실을 알았다면 아버지는 자랑스러우셨을까요?

　이런 편지를 써야겠다고 생각한 건 조류도감을 만드는 작업에 동참하면서부터였습니다. 제 지도교수님은 아버지를 잘 알고 계십니다. 아버지 역시 선생님을 아실 거예요. 그 분이 적극적으로 권유하셔서 저도 도감을 만드는 팀에 들어갔습니다. 도감을 위한 사진 촬영은 각 대학교 별로 할당됐는데, 우리 학교는 두루미를 비롯한 철새들을 담당했습니다. 저는 아버지의 필드스코프를 들고 나갔는데, 비록 연식이 오래되긴 했지만 독일제라 다들 여간 부러워하지 않았어요. 우리는 도감용 사진 촬영 작업과 동시에 철새들의 다리에 가락지를 부착하는 일도 병행했습니다. 철새들의 이동 경로를 파악하는 데 가락지를 부착하는 일만큼 효율적인 게 없다는 걸 학교에서 배우긴 했지만, 실제로 그 일을 해본 건 처음이었어요. 교수님이 시키셔서 가락지별로 방조放鳥 장소, 방조연월일, 방조자, 학명 등을 일일이 기재하는 일을 제가 도맡았습니다. 부리에 손등이 찍히면서도 얼마나 먼 곳에서 철새들이 날아오는 것인지 알 수 있으리라는 기대감에 가득 차 새들을 하늘에 풀어놓았습니다. 휴전선 너머로 날아가는 새들을 보면서 저는 새처럼 자유로운 영혼으로 살아가라며 막내딸의 이름을 새인이라고 짓는 아버지를 생각했습니다. 제가 새처럼 자유롭다면 그 새들을 따라 휴전선 너머로 날아갔겠죠. 당장 아버지를 찾아가 그 품에 안겨서 울었겠죠.

　그러다가 좋은 생각이 떠올랐어요. 그건 철새들에게 가락지를 붙여서 날려보내는 일을 계속해보면 어떨까는 것이었습니다. 누군가 은밀히 어머니에게 일러준 말처럼 아버지가 북한에 살아계시다면, 그리고 거기서 교편을 잡고 계시다면, 그건 아버지가 여전히 새들을 연구하고 계시다는 의미겠죠. 그렇다면 언젠가는 제가 날려보낸 새를 포획하는 날이 올 것입니다. 분명히 그런 날은 올 거예요. 그래서 그 가락지를 날려보낸 사람이 이새인이라는 사실을 알면 과연 아버지는 어떤 기분일까요? 앗, 우리 딸이구나! 그렇게 생각하실까요, 아니면 우연의 일치라고 여기고 그냥 넘겨버리실까요? 장담하건대 아버지는 단번에 저를 알아볼 거예요. 그렇지 않다면 지금 이 편지를 읽을 리가 없으니까 말이에요. 단번에 절 알아본다는 건 저를 잊지 않았다는 뜻이니까 너무나 기쁩니다. 아버지, 저도 아버지를 단 한 번도 잊은 적이 없어요. 남북이 갈라져 비록 만날 수는 없지만, 아니, 만나기는커녕 전화는 물론이거니와 편지조차 주고받을 수도 없지만, 지금도 아버지가 어머니와 저를 생각하고 있으리라는 건, 저도 이제 알겠어요. 왜냐하면 제게도 사랑하는 사람이 생겼으니까요.

남편은, 뭐랄까, 역시 저와 비슷한 일을 하던 사람이에요. 대학을 나온 건 아니지만, 새들에 대해서는 저만큼이나 많이 알고 있는 사람이랍니다. 그 사람은 자기보다 더 많이 아는 사람은 따로 있다고 우기지만, 겸손한 성격 때문이지요. 지난 일 년간 여기 연천에서 살면서 그 사람은 새를 잡고, 저는 가락지를 부착했습니다.

그 사람과 함께 보낸 지난 일 년이 제 인생에서는 가장 행복한 시절이었습니다. 매일 밤 우리는 들판으로 산책을 나가 별들을 올려다봤습니다. 그 별들을 보면서 우리는 번갈아 소원을 말했어요. 나의 소원은 통일, 그러면 그 사람이 웃습니다. 그 사람은 소원이 없대요. 얼마 전까지는 젊은 아가씨랑 연애 한번 찐하게 하고 죽는 게 소원이었는데, 이젠 소원도 없대요. 그러면 제가 웃습니다. 내년 봄이면 우리 사이에 아이가 태어날 거예요. 그 아이가 살아갈 세상은 어떤 세상일까요? 로켓이 달까지도 날아가는 세상이니 지금과 얼마나 달라질지 우린 상상조차 못 하겠죠. 이 아이가 살아갈 세상에서는 아버지와 딸이 이렇게 가까이 살면서도 편지조차 주고받을 수 없는 일이란 절대로 있을 수 없을 거예요. 이 아이가 자라날 1970년대는 완전히 다른 세상이 되기를 간절히 바랍니다.

아버지, 이 편지를 읽으셨다면 지금 당장 제게 답장을 보내주세요. 아무리 늦어도 상관없습니다. 기다리는 사람에게 답장은 늘 늦게 도착한다는 사실쯤은 저도 잘 알고 있으니까요. 저는 언제까지라도 아버지의 답장을 기다리겠습니다.

아버지, 사랑합니다.

1969년 12월 24일 크리스마스이브에
다시 한번 기적을 바라며,
막내딸 이새인

그날 밤, 희선씨는 자기도 천막에서 자겠다고 했다. 혹시 나 때문에 그러는 것이라면 정말 괜찮다고 내가 말했다. 그러자 희선씨는 나랑은 상관없는 다른 일이 있어서 안 가는 것이니까 신경쓰지 말라고 대답했다. 그 밤 내내 그녀의 표정은 어두웠다. 내가 그 다른 일이 뭐냐고 묻자, 자기도 야영을 좋아한다고 그녀가 말했다. 실없이 웃음이 나왔다. 아무렇지도 않다고 말했지만, 그런데 그게 아무렇지도 않은 게 아니었다. 천막의 불이 꺼진 뒤에도 나는 통 잠을 이루지 못했다. 아빠와, 엄마와, 기억나지 않는 엄마의 얼굴과, 마지막이라고 말하는 희선씨와, 예수님이 말씀하신 환한 눈과, 그래서 덩달아 환하게 밝혀지는 몸과…… 또 온갖 생각들이 머릿속을 떠다녔다.

그다음 날 새벽이었다. 꿈의 가장자리를 헤매는데 누군가의 목소리가 들렸다.

"그쪽이 아니라 이쪽이야!"

나는 누군지 얼굴을 알아볼 수 없는 사람과 자전거를 타고 있었다. 그가 말하는 '그쪽'은 화려한 불빛들이 반짝이는, 그러나 자세히 보면 가로등이나 창의 불빛이 아니라 실제로 불이 붙은 도시였다. 불타오르는 그 도시는 내가 자란 도시, 서울이었다. 반면에 그가 '이쪽'이라고 말한 건, 어둠 속의 검은 봉우리였다. 내가 그 검은 봉우리를 겁내자, 그 사람은 웃으며 말했다.

"그냥 거기 내려놓으면 돼!"

뭘 내려놓으란 말일까, 나는 궁금했다. 너의 그 마음을. 예전처럼 그 사람의 생각이 읽혔다. 그는 자전거 핸들에서 두 손을 떼고 마치 날개를 펼치듯 양옆으로 쭉 뻗었다. 이렇게 두 팔을 펼쳐봐. 내 몸은 종이처럼 가벼워질 거야. 그의 말대로 나는 두 팔을 펼쳤다. 자전거가 약간 비틀거렸다. 눈을 감고 너를 끌어올리는 거대한 힘을 느껴보거라. 우리 머리 위 몇만 미터에서 부는 우주의 바람을 상상해. 그 바람을 타고 거대한 봉우리를 넘어간다고 생각하는 거야. 우리 머리 위 몇만 미터에서 부는 우주의 바람을 타고…… 나는 눈을 감고 중얼거렸다. 그리고 나는 솟구쳤다. 내가 날아가는 게 아니라 내 몸이 바람에 날리듯이. 잘했다. 모든 건 너의 선택이라는 걸 잊지 말아라. 원하는 쪽으로 부는 바람을 잡아타면 되는 거야. 절대로 네 혼자 힘으로 저 봉우리를 넘겠다고 생각해서는 안 돼. 혼자서는 어디도 갈 수 없다는 걸 기억해. 너를 움직이게 하는 건 바람이란다. 너는 어떤 바람을 잡아탈 것인지 선택할 수 있을 뿐이야. 멀리 아래 내가 타고 가던 자전거가 저 혼자서 굴러가다가 길 옆으로 쓰러졌다. 조금 더 가까이 다가가니 그 검은 봉우리는 그냥 검기만 한 봉우리가 아니었다. 거기에는 너무나 많은 색깔이 숨어 있었다. 불타는 저 도시는 우리의 기억이 머무는 곳, 그리고 이쪽은 우리가 평생 오를 봉우리, 끝내 한 번은 넘어야만 하는 검은 봉우리란다. 그리고, 나는 그게 한 번도 들어본 일이 없는 엄마의 목소리라는 걸 알아차렸다. 나는 펼쳤던 두 팔도 엄마의 몸을 감싸안았다. 엄마의 몸은 바위처럼 단단하고 솜이블처럼 부드럽고 해변의 모래처럼 따뜻했다. 두 팔을 펼쳐. 이러다가는 우리 둘 다 떨어질 거야. 하지만 나는 팔을 펼치지 않았다. 나는 엄마를 꽉 안았다. 절대 놓지 않을 거야. 다시는 엄마랑 헤어지지 않을 거야. 우주의 저쪽 끝에서 잠시도 쉬지 않고 나를 생각하는 엄마의 마음이 고스란히 느껴졌다. 서로 부둥켜안은 채로 우리는 아래로, 불타는 나의 도시 서울로 떨어졌다. 그러다가 나는 또 우리 머리 위 몇만 미터에서 부는 우주의 바람을 상상했고, 두 팔을 펼쳤다. 그러면 또 엄마가 내게서 멀어졌고, 나는 다시 엄마를 꽉 안았다. 그렇게 엄마와 나는 부둥켜안은 채로 불타는 서울과 검기만 한 것은 아닌 봉우리 사이를 떠다녔다. 그러다가 눈을 떴는데, 아직 해는 뜨지 않았는지 주위가 희끄무레했다. 꿈에서 들었던 목소리는 천막 바깥에서 누군가 말하는 소리였다. 그들의 인기척이 점점 멀어지면서 나는 차츰 정신을 차릴 수 있었다. 잠에서 덜 깬 나는 엄마를 안고 있다고 생각했지만, 그건 희선씨였다. 스웨터가 얼굴에 꺼끌거렸다. 그렇게 품에 안겨서 나는 울었다. 그건 아빠의 유산이 아닌, 온전한 나만의 눈물이었다. 누군가 다른 사람의 심장에서 불과 몇 센티미터도 안 떨어진 곳에서 울어본 건 정말 오랜만의 일이었다. 아마도 십칠 년 만의 일이 아닌가 싶었다.

다시 한번, 저의 행동을 논리적으로 설명할 테니, 잘 들어보세요

먼저 다음 페이지의 사진을 보고 정답을 맞혀보세요.

우주에 그토록 별이 많다면, 우리의 밤은 왜 이다지도 어두울까요?

그건 우리가 지구라는 외로운 별에서 살고 있기 대문일지도 모릅니다. 천문학자들은 우리 은하에 어림잡아 3천억 개의 별들이 있다고 추정합니다. 이중에서 생명체가 살고 있다고 알려진 별은 현재로서는 지구뿐입니다. 그래서 지구는 고독합니다. 이 고독은 3천억분의 1의 고독입니다. 그 별들 중에서 생명체가 존재하는 별이 하나라도 더 있다면, 이 고독은 반으로 줄어들 것입니다. 그때 지구의 밤은 지금보다 두 배는 밝아질 것입니다. 하지만 지금은 지구 하나뿐입니다. 아무리 별이 많다고 해도 지구가 3천억분의 1만큼 고독한 한에는 지구의 밤은 여전히 어두울 것입니다.

중학교 1학년 때 과학선생님을 좋아했다. 부임한 지 얼마 되지 않은 여자 선생님이었다. 멀리서 스커트를 입고 걷는 모습을 볼 때면 가슴이 두근거렸다. 그런데 뒷줄의 아이들이 스커트 아래쪽으로 거울을 밀어넣어 그 속을 들여다보려다가 들킨 뒤로 선생님은 바지만 입고 출근했다. 나는 그 아이들이 원망스러웠다.

처음 부임했을 때 선생님은 토론식 수업을 해보려고 무척 애썼지만, 별로 반응이 좋지 않았다. 질문하라고 해도 아이들은 딴짓만 했다. 그래서 내가 손을 들었다.

"지금까지 지구에 태어난 사람들은 모두 몇명인가요?"

선생님은 말문이 막히는지 선뜻 대답하지 않았다.

"좋은 질문이야. 그런데 그건 선생님도 모르겠네."

선생님이 솔직하게 대답하자, 아이들은 책상을 두들기면서 소리를 질렀다. 선생님이 조용히 하라고 해도 말을 듣지 않았다. 잠시후, 아이들이 잠잠해지자 선생님이 말했다.

"내가 다음 시간까지 알려줄게."

이삼 일이 지난 뒤, 책을 빌리러 도서관에 갔더니 선생님이 있었다. 나를 보더니 선생님은 가까이 오라며 손짓을 했다. 선생님은 『행성 지구』라는 책에서 다음과 같은 구절을 찾아냈다.

지금까지 지구상에 존재한 호모사피엔스의 숫자는, 106,500,000,000명으로 추정된다.

나는 뒤에서부터 검지로 숫자를 헤아렸다. 일, 십, 백, 천, 만, 십만, 백만, 천만, 억, 십억, 백억, 천억. 1천65억 명이었다.

"겨우 찾았네. 그런데 이게 왜 궁금했던 거지?"

선생님이 물었다. 갑작스러운 질문이라 나는 당황했다.

"그건 저도 잘 모르겠습니다."

선생님의 표정이 굳었다.

"저도 다음 시간까지……"

"뭐야, 이 녀석. 선생님을 놀려?"

선생님이 내 등을 때리며 웃었다. 웃으니 덧니가 살짝 보였다.

"사실은 나중에 과학자가 될 생각이거든요."

"그래? 그거 참 좋은 생각인데? 기왕이면 노벨상을 받는 과학자가 되기를 바라겠어."

그때 처음 알았다.

지금까지 지구에는 106,500,000,000명이나 되는 사람들이 태어났다는 걸.

그렇게 많은 사람들이 살았다는 걸.

그런데 내게 가족이라고는 아빠 한 사람뿐이라는 걸.

그나마 지금 내 곁에는 아무도 없다.

나는 혼자다.

지구만큼은 아니지만,

나 역시 어마어마하게 고독하다.

1천65억분의 1만큼 고독하다.

1을 1천65억으로 나누면

0.00000000009389671361502347417 8라는 숫자가 나온다.

0.00000000009389671361502347417 8는 0이나 마찬가지다.

나란 존재는 없는 것이나 마찬가지다.

그러니 나의 밤도 지구의 밤처럼 어둡고 어둡기만 하다.

하지만 그 고독은 한순간 특별해졌다.

그건 내가 그 선생님의 덧니에 반하면서부터였다.

노벨상을 받으면 나는 수상소감에서 그 모든 영광을 선생님의 덧니에게 돌릴 생각이었다.

과학자가 되고 싶다고 말한 건 그 덧니 때문이었으니까.

나는 지구상에 존재한 인간의 덧니는 모두 몇개일까 생각했다.

한 사람에게 하나씩이라면, 모두 최소한 1천65억 개.

그중에서 내가 반한 덧니는 그게 처음이었다.

그건 최소한 1천65억 개 중에서 선택받은,

아아아아아아아아아아아아아아아아아아아아아아아아아주 특별한 덧니였다.

"신사숙녀 여러분, 저를 이 자리에 서게 한 것은 1천65억 개 중에서 선택받은 단 하나의 덧니 때문입니다."

그러므로 1천65억 개 중의 하나라는 건,

없는 것이나 마찬가지가 아니라,

아주 특별하다는 걸 뜻한다.

그렇다면 혼자라는 이유만으로 지구의 밤이 어두울 수는 없다.

그건 나의 밤도 마찬가지다.

다음날, 눈을 떴더니 희선씨가 보이지 않았다. 그날 성당에 일이 있다던 희선씨의 말이 떠올랐다. 네 눈은 네 몸의 등불이라던 예수님의 말도 떠올랐다. 환하게 보일 때 환하게 볼 수 있다던 신부님의 말도 떠올랐다. 그리고 마지막으로, 그날 어떤 사람이 분신한다는 첩보가 들어왔다던 이만기의 말이 떠올랐다. 나는 점퍼를 입고 천막 밖으로 뛰어나갔다. 막 동이 터오는 아침이었고, 공기는 갓 만든 것처럼 신선했다. 어디선가 사람들이 구령을 외치는 소리가 들렸다. 청소차가 지나가는지 〈엘리제를 위하여〉의 멜로디도 들렸다. 나는 계단을 밟고 성당 앞마당까지 단숨에 올라갔다. 거기 서서 빙 둘러봤지만, 어디에도 희선씨는 보이지 않았다. 나는 성당의 문을 열고 안으로 들어갔다. 성당 안은 어두웠다. 머리에 하얀 미사포를 쓰고 앉아 있는 사람들이 보였다. 나는 오른쪽 옆 통로를 따라 앞으로 나아가면서 그들의 얼굴을 바라봤다. 그들은 두 손을 모으고 기도하고 있었다. 맨 앞줄까지 갔다가 나는 다시 뒤쪽으로 걸었다. 제발, 이라고 나는 생각했다. 분신이 그런 것일 줄 몰랐어. 나는 머리를 툭툭 치면서 걸었다. 제발, 이라고 나는 또 생각했다. 생각하고 또 생각했다.

그간 밤하늘이 어두운 이유에 대해서 과학자들이 내놓은 주장과 반박은 다음과 같습니다.

주장1 우주는 유한하며 제한된 숫자의 별들이 비균질적으로 흩어져 있기 때문이다.
반박 우주가 유한하다면 만유인력의 법칙에 의해 별들은 서로가 서로를 끌어당겨 결국에는 한 지점으로 수축될 것이다.

주장2 지구와 별들 사이에는 먼지가 너무나 많아서 별빛이 지구까지 도달하지 않기 때문이다.
반박 계속해서 빛에너지를 흡수하다보면 먼지의 온도가 높아져 결국에는 빛을 발하게 되니 마찬가지다.

주장3 거리가 멀수록 별빛은 희미해져 잘 안 보이기 때문이다.
반박 먼 별들의 빛이 희미한 건 사실이지만, 그렇게 범위를 넓히면 더 많은 별들이 보이기 때문에 결과적으로 빛의 세기에는 변함이 없다.

이 문제를 최초로 해결한 사람은 미국의 추리소설가이자 시인인 에드거 앨런 포입니다. 그는 죽기 직전에 '유레카'라는 제목의 산문시집을 펴냈는데, 거기에는 이런 부분이 나옵니다.

별들이 끝없이 나열되어 있다면 밤하늘은 눈부시게 빛나야 한다. 광활한 우주공간에서 '별이 존재할 수 없는 공간'이라는 것이 따로 있을 이유가 없기 때문이다. 그러므로 우주공간의 대부분이 비어 있는 것처럼 보이는 것은 멀리 있는 천체로부터 방출된 빛이 아직 우리의 눈에 도달하지 않았기 때문이라고 생각할 수밖에 없다.

포의 이 시는 우리의 밤이 어두운 이유를 푸는 데 큰 실마리가 됐습니다. 우리가 지금 바라보는 별빛은 현재의 별빛이 아니라 과거의 별빛입니다. 별빛은 초속 30만 킬로미터의 속도로 움직입니다. 무척 빠른 속도이긴 하지만, 무한히 빠른 속도는 아닙니다. 지금 1광년 떨어진 곳에서 별이 만들어졌다면, 그 빛은 일 년 뒤에 우리 눈에 들어올 것입니다. 마찬가지로 우주의 나이가 열 살이라면 10광년 이상 떨어진 곳에 있는 별빛은 아직 우리 눈에 보이지 않을 것입니다.

현재 우주의 나이는 137억 살로 알려져 있습니다. 137억 광년보다 더 떨어진 별들의 빛을 보기에 137억 살이란 나이는 너무나 젊습니다. 게다가 지금도 우리의 우주는 성장하고 있습니다. 팽창하는 풍선 위의 점들과 마찬가지로 별들은 점점 멀어지고 있습니다. 멀어지는 별들은 희미해집니다. 우리의 밤은 아직 보이지 않는 빛과 멀어지면서 희미해지는 빛으로 가득 차 있기 때문에 어두운 것입니다.

그러므로 결론은 다음과 같습니다.

우리의 밤이 어두운 까닭은 우리의 우주가 아직은 젊고 여전히 성장하고 있기 때문입니다.

아침 햇살이 들지 않는 문화관 로비는 아직 어둑했다. 유리문 밖에서 두 손으로 눈 주위를 감싸고 안을 들여다보니 한 사람이 서 있는 게 어슴푸레하게 보였다. 희선씨는 벽을 바라보고 있었다. 그러더니 그녀는 주머니에서 뭔가를 꺼내 손에 쥐었다. 그리고 불을 밝혔다. 라이터 불빛이었다. 나는 숨이 멎는 것 같았다. 나는 문을 열고 그녀를 향해 달려갔다. 그녀가 나를 쳐다봤다. 나는 그녀를 안았다. 뜨거울 수가 있을까. 그토록 뜨거울 수가. 어떻게 다른 사람의 몸이 그토록 뜨겁게 느껴질 수가 있을까. 그건 어쩌면 그때 우리가 아직은 젊고 여전히 성장하고 있었기 때문이었을지도.

"왜 그래?"

그녀가 내게 물었다.

"여기서 뭐하는 거예요?"

"이 그림, 이 그림을 보려고."

희선씨가 가리키는 벽에 그림이 걸려 있었다. 두 남자가 손을 가슴에 모으고 어디론가 황급히 달려가는 모습을 그린 그림이었다. 희선씨가 다시 라이터를 켜자, 두 남자의 뒤쪽 온통 황금빛인 들판과 하늘이 환하게 보였다.

"이 사람들은 방금 예수의 무덤에 다녀온 마리아 막달레나에게서 시신이 사라졌다는 말을 들었어. 그래서 예수가 부활한 줄은 상상조차 못 한 채, 걱정이 되어서 달려가고 있는 중이야."

희선씨는 라이터를 치켜들면서 왼손으로 두 남자의 이마와 볼을 가리켰다.

"여길 봐. 그리고 여기도."

그들의 얼굴도 황금빛이었다.

"지금은 아침이고, 이 사람들은 동쪽으로, 그러니까 빛을 향해 뛰어가고 있는 중이야. 그래서 얼굴이 이렇게 환해."

베드로와 요한은 새벽빛을 향해 달려가고 있었다. 두 사람은 나처럼 숨이 찼을 것이다. 금빛 햇살을 받은 두 사람의 얼굴이 환했다. 나도 두 사람처럼 얼굴이 환했을 것이다. 우리의 얼굴은 그런 식으로 닮았으리라.

그리고 희선씨가 라이터 불을 껐다.

우리는 환한 몸으로 거기 서서 그림을 조금 더 바라봤다.

서울대공원의 돌고래쇼

1987년 나는 많은 것을 배웠다.
다른 아이들을 위해서 밥 짓는 법을 배웠다.
빗자루로 천장에 벽지를 바르는 법을 배웠다.
연탄 세 장의 구멍을 맞추는 법을 배웠다.

그해 4월, 나는 열일곱번째 생일을 맞았고 고등학교 검정고시를
통과했다. 공중전화로 그 소식을 전했더니 희선씨는 내게 축하한
다며 받고 싶은 선물이 있으면 얘기하라고 했다. 나는 잠시 생각하
다가 서울대공원 돌고래쇼를 보고 싶다고 말했다. 희선씨는 흔쾌
히 그러자고 대답했다. 우리에게 가능한 날은 일요일뿐이었다. 왜
냐하면 재진 아저씨는 주부의 벗이라는 출판사의 명의를 사들이고
는 맹렬하게 사회과학서를 펴내고 있었기 때문이었다. 5월의 첫번
째 일요일, 우리는 돌고래쇼를 보기 위해서 서울대공원으로 갔다.
애당초 둘이서 오붓하게 돌고래들의 재롱을 구경하기란 힘든 일이

었다. 재진 아저씨가 따라왔기 때문이라기보다는 그날 십만 명의 인파가 서울대공원을 찾았기 때문이었다. 사람들이 돌고래를 구경하는지, 돌고래가 사람들을 구경하는지 모를 정도였다. 그럼에도 나는 기뻤다. 어쨌든 엄마, 아빠와 함께 서울대공원에서 돌고래쇼를 본다는 소원은 이뤄졌으니까. 비록 나의 엄마와 아빠는 아니었지만, 그해 1월에 결혼한 두 사람은 곧 엄마와 아빠가 될 것이었다. 그렇게 꿈꾸던 일들을 하나둘 이루다보면 나는 어른이 될 거라고 생각했다. 이제 모두 어른이 됐을, 그날 서울대공원을 찾았던 십만 명의 사람들에게도 안부를 전한다.

그리고 1987년 여름이 되자,

베드로의 집에서 국영수를 가르치던 형들이 우리에게 말했다.

이제 우리가 살아갈 세상은 완전히 다를 거라고.

다시는 예전으로 돌아가지 못할 것이라고.

만약 누군가 그런 짓을 하려고 든다면,

우리가 가만히 있지 않을 것이라고.

뭐라도 할 것이라고.

절대로 가만히 있지 않을 거라고.

우린 혼자가 아니라고.

● 참고자료

_『전쟁미망인, 한국현대사의 침묵을 깨다』, 이임하, 책과함께

_『'호남지역 군 작전 중 발생한 민간인 희생사건'―11사단 20연대 작전지역을 중심으로』, 진실·화해를위한과거사정리위원회

_ '더이상 갈 데가 없읍니다' ― 상계동 173번지 철거민의 이 아우성과 하소연, 『열린사회』, 1987년 제1권

_『김지하 전집3 미학사상』, 김지하, 실천문학사

_『새들이 사는 세상은 아름답다』, 원병오, 다움

_『평행우주』, 미치오 카쿠, 박병철 옮김, 김영사

_성당에서 희선과 정훈이 함께 본 그림은 외젠 뷔르낭의 〈부활 아침, 무덤으로 달려가는 베드로와 요한〉입니다.

_본문의 사진 출처는 NASA/JPL-Caltech/2MASS/SSI/University of Wisconsin입니다.

문학동네 장편소설
원더보이
ⓒ 김연수 2012

1판 1쇄 2012년 2월 8일
1판 20쇄 2022년 9월 22일

지은이 김연수
책임편집 조연주 | 편집 이경록 | 디자인 윤종윤 유현아
마케팅 정민호 이숙재 박치우 한민아 이민경 안남영 김수현 정경주
브랜딩 함유지 함근아 김희숙 박민재 박진희 정승민
제작 강신은 김동욱 임현식 | 제작처 영신사

펴낸곳 (주)문학동네 | 펴낸이 김소영
출판등록 1993년 10월 22일 제2003-000045호
주소 10881 경기도 파주시 회동길 210
전자우편 editor@munhak.com | 대표전화 031) 955-8888 | 팩스 031) 955-8855
문의전화 031) 955-3578(마케팅) 031) 955-8864(편집)
문학동네카페 http://cafe.naver.com/mhdn
인스타그램 @munhakdongne | 트위터 @munhakdongne
북클럽문학동네 http://bookclubmunhak.com

ISBN 978-89-546-1748-2 03810

www.munhak.com